月と手袋

江戸川乱歩

春　陽　堂

目次

月と手袋

一

シナリオ・ライター北村克彦《きたむらかつひこ》は、股野重郎《またのじゅうろう》を訪ねるために、その門前に近づいていた。

東の空に、工場の建物の黒い影の上に、化けもののような巨大な赤い月が出ていた。歩くにしたがって、この月が移動し、まるで彼を尾行《びこう》しているように見えた。克彦はそのときの巨大な赤い月を、あの凶事《きょうじ》の前兆《ぜんちょう》として、いつまでも忘れることができなかった。

二月の寒い夜であった。まだ七時をすぎたばかりなのに、その町は寝しずまったように静かで、人通りもなかった。道に沿って細いどぶ川が流れていた。川の向こうには何かの工場の長い塀がつづいていた。その工場の煙突《えんとつ》とすれすれに、巨大な赤い月が、彼の足並みと調子をあわせて、ゆっくりと移動していた。

こちら側には閑静な住宅のコンクリート塀や生垣がつづいていた。そのなかの低いコンクリート塀にかこまれた二階建ての木造洋館が、彼の目ざす股野の家であった。石の門柱の上に、丸いほやの電燈がボンヤリついていた。門からポーチまで十メートルほどあった。二階の正面の窓にあかりが見えていた。股野の書斎である。黄色いカーテンで隠されていたが、太い鼈甲縁《べっこうぶち》の目がねをかけ、ベレー帽に茶色のジャンパーを着た、いやみな股野が、そこにいることが想像された。克彦はそれを思うと、急にいや気がさして、引き返したくなった。

（あいつに会えば、今日は喧嘩《けんか》になるかも知れない）

股野重郎は元男爵《だんしゃく》を売りものにしている一種の高利貸しであった。戦争が終ったとき一応財産をなくしたが、土地と株券が少しばかり残っていたのが、値上がりして相当の額になった。それを元手に遊んで暮らすことを考えた。元貴族にも似合わない利口ものだった。日東《にっとう》映画会社の社長と知りあいなのを幸いに、映画界へ首を突っこんで来た。高級映画ゴロであった。そして映画人のスキャンダルをあさり、それを種に金儲《かねもう》けをすることを考えた。痩《や》せ型の貴族貴族した青白い顔に似合わぬ、凄腕《すごうで》を持っていた。弱点を握った相手でなければ金を貸さなかった。それで充分の顧客があった。公正証書も担保物も不要だった。相手の公表を憚《はばか》る弱点を唯一の武器として、しかし、月五分以上の利息はむさぼらなかった。彼の資産は見る見るふえて行った。

北村克彦も股野の金を借りたことがある。しかし半年前に元利ともきれいに払ってしまった。だから股野に会うことを躊躇《ちゅうちょ》する理由はそれではなかった。

股野重郎の細君のあけみは、もと少女歌劇女優の夕空《ゆうぞら》あけみであった。男役でちょっと売り出していたのを、日東映画に引き抜かれて入社したが、出る映画も出る映画も不成功に終り、腐りきって、身のふりかたを思案していたとき、股野に拾われて結婚した。元男爵と財産に目がくれたのである。シナリオ・ライターの克彦は、日東映画時代の知り合いであったが、あけみが三年前股野と結婚してからも、時たまの交際をつづけていた。それが、半年ほど前に、妙なきっかけから、愛し合うようになって、今では股野の目を盗んで、しばしば忍び会う仲になっていた。

抜け目のない股野が、それを気づかぬはずはない。だが彼はなぜかそ知らぬふりをしていた。時たま厭味《いやみ》のようなことを云わぬではなかったが、正面から責めたことはない。細君のあけみに対しても同じ態度をとっていた。

（しかし、今夜は破裂しそうだ。是非話したいことがあるからといって、おれを呼びつけた。二人をならべておいて、痛烈にやっつけるつもりかも知れない）

表面は晩餐《ばんさん》の招待だったが、三人顔を会わせて食事をするのは、猶更《なおさら》たまらないと思ったので、用事にかこつけて食事をすませてから、やって来たのである。できるなら、あけみを遠ざけて、股野だけと話したかった。

二階の窓あかりを見ると、急に帰りたくなったが、そしてそのとき帰りさえすれば、あんなことは起らなかったのであろうが、克彦は、折角《せっかく》決心して出かけて来たのだから、一寸《いっすん》のばしにしても仕方がない、ともかく話をつけてしまおうと考えた。そして、薄暗いポーチに立って、ベルを押した。

中からドアをあけたのは、いつもの女中ではなくて、あけみだった。派手《はで》な格子縞《こうしじま》のスカートに、燃えるような緑色のセーターを着ていた。小柄で、すんなりしていて、三十歳にしては三つ四つも若く見えた。彼女の魅力の短い上唇を、ニッと曲げて微笑したが、目に不安の色がただよっていた。

「姉《ねえ》やはどうしたの？」

「あなたが食事に来ないとわかったものだから、夕方から泊りがけで、うちへ帰らせたの。今夜は二人きりよ」

「彼は二階？　いよいよあのことを切り出すつもりかな」

「わからない。でも、正直に云っちゃうほうがいいわ。そして、かたをつけるのよ」

「ウン、僕もそう思う」

せまいホールにはいると、階段の上に股野がたちはだかって、こちらを見おろしていた。

「やあ、おそくなって」

「待っていたよ。さあ、あがりたまえ」

二階の書斎にはムンムンするほどストーヴが燃えていた。天井を煙突の這っている石炭ストーヴだ。寒がり屋の股野は、これでなくては冬がすごせないと云っていた。

一方の壁にはめこみの小金庫がある。イギリスものらしい古風な飾り棚がある。一方のすみに畳一畳もある事務机、まん中には客用の丸テーブル、ソファー、アームチエア、いずれも由緒《ゆいしょ》ありげな時代ものだが、これらは皆、元金《もときん》ではなくて利息の代りに取り上げた家具類である。

克彦が入口の長椅子にオーバーをおいて、椅子にかけると、股野は飾り棚からウィスキーの瓶《びん》とグラスを出して、丸テーブルの上においた。高利貸しらしくもないジョニー・ウォーカーの黒である。これもむろん利息代りにせしめたものであろう。

股野は二つのグラスにそれをつぎ、克彦が一《ひ》と口やるうちに、彼はグイとあおって、二杯目をついだ。

「直接法で行こう。わかっているだろうね、今日の用件は？」

股野はいつもの通り、太い鼈甲縁の目がねをかけ、黒のズボンに茶色のジャンパーを着て、詩人めいた長髪に紺のベレ帽をかむっていた。室内でも脱がない習慣である。映画界に出入りするようになってから、高利貸のくせに、そんな服装をするようになっていた。四十二歳というのだが、時とすると、三十五歳の克彦と同年ぐらいに見えることもあり、またひどくふけて、五十を越した老年に見えることもある。年齢ばかりではない、彼はあらゆる点で奥底のしれない、不気味な性格であった。髭《ひげ》の薄いたちで、いやにツルツルした顔をしている。色は青白くて、眉がうすく、目は細く、鼻が長く、貴族面《づら》と云えば貴族面だが、貴族にしても、ひどく陰険な貴族である。

「おれは、前々から知っていた。知ってはいたが、確証をつかむまで、だまっていたんだ。その確証を一昨日《おととい》の晩つかんだ。君のアパートだ。窓のカーテンに一センチほど隙間《すきま》があった。注意しないといけない。一センチだって目をあててのぞくのには充分すぎるんだからね。おれはあのとき窓のそとから見ていたんだ。だが、おれはその場で飛びこむようなまねはしない。歯をくいしばって我慢をした。そして、今夜話をつけることにしたんだ」

彼は三杯目のウィスキーをあおっていた。

「申しわけない。僕らは甘んじて君の処分を受けようと思っている」

克彦は頭をさげるほかなかった。

「いい覚悟だ。それじゃ、おれの条件を話そう。今後あけみには一切交渉を断つこと。口を利いてもいけない。手紙をよこしてもいけない。これが第一の条件だ。わかったかい。第二は、おれに慰藉料《いしゃりょう》を出すことだ。その額は五百万円。(注1)一時には払えないだろうから、毎年百万円ずつ五年間だ。百万円だっていま君が持っているとは思わないが、会社から前借《ぜんしゃく》することは出来る。君はそれだけの力を持っている。そして、仕事に精を出し、一方で生活を切りつめれば、それぐらいのことは出来る。君の身分に応じた金額だ。第一回の百万円は一週間のうちに都合してもらいたい。わかったね」

股野はそういって、薄い唇をキューッとまげて、吊《つ》りあがった唇の隅で、冷酷に笑った。

「待ってくれ。百万円なんて、僕にはとても出来ない。まして五百万円なんて、思いもよらないことだ。せめてその半額にしてくれ。それでも僕には大変なことだ。食うものも食わないで、働かなけりゃならない。だが、やって見る。半額にしてくれ」

「だめだ。そういう相談には応じられない。あらゆる角度から考えて、これが正しいときめた額だ。いやなら訴訟《そしょう》をする。そして、君の過去の秘密を洗いざらい曝露《ばくろ》してやる。映画界にいたたまれないようにしてやる。それでもいいのかね。それじゃあ困るだろう。困るなら、おれの要求する金額を払うほかはないね」

股野は四杯目のウィスキーを、グッとほして、唇をペタペタいわせながら、傲然《ごうぜん》としてそらうそぶく。

克彦にとって、問題は、しかし、金のことではなかった。あけみと交渉を断つという第一条件には、どう考えても堪《た》えられそうになかった。彼らはお互《たがい》に命がけで愛し合っていた。だが、正当の夫である股野に、あけみを譲れとは云えなかった。それを云い得ない社会の掟《おきて》というものに、ギリギリと歯ぎしりするほどの苦痛があった。彼はふと、それに対抗するものは「死」のほかにはないとさえ感じた。

「君はあけみさんをどうするのだ。あけみさんまで罰する気か」

「それは君の知ったことじゃない。あれもこらしめる。おれの思うようにこらしめる」

「ねえ、君の条件は全部容《い》れる。あの人を苦しめることだけはやめてくれ。罪はおれにあるんだ」

「エヘヘヘヘ、つまらないことを云うもんじゃない。そういう君の犠牲的愛情は、おれの嫉妬を、よけい燃えたたせるばかりじゃないか」

「それじゃ、おれはどうすればいいんだ。おれはあけみさんを愛している。君には申訳ない。申訳ないが、この愛情はどうすることもできないんだ」

「フフン、よくもおれの前でほざいたな。それじゃ、おれの第三の条件を云ってやる。それはきさまに肉体の制裁《せいさい》を加えることだ」

股野は椅子から立ちあがっていた。ただされ青白い顔に、目は赤く血走っていた。アッと思うまに、克彦はクラクラと目まいがして、椅子からすべり落ちていた。頬に烈《はげ》しい平手打ちをくったのだ。

「なにをするかッ」

夢中で相手にむしゃぶりついて行った。今度は股野の方が不意をうたれて、タジタジとなり、二人は組み合ったまま、床にころがった。お互に相手の鼻と云わず目と云わず摑み合った。最初は克彦が上になっていたが、股野が巧みに位置を転倒して、針金のような強靭《きょうじん》な腕でのどをしめつけて来た。咄嗟《とっさ》に「おれを殺す気だな」という考えがひらめいた。

「そんなら、おれも殺すぞッ」

克彦は、両手に靴を持って、泣きわめきながら、いじめっ子に向かって行く幼児のようになって、めちゃくちゃな力をふりしぼった。いつのまにか上になっていた。のどをおさえようとすると、股野は夢中でそれを避けて、クルッとうつむきになった。

（ばかめ、その方が一層しめやすいぞッ）

相手の背中に重なり合って、すばやく右腕を頸《くび》の下に入れた。そして、相手の頸を、思いきり自分の胸にしめつけた。一所懸命に可愛がっているかたちだ。筋ばった細い頸だった。鶏《にわとり》をしめているような感じがした。

相手は全身でもがいていた。もうこちらの腕に手をかけることさえ出来なかった。青い顔が紫色に変って、ふしくれ立っていた。

何か女の甲高《かんだか》い声がしたように思った。耳の隅でそれを聞いたけれども、そんなことに気をとられているひまはなかった。彼の右腕は鋼鉄の固さになって、機械のように、ジリッジリッと締めつけて行った。ゴキンという音がした。のどぼとけのつぶれた音だろう。

無我夢中ではあったが、心の底の底では人殺しを意識していた。「こいつさえ死ねば、何もかもよくなる」ということを打算していた。どんなふうによくなるかはわからなかった。しかし、おそらくよくなることは、まちがいないと感じていた。

相手はもうグッタリと動かなくなっているのに、不必要に長く締めつけていた。鶏のように相手の頸の骨が折れてしまった手ざわりを意識しながら、もっともっとと、頑強に締めつけていた。

耳の中に自分の動悸《どうき》だけが津波のように轟《とどろ》いていた。そのほかの物音は何も聞えなかった。部屋の中が、いやにシーンと静まり返っているように感じられた。しかし、誰かがうしろに立っていた。見も聞きもしないけれども、さっきから、誰かがそこにじっと立っているのが、わかっていた。

　首をまわすのに、おそろしく骨がおれた。頸の筋がこむらがえりのようになって、動かないのだ。やっと三センチほど首をまわすと、目の隅にその人の姿がはいった。そこに青ざめたあけみが立っていた。彼女の目が飛び出すほど見ひらかれていた。人間の目がこんなに見ひらかれたのを、彼は今まで一度も見たことがなかった。

　あけみは魂のない蠟《ろう》人形のように見えた。ほしかたまったように立っていた。ほしかたまったまま、スーッと横に倒れて行きそうであった。

「あけみ」

　云ったつもりだが、声にならなかった。舌が石のようにコロコロして、すべらなかった。口の中に一滴の水分もなかった。手まねをしようとすると、手も動かなかった。股野の首を捲《ま》いた腕が鋳物《いもの》のように、無感覚になっていた。

　斬り合いをした武士の手が刀の柄から離れないのを、指を一本ずつひらいてやって、やっと離させる芝居を見たことがある。あれと同じだなと思った。しびれがきれたときのやり方で、血を通わせればいいのだと思った。肩の力を抜いて、腕を振るようにした。血が指先までめぐって行くのがわかった。やつと相手の頸にくっついていた腕がほぐれた。無感覚のまま、ともかく相手のからだから離れることが出来た。

躄が這うようにして、丸テーブルのそばまで行った。そして、まだしびれている手を、やっとのばして、飲みのこしのウィスキー・グラスをつかみ、あおむきになった口へ持っていって、たらしこんだ。舌が焼けるように感じたが、それが誘い水になって、少しばかり唾液《だえき》が湧いた。

あけみがフラフラと、こちらに近よって来た。声は出なかったけれど、口があたしにもというように動いた。克彦はいくらかからだの自由を取り戻していたので、丸テーブルにつかまって立ちあがり、ウィスキー瓶をつかんで、グラスに注ぎ、それを口へ持っていってやった。金色のウィスキーが、ポトポトとこぼれた。あけみは自分の手を持ちそえて、それを飲んだ。

「死んだのね」

「ウン、死んじまった」

二人とも、やっとかすれた声が出た。

二

克彦は股野の頸の骨が折れてしまったと信じていた。だから人工呼吸で生き返らそうなどとは、毛頭《もうとう》考えなかった。

十分ほど、彼はアームチェアにもたれこんで、じっとしていた。絞首台の幻影が、遠くからバーッと近づいて、眼界一ぱいにひろがり、また遠くから近づいて来た。あらゆる想念が、目まぐるしく彼の脳中をひらめき過ぎた。その中で、どうしたらこの難局を逃れることができるかという、自己防衛の線がだんだん太く鮮明になり、ほかの一切の想念を駆逐《くちく》して行った。

（ここで、おれは電気計算機のように、冷静に、緻密《ちみつ》にならなければいけない。股野が死んだことは、もっけの幸いではないか。あけみは牢獄からのがれて自由の身となるのだ。おれは彼女を独占できる。その上、股野の莫大《ばくだい》な財産があけみのものになる。だが、おれは殺人者だ。このまま手を拱《こまね》いていれば、牢屋にぶちこまれる。激情の結果の殺人だから、まさか死刑になることはあるまいが、しかし一生が台なしだ。自首するのと逃れるのと、その差いくばくであろう。しかも、逃がれる道がないではない。おれはそれを日頃から考えぬいておいたではないか）

克彦はあけみを愛し股野を憎み出してから、空想の中では、千度も股野を殺していた。あらゆる殺し方と、その罪をのがれるあらゆる手段を、緻密に、緻密に、毛筋ほどの隙間もなく空想していた。今、その空想の中の一つを実行すればよいのである。

（時間が大切だ。十分間に凡《すべ》ての準備を完了しなければ）

彼は腕時計を見た。こわれてはいなかった。七時四十五分だ。飾り棚の上の置時計を見た。七時四十七分だ。

あけみは彼の横の床に、うつぶせになったまま身動きもしないでいた。彼はそのそばによって、上半身を抱きおこした。あけみはいきなりしがみついて来た。十センチの近さで、お互の顔を見、目をのぞき合った。克彦の考えを、あけみも察していることがわかった。ふたりの目は互いに悪事をうなずき合った。

「あけみ、鉄の意志を持つんだ。ふたりで一と幕の芝居をやるんだ。冷静な登場人物になるんだ。君にやれるか」

あけみは、あなたのためなら、どんなことでも、というように深くうなずいて見せた。

「今夜は明るい月夜だ。今から三、四十分たって、この前の通りを、誰かが通りかかってくれなければ……おお、おれは冷静だぞ。こんなことを思い出すなんて。あけみ、この前をパトロールの巡査が通るのは、あれはたしか八時よりあとだったね。いつか、君がそのことを話したじゃないか」

「八時半ごろよ、毎晩」

あけみは、いぶかしげな表情で答えた。

「うまい。四十分以上の余裕がある。どんな通行人よりも、パトロールは最上だ。それまでにやることが山のようにある。一つでも忘れてはいけないぞ。……女中は大丈夫あすまで帰らないね。月は曇っていないね……」

　彼は窓のところへ飛んで行って、黄色いカーテンのすきまから空を見た。一点の雲もない。満月に近い月が、ちょうど窓の正面に皎々《こうこう》と輝いている。

（なんという幸運だ。この月、パトロール、女中の不在。まるで計画したようじゃないか。あとは、あけみさえうまくやってくれりゃいいんだ。それも大丈夫、あれは舞台度胸は申し分がない。それに男役には慣れている。おれは人殺しを全く忘れて、舞台監督になるんだ。この際、恐怖は最大の敵だぞ。恐れちゃいけない。忘れてしまうんだ。あすこに倒れているやつは人形だと思え）

　克彦は強いて狂躁《きょうそう》を装った。そして軽快に、敏捷《びんしょう》に、緻密に立ちまわることに、意力を集中しようとした。

「あけみ、僕らが幸福になるか、不幸のどん底におちいるか、それは今から一時間ほどのあいだの、君と僕との冷静にかかっている。殊《こと》に君の演戯が必要だ。命がけの大役だよ。君には大丈夫それがやれる。わけもないことだ。怖《こわ》がりさえしなければいいのだ。舞台に立ったときのように、ほかの一切のことを忘れてしまうんだ。わかったね」

「きっとできるわ。あなたが教えてさえくれれば」

あけみはまだワナワナふるえていたけれど、強い決意を見せて云った。ふたりの気持がこんなにピッタリ一つになったことは一度もなかった。

克彦は股野の死体のそばにしゃがんで、念のために心臓にさわって見た。むろん動いているはずはない。そんなことをしないでも、生体と死体とは一と目でわかる。その顔に現われている死相《しそう》と、無生物のようなからだの感じでわかる。

紺色のベレ帽が、死体のそばに落ちていた。まずそれを拾った。太い鼈甲縁の目がねは、折れもしないで、青ざめた額にひっかかっていた。それをソッとはずした。

(だが、このジャンパーを脱がせて、また着せるのは大変だぞ)

「あけみ、これと同じ色のジャンパーがもう一着ないか。着がえがあるだろう」

「あるわ」

「どこに？」

「となりの寝室のタンスのひき出し」

「よし、それを持ってくるんだ。いや、まだある。白い手袋が必要だ。革ではいけない。ほんとうは軍手がいいんだが、ないだろうね」

「あるわ。股野が戦時中に、畑仕事をするのに買ったんですって。新しいのがたくさん残ってるわ。台所のひき出しよ」

「よし、それをもってくるんだ。まだある。長い丈夫な紐《ひも》が二本ほしい。遠くから持って来ちゃいけない。隣の寝室に何かないか」

「さア、あれば洋服ダンスの中だわ。でも丈夫な紐って……ア、股野のレーンコートのベルトがはずせるわ。それから……ネククイではだめ？」

「もっと長い丈夫なものだ」

「そうね。ア、股野のガウンのベルトがある、あれならネクタイの倍も長くて丈夫だわ」

「よし、それを持ってくるんだ。それから、……ウン、そうだ。おれはいつか、ちゃんと考えておいたんだ。君のうちには、何かの草で作った箒《ほうき》のような形の洋服ブラシがあったね。おれは見たことがある。あれが、入用《いりよう》だ。あるか」

「あるわ。洋服ダンスのそばに、かけてあるわ」

「いいか、忘れちゃいけないぞ。全部そろえるんだ。もう一度云う。軍手、ベルトが二本、箒型のブラシ、ジャンパー、そして、ここにベレ帽と目がねがある。それで全部か？　いや待て、そうだ、ネクタイでいい。洋服ダンスから柔かいネクタイを三本抜いてくるんだ。それからあとは、洋服ダンスの鍵と、この書斎の入口、隣の寝室の入口、二つの部屋のあいだのドアと、三つのドアの鍵、それと、玄関のドアの鍵が入用だ」

「軍手、ジャンパー、ブラシ、ベルト二本、ネクタイ三本、鍵が三つ」あけみは指を折って算《かぞ》えた。「この部屋と、隣の部屋と、境のドアとはみんな同じ鍵だから、そのほかに洋服ダンスと、玄関のと、鍵は三つだわ」

「よしその通り。ア、ちょっと待った。三つの鍵はいつもどこに置いてあるんだ」

「洋服ダンスの鍵なんて、かけたことないから、把手《とって》にぶらさがってるわ。玄関と部屋の鍵は股野のズボンのポケットと、下のあたしの部屋の小ダンスのひき出しに一つずつ」

「それじゃあ、股野のポケットのを使おう。これは僕がとり出す。君はほかの品を全部集めるんだ。時間がない。大急ぎだッ」

あけみはもうふるえていなかった。舞台監督のさしずのままに動く俳優になりきっていた。彼女は所要の品々を集めるために、隣の寝室へ飛びこんで行った。

克彦は死体のそばに行って、ズボンの両方のポケットをさぐった。そして、わけなく二つの鍵を見つけた。別に気味わるくも感じなかった。死体はまだ温かかった。石炭ストーヴの熱気で、部屋は熱すぎるくらいなのだから、今から三、四十分たっても、死体はまだ温かいだろうと考えた。

所要の品々がそろった。克彦はそれを丸テーブルの上に並べて点検したあとで、箒型のブラシと軍手の片方を手に持って、妙なことをはじめた。箒の先をひとつまみずつにわけ、それを軍手の指の中へおしこんで行くのだ。見るまに箒を芯にした一本の手が出来上がった。

「もうわかっただろう。君が股野の替玉《かえだま》になって一人芝居をやるのだ。股野は長髪だから、君の頭でいい。少しうしろへ搔《か》き上げておけばいい。そして、ベレ帽をかむり、眼鏡をかけるんだ。それで鼻から上は出来上がる。鼻から下は、ホラ、この軍手で、こういうぐあいに隠すんだ。つまり、誰かが、うしろから君の口をおさえて、声を立てさせまいとしている恰好《かっこう》だ。君はその軍手を引きはなそうと自分の手をかけている気持で、実はこの箒の根もとを持って、口の前に支えていればいいのだ」

これらは、克彦が空想殺人の中で、たびたび考えて、繰り返し検算しておいたことだ。細かい点まで、手にとるようにわかっている。

「それから、そのセーターの上からジャンパーを着るんだ。下はそのままでいい。あの窓をあけて、上半身を見せればすむのだ。軍手の男が君のうしろから抱きついている。君は窓から上半身をのり出して、軍手でおさえられた手を、引きはなしながら、助けてくれと叫ぶのだ。そういう場合だから、ただしわがれた男の声でさえあればいい。この部屋の電燈を消して、僕とパトロールの巡査とが門の前に現われるのを待って、演戯をはじめるんだ。もしパトロールが来ないようだったら、誰でもいい通りがかりの人と一緒に門までやってくる。君は窓のカーテンのすきまからのぞいて、僕の姿が見えるのを待ってればいいのだ。そして、二声三声叫んでおいて、軍手の男にうしろへひっぱられる形で、窓から姿を消してしまうのだ。二階の窓から門までは十メートル以上はなれている。いかに明るいと云っても月の光だ。細かいことはわかりゃしない。それに、僕がうまく相手を誘導するから、万に一つもしくじる心配はない。わかったね」

あけみは、克彦の興奮した顔、自信ありげな熱弁に見とれているうちに、彼の計画の全貌が、おぼろげにわかって来た。

「わかったわ。そうして、あなたのアリバイを作るのね。股野が殺されたときに、あなたはまだ門をはいろうとしていたのだということを、証人に見せるのね。だから、その証人にはパトロールのお巡《まわ》りさんが一番いいというわけね。そうすると、あたしはここにいたことになるけれど、かよわい女だからどうにもできなかった。……あら、それじゃあたし犯人を見たことになるのね。どんな男だったと聞かれたら……」

「覆面《ふくめん》の強盗だ」

「どんな覆面？　服装は？」

「黒い服を着ていた。こまかいことはわからなかったというんだ。覆面は目だけでなく、顔全体の隠れるやつだ。ヴェールのように、黒い布を鳥打帽《とりうちぼう》からさげていたと云うんだ。両手に軍手をはめていたのはもちろんだ。だから指紋は一つも残っていない」

「わかった。あとは出まかせにやればいいのね。でも、あたし自身が犯人だと疑われることはないの？　かよわい女だから、股野に勝てるはずがないっていう理窟《りくつ》？　それで大丈夫かしら」

「それには、このベルトとネクタイと鍵だ。時間がないから一度しか云わない。よく聞いてるんだよ。僕が今にそとへ出て行くから、そのときすぐに、この部屋の入口のドアに鍵をかける。それから、窓の演戯をすましたら、君はこれだけのことを大急ぎでやるんだ。箒型ブラシから軍手をはずし、一対《いっつい》ちゃんとそろえて、一応となりのタンスのひき出しへしまう。あとでゆっくり台所の元のひき出しへ返しておけばいい。ジャンパーも元のところへしまう。ブラシも元の釘へかける。それから君はこのネクタイとベルトを持って、となりの寝室へはいり、中から鍵をかける。寝室から廊下へ出るドアにも鍵をかける。そうしておけば、どちらかのドアを破らなければはいれないのだから、ゆっくり仕事ができるわけだ。鍵の始末は、そうだね、寝室のどこかの小ひき出しにでも入れておくんだね。

「書斎と寝室との三つのドアには、あとで犯人が鍵をかけて行ったことになるんだから、若《も》し小ひき出しの鍵が見つかったら、同じ鍵が三つあったことにするんだ。だが、もっといいのは、君の部屋の小ダンスの合鍵《あいかぎ》を、あとでどこかへ隠してしまうんだね。そうすれば鍵は二つあったことになる。

「寝室へはいったら、このネクタイのうちの二本を丸めて自分の口の中へ押しこむのだ。そして、もう一本のネクタイでその上をしばり、頭のうしろで固く結ぶ。つまり猿轡《さるぐつわ》だね。それから、君は洋服ダンスの中へはいるのだ。かけてある服を、どちらかへよせれば、人間一人、足をまげて、もたれかかるぐらいの余地はあるだろう。……大いそぎでためしてごらん」

二人は隣の寝室へはいって行って、大型の洋服ダンスのとびらをひらいた。やって見るまでもなく、大丈夫はいれる。すぐに丸テーブルの前に引き返した。

「さて、洋服ダンスの中へはいったら、両足をそろえて、足首にこのガウンのベルトをグルグルに巻きつけ、その端を固く結ぶ。それから、観音《かんのん》びらきのとびらを、中からしめる。その次がちょっとむずかしい。これは縄抜《なわぬ》け奇術を逆にやるようなものだからね。しかし、だれにでも出来ることだ。……君、両手をグッと握って、前に出してごらん。そうそう。この両手の手首のところを、僕がレーンコートの、ベルトでしばる。手品師なら、いくら強くしばってもいいのだが、君は素人《しろうと》だから、わざとゆるくしばっておく」

克彦はそう云いながら、あけみの両の手首に、グルグルとベルトを巻きつけ、しばりあげた。

「さア、これでいい。手のひらを平らにして、片方ずつ抜いてごらん。ゆるくしばったのだから、わけなく抜ける。ほらね。するとベルトが輪になったまま残るね。これを洋服ダンスの中へ持ってはいるのだ。そして、足首をゆわえたあとで、このベルトの輪を自分のうしろのタンスの底に置いて、うしろに手をのばし、さっきのやり方で、片方ずつ、この輪の中に手首を入れる。つまり、うしろ手にしばられたとみせかけるのだ。なかなかむずかしいけれども、時間をかけてゆっくりやれば、大丈夫できるんだよ。……ここでちょっと練習してごらん」

あけみは必死になって、それを試みた。部屋の隅の壁にもたれて、うしろにベルトの輪を置き、からだをねじって、右手を入れるときには、右の方に輪をよせ、左手を入れるときには、左によせて、目の隅でそれを見ながらやるようにした。もともとゆるい輪だから、思ったほど苦労もしないで、両手を入れることが出来た。

「だが、両手を入れただけではいけない。握りこぶしを作るんだ。そして、手首のところでギュッとねじる。そうそう、そうするとバンドが手首に喰い入って、固くゆわえてあるように見える上に、そうしてねじっていれば、自然に充血して、その辺がふくれあがり、今度はもうほんとうに抜けなくなる。これは縄抜け術とはちがうが、僕らの今の場合はそうする方がいいのだ。あとは、君が洋服ダンスにとじこめられていることがわかったときに、誰かが解いてくれるんだからね。

「この仕事はあわてないでもいい。ゆっくりやれる。僕がここを出ると、君が入口のドアに鍵をかけ、それから、あとで寝室のドアにも鍵をかけるんだから、窓の演戯を見て、すぐに駈けつけても、ドアを破る時間がある。そして、死体を発見すれば、そこで手間どるから、寝室へはいってくるのは、ずっとあとになる。だから自分をしばるのはゆっくりでいい。しかし全く気づかれなくても困るから、誰かが寝室へはいって来たら、君は洋服ダンスの中で、あばれて音を立てるんだ。そして注意を引くんだ。わかったね。念のために、今まで僕が云ったことを、忘れないように、もう一度君の口で云ってごらん。一つでもまちがったら大変だからね」

そこで、あけみは、この複雑な演戯の順序を、正確に復誦《ふくしょう》して見せた。さすがに俳優である、少しのまちがいもなかった。

「うまい。それでいい。ぬかりなくやるんだよ。それからここに残った玄関の鍵と洋服ダンスの鍵は、僕がポケットに入れてそとに出る。それはこういうわけだ。君は犯人のために洋服ダンスにとじこめられた。だから、犯人は洋服ダンスにも鍵をかけて行ったはずだ。しかし、君は中にはいっているんだから、自分で鍵をかけることはできない。それで僕が持って出て、今度誰かと一緒にはいって来たとき、相手のすきをうかがって、洋服ダンスに鍵をかけておく、という順序だ。それから、玄関に鍵をかけておく意味は云うまでもない。僕たちがあとでこのうちにはいる時間をおくらせるためだ」

「まあ、そこまで！　あなたの頭は恐ろしく緻密なのね。それで、あたしが洋服ダンスにとじこめられる意味は？」

「わかってるじゃないか。犯人は股野にだけ恨みをもっていたんだ。美しい細君まで殺す気はない。覆面で顔は見られていないから、殺すには及ばないのだ。しかし逃げる時間がほしい。君を自由にしておけば、すぐに警察に電話をかけるだろう。また、叫び声をたてて近所の人に知らせるだろう。犯人はそれでは困るのだ。そこで、猿轡をはめて、とじこめておく。そうしておけば、あすの朝までは、誰にも気づかれないですむという計算なのだ。

「と同時に、われわれの方から云えば、君を洋服ダンスにとじこめる意味は、君も被害者の一人であって、決して犯人の仲間ではないということを証明するためだ。わかったかい」

あけみは深くうなずいて、畏敬《いけい》のまなざしで恋人の上気した顔を見上げた。克彦はあわただしく腕時計を見た。八時十五分だ。

「これで演戯の方はすんだ。だが、もう一つやる事がある。君はあすこの金庫のひらき方を知っているね」

「股野はあたしにさえないしょにしていたけれど、自然にわかったの。ひらきましょうか」

「ウン、早くやってくれ」

克彦はあけみが金庫をひらいているあいだに、ストーヴの前に立って、石炭をなげこみ、灰おとしの把手をガチャガチャ云わせていた。

「その中に借用証書の束《たば》があるはずだ」

「ええ、あるわ。それから現金も」

「どれほど？」

「十万円の束が一つと、あと少し」

「貯金通帳や株券なんかはそのままにして、証文の束と現金だけ、ここへ持って来るんだ。金庫はあけっぱなしにしておく方がいい」

あけみがそれを持ってくると、克彦は証文の束をバラバラと繰《く》って見た。ゆっくり調べているひまのないのが残念だ。彼の知人の名も幾人かあった。全体では大した金額だ。

「それ、どうなさるの？」

「ストーヴで焼いてしまうのさ。現金もいっしょだ」

「人助けね」

「ウン、犯人が人助けのために、証文を全部焼いて行ったと思わせるのだ。むろん犯人自身の証文もこの中にあるというわけだよ。股野は担保もとらなかったし、公正証書も作らなかったので、この証文さえなくしてしまえば、一応返済の責任はなくなるのだ。しかし、帳簿が残っている。帳簿を見れば、債務者《さいむ》がわかる。そこで警察は、帳簿の債務者を虱《しらみ》つぶしに調べることになる。しかし、永久に犯人はあがらない。というわけさ。証文を焼いた犯人が現金を見れば、残してはおかないだろう。それが自然だ。しかし、僕らが持っていては危ない。股野のことだからどこかへ紙幣の番号を控えていなかったとはきめられない。だから、現金もここで焼いてしまうのだ。まず先に紙幣を焼こう」

貴重な三分間を費《つい》やし、紙幣は灰になるまで監視し、それを更らにこなごなにしてから、証文の束を投げ入れた。あとはあけみに任せておいて、克彦は入口の長椅子においてあったオーバーを着、そのポケットにあった手袋をはめ、ハンカチを出して、丸テーブルの上のウィスキーと瓶とグラスの指紋をふきとって、元の飾り棚に納め、丸テーブルの表面、ストーヴの火掻き棒、金庫やドアの把手など、指紋の残っていそうな箇所を入念にふきとった。そして、洋服ダンスの鍵をポケットに入れると、

「じゃすぐに用意をはじめるんだよ。ぬかりなくね」

云いのこして、入口を出ようとすると、あけみが息をはずませて追いすがって来た。

「うまく行けばいいけれど、そうでなかったら、これきりね」

両手が肩にかかり、涙でふくれた目が、近づいて来た。可愛らしい唇が、いじらしくすすり泣いていた。ふたりは唇を合わせて、長いあいだ、しっかりと抱きあっていた。情死《じょうし》の直前の接吻《せっぷん》という観念が、チラと克彦の頭をかすめた。

あけみが中からドアにカチッと鍵をかける音を聞いて、階段へ急いだ。もう手袋をはめているから、何にさわっても構わない。玄関のドアに中から鍵をかけた。それから台所でコップをさがしてつづけざまに水を飲んだ。そして、玄関の鍵はそこの戸棚の中へ入れておいた。

台所のそとの地面は、天気つづきでよく乾いていた。その上、敷石があるのだから、足跡は大丈夫だ。コンクリート塀についている勝手口の戸を、二センチほどひらいたままにして、狭い裏通りに出た。そとの石ころ道もよく乾いていた。

三

真昼のような月の光だ。人に見られてはいけない。あたりに気をくばりながら、グルッと廻って表通りに出た。誰にも会わなかった。どこの窓からも覗《のぞ》いているものはなかった。表のどぶ川沿いの道路は、月の光で遠くまで見通せる。どこにも人影はなかった。腕時計を見ると、八時二十分だ。八時半にはまだ充分余裕がある。

どぶ川が月の光をうけて、キラキラと銀色に光っていた。海の底のような静けさだ。向うに立っている何かの木の丸い葉もチカチカと光っていた。こちら側の生垣のナツメの葉もチカチカと光っていた。

（なんて美しいんだろう。まるでお伽噺《とぎばなし》の国のようだ）

こんなくだらない街角を、これほど美しく感じたのは、はじめての経験だった。

彼は口笛を吹き出した。偽装《ぎそう》のためではない。なぜか自然に、そういう気持になった。口笛の余韻《よいん》が、月にかすむように、空へ消えて行った。

（だが待てよ。もう一度検算して見なければ……）

克彦はたちまち現実に帰って、不安におののいた。

（窓からの叫び声を聞いて、玄関に駈けつけ、うちの中にはいるまでの時間が重大だぞ。そのあいだに仮装犯人はいろいろのことをやらなければならない。あとから考えて、その時間がなかったという計算になっては大変だ。危ない危ない。犯罪者の手抜かりというやつだな。エーと、よく考えて見なければ……）

（仮装犯人は、股野が窓から助けを求めた直後に、彼をしめ殺してしまうだろうか。いや、そうじゃない。金庫を開かせなければならない。そうでないと証文を焼くことが出来ない。だが、ひらかせるのはわけもないことだ。頸に廻した手を締めたりゆるめたりして、脅迫《きょうはく》すればよい。殺されるよりは金庫をひらく方がましだから、股野は金庫をひらく。ひらかせておいて、すぐしめ殺すのだ。そして、死骸はそこに捨てて、証文をとり出し、ストーヴに投げこみ、現金はポケットに入れる。仮装犯人はそうするにちがいない。これを一分か二分でやらなければいけない。あけみが主人の叫び声を聞きつけて、上がってくるにちがいないからだ。いや、その前にもう一つやることがある。洋服ダンスを物色して、ベルトやネクタイを取り出すことだ。仮装犯人はそこに洋服ダンスがあることを知っていたとすればいい。そうすれば紐類を探すとき、まず洋服ダンスをあけて見るのはごく自然だ。だが、そんなことがまっ暗な中でできるか？　寝室にも窓からの月あかりがある。ちょっと暗すぎるかな？　犯人は懐中電燈を持っていたことにしてもいい。そして、ベルトとネクタイを用意して、あけみを待っている。これも一分間にやらなければいけない。そのときはもう、あけみは書斎にはいっているかも知れない。いずれにしても、あけみをとらえて、すぐ猿轡をはめ、声を立てないようにしておいて、手足をしばる。そして、洋服ダンスにとじこめる。これを二分か三分にやらなければいけない。ずいぶんきわどい芸当だが、やってやれないことはなかろう。合せて四分か五分、仮想犯人のために、これだけの余裕は見てやらなければならぬ。それより早く玄関のドアを破ってはいけないのだ。つまり、仮想犯人が裏口から逃げ出してしまってから、ドアを破るという段取りにする必要がある。その手加減が、一ばんむずかしいところだ。……よし、なんとかやって見よう）

克彦は目まぐるしく頭を回転させて、咄嗟の間に、これだけのことを考えた。この寒さに、全身ビッショリの冷汗であった。

それからまだ暫《しばら》くあいだがあった。待ちかねていると、やっとコツコツという靴音がきこえて来た。普通の通行者の歩き方ではない。いよいよ今夜の演戯のクライマックスが来た。

ふり返ると、果してパトロールの警官であった。二人連れではない。この辺は一人で巡廻《じゅんかい》するのであろう。

克彦は歩き出した。二十歩もあるくと、股野家の門であった。門の外に立って、二階の窓を見た。窓の押し上げ戸が音を立ててひらかれた。室内はまっ暗だ。カーテンをかき分けるようにして、人の顔がのぞいた。ベレ帽、太い鼈甲縁の眼鏡、白い大きな手袋、茶色のジャンパー。

白い手袋がうしろから彼の口を覆っていた。苦しそうにもがいている。そして、おさえられた手袋のすきまから、

「助けてくれ……」

という、しわがれ声の悲鳴がほとばしった。

克彦はハッとして立ちすくんでいる恰好をした。うしろから、駈け出してくる靴音が聞こえた。パトロールの警官にも、低い塀ごしにあれが見えたのだ。

「助けて……」

もう一度悲鳴が。しかし、その声は途中でおさえられた。そして、窓の人影は、白い手袋に引き戻されるように、室内の闇に消えてしまった。あとには、月の光を受けたカーテンが、ユラユラとゆれているばかりだ。

「あなたは？」

警官は門内に駈けこもうとして、そこに突ッ立っている克彦に不審を抱いた。美少年と云ってもよい若い警官だった。

「ここは僕の友人の家です。いま訪ねて来たところです。僕は映画に関係している北村克彦というものです」

「じゃ、いま窓から叫んだ人をご存知ですか」

「今のは僕の友人らしいです。股野重郎という元男爵ですよ」

「じゃ、はいって見ましょう。どうも、ただごとではないですよ」

(よしよし、これで一分ばかり稼《かせ》げたぞ。仮想犯人はもう証文をストーヴに投げ入れて、洋服ダンスに向っている時分だ)

克彦と美少年の警官とは前後してポーチに駈けつけた。ドアを押しても開かないので、ベルを押して押しつづけたが、何の答えもない。

「妙ですね、家族は誰もいないのでしょうか」

「さア、主人と細君と女中の三人暮らしですが、主人だけというのはおかしい。細君も女中もあまり外出しない方ですから」

(又、一分はたった。ボツボツ裏口へ廻ることにしてもいいな)

「仕方がない。裏口へ廻って見ましょう。裏口もしまっていたら、窓からでもはいるんですね」

「あなた裏口への道を知ってますか」

「知ってます。こちらです。もっとも、あいだに板塀の仕切りがあって、そこの戸を開かなければなりませんがね」

板塀の戸はしまっていた。警官はその戸を押し試みて、ちょっと考えていたが、なにか自信ありげな口調になって、

「この板戸を破るのはわけないですが、裏口もしまっていたら、手間がかかって仕方がない。それよりも、玄関へ戻って、ドアをひらきましょう」

と云って、もうその方へ走り出していた。

「玄関のドアを破るのですか」

「いや、破る必要はありません。見ててごらんなさい」

警官はポーチに戻ると、ポケットから黒い針金のようなものを取り出した。そして、その先を少し曲げてドアの鍵穴に入れ、カチカチやって見て、また引き出しては曲げ方を変え、それを何度も繰り返している。

(オヤオヤ、これは錠前破《じょうまえやぶ》りの手だな。近頃は警官もこんなことをやるのかしら。それにしても有難いぞ。板塀まで行って帰って来て、先生がコチコチやっているうちに、もう二分以上過ぎてしまった。これで五分間は持ちこたえたわけだ。針金で錠がはずれるまでには、まだ一、二分はかかるだろうて)

だが、一分もたたないうちに、カチッと音がして、錠がはずれ、ドアがひらいた。その時は急いでいるので、そのまま屋内に踏みこんだが、ずっとあとになって、この美少年の警官は、錠前破りについて、こんなふうに説明した。

「僕は探偵小説を愛読してますが、中から鍵のかかっているドアを、急いでひらく場合には、巡査が体当りでドアを破るのが定法《じょうほう》のようになっていますね。しかし今の巡査はそんな野蛮《やばん》な真似をしなくていいのですよ。針金一本で錠前をはずすという手は、もとは錠前破りの盗賊が考え出したことです。しかし、賊が発明したからと云って、警察がこれを利用して悪いという道理はありません。近年はわれわれのような新米《しんまい》警官でも、針金でドアをひらく技術を教えられているんですよ。この方が体当りで破るよりも、かえって早いのですからね」

　さて、二人はまっ暗なホールに踏みこんだが、シーンと静まり返って、人の気配もない。

「もしもし、だれかいませんか」

「股野君、奥さん、姉やもいないのか」

　二人が声をそろえてどなっても、何の反応もなかった。

「誰もいないのでしょうか」

「構いません、二階へ上がって見ましょう。ぐずぐずしている場合じゃありません」

（また今のまに、一分ほど経過したぞ。もういくらせき立てても大丈夫だ）

　ふたりは階段を駈け上がって、書斎のドアの前に立った。

「さっきの窓はこの部屋ですよ。主人の書斎です」

　克彦は云いながら、ドアの把手を廻した。

「だめだ。鍵がかかっている」

「ほかに入口は？」

「隣の寝室からもはいれます。あのドアです」

　今度は警官が把手を廻して見た。やっぱり鍵がかかっている。

「オーイ、股野君、そこにいるのか。股野君、股野君……」

　答えはない。

「仕方がない。また錠前破りですね」

「やって見ましょう」

　警官は例の針金を取り出して、鍵穴をいじくっていたが、前よりも早く錠がはずれて、ドアがひらいた。

　ふたりはすぐに室内に踏みこんで行ったが、まっ暗ではどうにもならぬ。克彦は心覚えの壁をさぐってスイッチをおした。

　電燈がつくと、ふたりの目の前に、茶色のジャンパーを着た、長髪の男が倒れていた。

「アッ、股野君だ。このうちの主人です」

　克彦が叫んで、そのそばにかけよった。

「さわってはいけません」

　警官はそう注意しておいて、自分もじっと股野の顔を覗きこんでいたが、

「死んでいますね。頸にひどい傷がついている。扼殺《やくさつ》でしょう。……電話は？　このうちには電話があったはずですね」

克彦が事務机の上を指さすと、警官は飛んで行って受話器を取った。電話をかけ終ると、ふたりで二階と一階との全部の部屋を探し廻ったが、夫人も女中も不在であることがわかった。

「犯人は多分、われわれと入れちがいに、裏口から逃げたのでしょうが、もう追っかけても間に合いません。それよりも現状《げんじょう》の保存が大切です」

警官はそう云って、再び二階へ引きかえした。書斎の隣の寝室は、両方のドアに鍵がかかっていたので、そこで手間どることをおそれて、あとまわしにしておいたのだった。警官はまた例の針金をポケットからとり出して、まず廊下のドアを開いた。そして、寝室にはいると、ベッドの下など覗いていたが、すぐに、書斎との境のドアに取りかかった。

克彦はそのすきに、さりげなく洋服ダンスの前に近づき、ポケットの鍵で、うしろ手に錠をおろし、その鍵は洋服ダンスと壁とのすきまへ投げこんでおいた。むこう向きになって錠前破りに夢中になっている警官は、少しもそれに気づかなかった。

やっと書斎との境のドアがひらいた。警官はホッとして、死体のある書斎へはいろうとしたが、そのとき、どこかでガタガタと音がした。

「オヤ、いま変な音がしましたね」

警官が克彦の顔を見た。克彦は洋服ダンスを見つめていた。またガタガタと音がして、洋服ダンスがかすかにゆれた。若い警官の顔がサッと緊張した。

彼はツカツカと洋服ダンスの前に近づいて、とびらに手をかけた。ひらかない。

「だれだッ、そこにいるのはだれだッ」

中からは答えがなくて、ガタガタいう音は一層はげしくなる。

警官は腰のピストルを抜き出して、右手に構えた。そして、こんどはもう針金を使わないで、左手で力まかせにとびらを引いた。観音びらきだから、鍵がかかっていても、ひどく引っぱれば、はずれてしまう。パッととびらがひらいた。そして、そこから大きな物体がゴロゴロと、ころがり出して来た。

「アッ、あけみさん」

克彦がほんとうにびっくりしたような声で叫んだ。

「だれです、この人は」

「股野君の奥さんですよ」

警官はピストルをサックに納め、そこにしゃがんで、あけみの猿轡をはずし、口の中のネクタイを引き出してやった。

そのあいだに、克彦はうしろ手にしばられた手首を調べて見た。うまくやったぞ。

ベルトが手首の肉に喰い入って、自分でしばったという疑いの余地は全くなかった。これなら大丈夫だと、克彦はわざと足首のベルトを解く方にまわり、手首の方は警官にまかせた。

すっかりベルトを解くと、あけみのからだを二人で吊って、そこのベッドに寝かせた。

「水を、水を」

あけみが、哀れな声で渇《かつ》を訴えたので、克彦は台所へ駈けおりて、コップに水を持って来た。彼女はほんとうに喉《のど》がかわいていたのだから、真に迫って、ガツガツと一と息にそれを飲みほした。

あけみが少しおちつくのを待って、若い警官は手帳を取り出し、一と通り彼女の陳述を書きとったが、あけみの演戯は申し分がなかった。

今日は夕方から女中を自宅に帰したので、彼女は、主人とふたりのおそい夕食のあとかたづけのために、台所にいた。主人の書斎で何か物音がした、叫び声がきこえたように思った。様子を見るために二階にあがって、書斎のドアをひらくと、中はまっ暗で、ただならぬ気配が感じられた。壁のスイッチを押そうとして、手をのばしたとき、いきなり、うしろから組みつかれ、口の中へ絹のきれのようなものを押しこまれ、物も云えなくなってしまった。

それから、そこへ押しころがされ、両手をうしろにまわして、しばられ、両足もしばられたが、そのあいだに、窓からの月あかりで犯人の姿が、おぼろげに見えた。黒っぽい背広を着ていたように思う。背が非常に高いとか、低いとか、ひどく痩せているとか、太っているとかいう印象はなかった。つまり、からだにはこれという特徴がなかった。顔は全く見えなかった。黒っぽい鳥打帽をかぶり、ヴェールのように黒い布を顔の前に垂らしていた。全く口をきかなかったので、声の特徴もわからない。

主人の股野が、うつぶせに倒れているのも、月あかりで見た。殺されているのか、気を失っているのかわからなかったが、覆面の男にやられたことはまちがいないと思った。金庫のとびらが開いているのも、チラと見た。だから強盗かと思ったが、どうも普通の強盗ではないような感じを受けた。

それから、犯人はしばり上げたあけみを抱いて、寝室の洋服ダンスの中に入れ、そとから鍵をかけた。そして、そのまま立ち去ったらしく思われる。犯人は全く無言で、敏捷に働いたので、最初猿轡をはめられてから、洋服ダンスにとじこめられるまで、三分とかかっていないであろう。

あけみは話の途中から、ベッドの上に起き上がって、思い出し、思い出し、大体そういう意味のことを話した。彼女はその役になり切っていた。話しぶりも真に迫っていた。彼女は大胆にも、主人の股野重郎には愛情を感じていないことをすら、言外《げんがい》ににおわせた。

美少年の警官は、この美しい夫人が、夫の無残な死にざまを見たら、どんなに歎《なげ》くだろうと、オロオロしているように見えたが、あけみは、まるでお義理のように、警官にたすけられて、夫のなきがらのそばへ行った。そして、一応は涙をこぼしたけれど、死体にとりすがって泣きわめくようなことはしなかった。

いつの間にか九時半をすぎていた。その頃から股野家は俄《にわ》かに騒がしくなった。所《しょ》轄《かつ》警察や警視庁などから、多勢の人々が、次々とやって来たからである。

あけみは、捜査一課長や警察署長の前で、同じことを度々《たびたび》繰り返さなければならなかった。彼女の話しぶりは、繰り返すごとに、少しも危険のない枝葉《えだは》をつけ加えながら、いよいよ巧みになっていった。克彦さえ、その演戯力にはあきれ返るほどであった。

克彦自身もいろいろ質問を受けた。彼は今夜のことだけは別にして、すべて正直に答えた。あけみを愛していることを悟られても構わないという態度をとった。遠方からの殺人目撃者という、不動のアリバイが、それほど彼を大胆にしたのだが、それだけに、彼の話しぶりには少しの不自然もなかった。

鑑識課員は、股野の死因が、強力なる腕による扼殺であること、ドアの把手その他室内の滑《なめら》かなものの表面が、布ようのものでふきとってあること、一応指紋は採集したけれども、犯人の指紋は恐らく発見されないだろうということ、表口にも裏口にも、顕著《けんちょ》な足跡は発見されなかったことなどを報告した。

鑑識課員はまた、ストーヴで紙束が焼かれたらしいことも見のがさなかった。そして、あけみの証言によって、それが借用証書の束であることが判明して、現金十数万円が金庫の中から紛失していることも明らかとなった。それに関連して、股野の事務机のひき出しから、貸金の帳簿が押収《おうしゅう》せられた。

捜査官たちは、何も云わなかったけれども、捜査が股野の現在の債務者の方向に進められることは、容易に推察された。恐らく貸金帳簿に記入されている人々が、虱つぶしに調べられることであろう。

股野は両親も兄弟もなく、孤独な守銭奴《しゅせんど》だったから、こういう際に電報で呼び寄せるような親しい親戚もなかった。うちとけた友人も少なく、強いて云えば克彦などが最も親しい間がらであった。

あけみの両親は新潟《にいがた》にいたが、彼女の姉が東京の三共製薬《さんきょうせいやく》の社員に嫁《か》していたので、さしあたって、その夫妻を電話で呼びよせた。そんなことをしているうちに、夜が更けてしまったので、克彦もその晩は股野家に泊ることになった。

翌日は日東映画の社長をはじめ股野の友人たちが多勢やって来て手伝ってくれたが、一ばん事情に通じているのは克彦だったから、中心になって立ち働かないわけにはいかなかった。そして、事件から三日目に、股野重郎の葬儀は無事に終った。

克彦もあけみも、この難場《なんば》を事なく切り抜けた。死者の家族が、葬儀の忙しさにまぎれて、その悲しみを一時忘れているように、犯罪者の恐怖も、まぎれ忘れていることが出来るもののようであった。一つは彼らに十二分の自信があったためでもあるが、もう一つは、こういう犯罪を敢《あえ》てする者の、一種の不感症的性格から、彼らはなんら怯えることもなく、その数日を過ごすことが出来た。

四

それから一カ月余りが過ぎ去った。はじめのあいだは、あけみの家へも、克彦のアパートへも、警察の人が度々やって来て、うるさい受け答えをしなければならなかったが、それも当座のあいだで、この頃では忘れたように、事件関係の出入りがなくなってしまった。

克彦は十日ほど前から、アパートを引きはらって、あけみの家に同居していた。愛し合うふたりにとって、これはごく自然の成りゆきである。知人たちも、別にそれを怪しまなかった。克彦にしては、若しおれが殺人者なら、こうはできないだろうという逆手の潔白証明でもあった。

彼の殺人は、考えて見れば、正当防衛と云えないこともなかった。相手に殺されそうになったから殺したのだ。したがって、計画殺人に比べて、精神上の苦痛は遥かに少なかった。そのせいか、ふたりとも、夜の悪夢に悩まされるようなことも、全くなかった。正当防衛を表沙汰《おもてざた》にすれば、もっと気が楽であったろう。しかし、そうしては、あけみとの恋愛が破れてしまう。現在のような思う壺《つぼ》の状態は、絶対に来なかったにちがいない。それが辛さに、あれほどの苦労をして、アリバイ作りのトリックを実行したのだ。

彼らは幸福であった。前からの女中一人を使っての新世帯《しんじょたい》。邪魔するものは誰もなかった。股野の財産は少しの面倒もなく、あけみが相続した。股野のような守銭奴でないふたりには、思うままの贅沢《ぜいたく》も出来た。

(世の中って、なんて甘いもんだろう。おれの智恵が警察に勝ったんだ。そのほか誰一人疑うものもない。つまり世の中全体に勝ったんだ。これこそ「完全犯罪」ではないだろうか。今になって考えて見ると、おれは実にうまい智恵を絞ったもんだな。殺人者自身が、遠くから殺人の場面を目撃する。こんなトリックは探偵作家だって考え出せないだろう。いや、ないこともない。「皇帝の嗅煙草入《かぎたばこいれ》」(注2)とかいう小説があった。おれは読んだことがある。しかし、あれは口でごまかすだけだ。聴き手は病気で寝ている。それにありもしない出来事を、今見ているように話して聞かせるだけのことだ。実際には、あんな都合のいいことが出来るはずはない。「どれどれ」と云って、ベッドから起きて来て覗かれたら、おしまいじゃないか。だが、残念ながら、おれの名トリックは世間に見せびらかすことができない。小説にもシナリオにも、似たような筋さえ書くことが出来ない。昔から、最上最美のものは、世に現われないというのは、ここのことだて)

もう大丈夫だと安心すると、思いあがりの気持が、だんだん強くなって来た。彼の心から、若しもという危惧《きぐ》が、殆《ほとん》ど跡かたもなく薄らいで行った。

そんな或る日、つまり事件から一カ月余りたった或る日、この事件を担当していた警視庁の花田《はなだ》警部が、久しぶりでヒョッコリ訪ねて来た。花田は平《ひら》刑事から叩きあげて、今は捜査一課に重要な地位を占め、実際の事件を手がけた数では、部内第一と云われていた。

二階の書斎に請《しょう》じ入れると、背広姿の花田警部は、ニコニコして、ジョニー・ウォーカーのグラスを受けた。むろん、あの夜のウィスキーではない。克彦はあれ以来、なぜかジョニー・ウォーカーを愛飲するようになっていた。あけみも心配になると見えて、その席へやって来た。だが、それは、股野の妻であった彼女として、至極《しごく》当然のことでもあった。

「やっぱりこの部屋をお使いですか。気味がわるくはありませんか」

花田警部が、ジロジロと部屋の中を見廻して、笑いながら云った。

「別にそうも感じませんね。僕は股野君のように、人をいじめませんから、この部屋にいたって、あんな目に会うこともないでしょうからね」

克彦も微笑していた。

「奥さんもよかったですね。北村さんのようなうしろ楯《だて》ができて、かえってお仕合《しあわ》せでしょう」

「なくなった主人には悪いのですけれど、あたし、あの人と一緒にいるのが、なんとも云えないほど苦しかったのです。ご存知のような憎まれものでしたから」

「ハハハハハ、奥さんはほんとうのことをおっしゃる」警部はほがらかに笑って、

「ところで、おふたりは結婚なさるのでしょうね。世間ではそう云っていますよ」

克彦はこんな会話が、どうも普通でないような気がしたので、話題を変えた。

「そういう話は、しばらくお預けにしましょう。それよりも、犯人はまだあがりませんか。あれからずいぶん日がたちましたが」

「それを云われると、今度は僕が恐縮する番ですよ。いやな言葉ですが、これはもう迷宮入《めいきゅうい》りですね。あらゆる手段をつくしたのですが、結局、容疑者皆無《かいむ》です」

「と云いますと」

「股野さんの帳簿にあった債務者を、全部調べ終ったからです。そして、一人も疑わしい人物がなかったからです。大部分は確実なアリバイがありました。アリバイのない人たちも、あらゆる角度から調べて、全部『白』ときまったのです」

「債務者以外にも、股野君には敵が多かったと思いますが……」

「それも出来るだけ調べました。あなたや奥さんからお聞きしたり、そのほかの映画界の人たちから聞いた股野さんの交友関係は、すっかり当って見ました。こちらも容疑者皆無です。こんなきれいな結果は、実に珍しいのですよ。どこかに奥歯に物のはさまったような感じが残るのが普通です。今度の事件にはそれが全くありません。実にきれいなものです。不思議なくらいです」

克彦もあけみもだまっていた。

（さすがは警視庁だな。そんなにきれいに調べあげてしまったのか。こいつは少し用心しなくちゃいけないぞ。あれはおれのやり過ぎだったかな。証文なんか焼かないでおいた方がよかったのじゃないかな。証文を取られていたやつが犯人らしい。しかも、その中に犯人がいないとなると、警察はその奥を考えるだろう。確実に見えるアリバイをつぶすことしか、あとには手がないわけだ。そうすると、おれのアリバイも再検討ということにならぬとも限らないぞ。いや、そんなことは出来っこない。なにをビクビクしているんだ。おれは殺人現場から十メートル以上離れていたじゃないか。物理学上の不可能事だ。そしてそれにはパトロールという、確実無比の証人があるじゃないか）

「それでね、今日はもう一度、あなた方に考えていただきたいと思って、やって来たのです。前にお聞きしたほかに、うっかり忘れていたような、股野さんの知人、多少でも恨みをもっていそうな知人はないでしょうか。これは、殊に奥さんに思い出していただきたいのですが」

「さア、そういう心当りは、いっこうございませんわ。あたし股野と結婚してから三年にしかなりませんので、それ以前の事は、全くわからないと云ってもいいのですし……」

あけみはほんとうに、もう思い出す人がない様子であった。

「股野君は、誰にも本心をうちあけない、孤独な秘密好きの性格でしたから、僕だけではない、誰にも深いことはわかっていないと思います。別に日記をつけるではなし、遺言状《ゆいごんじょう》さえ書いていなかったのですからね」

「そう、そこが僕らの方でも、悩みの種ですよ。こういう場合に、本心をうちあけた友人がないということは、捜査には何よりも困るのです」

花田警部はそこで事件の話をうち切って、雑談にはいった。彼の話は実に面白くて、克彦もあけみも、事件のことなどすっかり忘れて、興《きょう》にのったほどである。警部も克彦も、ウィスキーのグラスを重ね、だんだん酔《よい》が廻るにつれて、猥談《わいだん》も出るという調子で、あけみも映画人だから、少々の猥談に辟易《へきえき》するたちでもなく、三人とも心から、春のように笑い興じたものである。

花田警部は、その日、三時間以上もながが居をして帰って行ったが、それからというものは、三日に一度、五日に一度、訪ねてくるようになった。

真犯人と警視庁の名探偵とが、親しい友達としてつき合うというのは、克彦のような性格にとって、こよなき魅力であった。花田警部の来訪が度かさなるにつれて、彼らのあいだにはほんとうの親しみが生じて来た。

女中のきよを仲間に入れて、マージャンに興ずることもあった。トランプもやった。もう三月中旬をすぎていたので、暖かい日曜日などには、花田を誘って三人で外出した。そして夜は、新橋あたりのバーのスタンドに、三人が肩をならべて、洋酒に酔うこともあった。

そういう場合に、元女優あけみの美しさと社交術はすばらしかった。酒がまわると、花田警部はあけみにふざけることもあった。ひょっとしたら、彼がこんなにしばしば遊びに来るのは、あけみに惹《ひ》かれているためではないかとさえ思われた。花田はしゃれた背広は着ていたけれど、やっぱり叩き上げた警官の武骨《ぶこつ》さをごまかすことはできなかった。それに、顎《あご》の張った俎《まないた》のような赤ら顔をしていた。だから、克彦は少しも気にしなかった。名探偵が共犯の女性に惚れるなんて、実に楽しいスリルだと思っていた。

克彦と花田のあいだに、探偵小説談がはずむこともあった。

「北村さんは、探偵映画のシナリオを幾つもお書きでしたね。一つ二つ見ていますよ。商売がら僕も探偵小説は好きな方です」

花田はなかなか読書家のようであった。

「犯人を隠す映画はどうもうまく行きませんね。僕の書いたのはその方なんだが、大体失敗でした。やっぱりスリラーがいい。それか(注3)倒叙《とうじょ》探偵小説ですね。犯人が最初からわかっていて、しかもサスペンスとスリルのあるやつに限ります」

「どうです、股野の事件は映画にはなりませんか」

「そうですね」克彦は、考え考え答えた。あのときの演技と、仮想犯人の行動とが、こんぐらがりそうになった。いつでも、そこをハッキリ区別して考えていなければいけない。まあ、喋《しゃべ》りすぎないことだ。「月に照らされた窓から、被害者が助けを求めるところなんか、絵になりますね。それから、この人が」と、そばのあけみを顧《かえり》みて「洋服ダンスから出てくるところ。金庫の前の格闘なんかも悪くないですね。しかし、そのほかには材料が全くありません。若し金を借りているやつが犯人でないとすると、動機さえ分らないのですからね。映画にしろと云ったって無理ですよ」

「窓のところはいい場面になるでしょうね。あなたは自分でごらんになったんだから、余計印象が深いでしょう。月光殺人事件ですかね」

（あぶない、あぶない、窓のことを余り話していると、何か気づかれるかも知れないぞ。こんな話はしないに限る）

「花田さんも、なかなか詩人ですね。血なまぐさい犯罪捜査の中にも、時には詩があるでしょうね。物の哀れもあるでしょうね」

「物の哀れはふんだんですよ。僕はどうも犯人の気持に同情するたちでしてね。わるいくせです。捜査活動に詩人的感情は大禁物《だいきんもつ》です」

そして、ふたりは声を合せて笑ったものである。

そんなふうにして、事件から二カ月近くもたった頃、ある日、また花田が訪ねて来て、克彦をギョッとさせるような話をした。

「私立探偵の明智小五郎《あけちこごろう》さん、ご存知でしょう。僕はもう六、七年も懇意《こんい》にしているのですが、やっぱりいろいろ教えられるところがありますね。あの人のちょっとしたヒントから、捜査に成功した例も少なくありません。昔は、民間探偵なんかに智恵を借りに行くのは、大警視庁の名折れだといって、うるさかったものですが、この頃では、だいいち僕の方の安井《やすい》捜査一課長が明智さんの親友ですからね。誰も悪くいうものはなくなりましたよ」

これは克彦にとって、全くの不意うちであった。わきの下から、冷たいものがタラタラと流れた。顔色も変ったかも知れない。

(しっかりしろ。こんなことで顔色を変えちゃ、折角の苦労が水の泡じゃないか。平気だ、平気だ。明智小五郎であろうと誰であろうと、あのトリックを見破れるやつがあるはずはない。証拠になるような手掛りは、これぽっちもないんだからな。だが、おれとしたことが、明智小五郎の名を、今まで一度も考えなかったなんて、どうしたことだろう。まるで胴忘《どわす》れしていた。ずっと前から、空想の中で股野を殺すことを研究し出してから、一度も明智の名を思い出さなかった。不思議なくらいだ。おれは明智の手柄話《てがらばなし》を残らず読んでいる。一時は彼に心酔《しんすい》したことさえある。それを少しも思い出さないなんて、ひょっとしたら、これは「盲点」だぞ。明智の好きな「盲点」にひっかかっているのかも知れないぞ）

「今度の事件についても」花田は話しつづけていた。「明智さんの意見を聞いて見たのです。面白い事件だと云ってますよ。一度現場をごらんになったらどうですかと誘って見たのですが、見に行かなくても、君の話を詳しく聞けばいいと云われるので、その後も、時々明智さんを訪ねて、捜査の経過のほかに、ここのうちの間取りだとか、金庫やストーヴや洋服ダンスの位置だとか、そのほかこまごました道具のこと、戸じまりのこと、前の道路と門と建物の関係、裏口の模様、それから、あなた方のお話の内容などを、詳細に話して聞かせているのです。そして、明智さんの意見も聞いているのですよ」

克彦は花田の顔をじっと見ていた。そこから何かを読み取ろうとした。花田は妙な顔をしていた。唇の隅に笑いが漂っていたけれども、それは皮肉な微笑とも取れた。

全体にとりすました表情であった。

（ハハン、そうだったのか。マージャンをやったのも、トランプをやったのも、酒を飲んだのも、みんな明智小五郎の指図《さしず》だったのか。そして、おれとあけみがボロを出すのを、待っているんだな。こいつは重大なことになって来たぞ。あけみにも充分云いきかせておかなければいけない。だが、待てよ。おれは自分の智恵に負けているのかも知れないぞ。なんでもないことを、思いすごしているのかも知れないぞ。犯罪者は恐れをいだくことが最大の禁物だ。いつも自分の方からバラしてしまうのだ。神様のその手にかかっちゃいけない。恐れさえしなければ安全なんだ。おれは少しも後悔していない。股野みたいなやつは殺されるのが当然だ。多くの人が喜んでいる。だから、おれは良心に責められることは全くないのだ。だから、恐れることもないのだ。なあに平気だ。平気で応対していれば、安全なんだ）

だが、平気で応対するということが、人間である克彦には恐ろしく困難であった。それは神と闘うことであった。

「それで、明智さんは、どんなふうに考えておられるのですか」

彼はごく自然な――と自分では信じている――微笑を浮かべて、さりげなく訊《たず》ねた。

「この犯罪は手掛りが皆無のようだから、物質的証拠ではどうにもなるまいという意見です。心理的捜査のほかはないだろうという意見です」

「で、その相手は？」

「それはたくさんありますよ。一応白くなった連中が全部相手です。とても僕一人の力には及びません。ほかに二人の課のものが、これにかかりきっていますが、心理捜査なんて、全く慣れていませんからね。むずかしい仕事ですよ」

「警視庁も、次々と大犯罪が起っているので、忙しいでしょうしね」

「忙しいです。今の人員ではとてもさばききれません。しかし、迷宮入りの事件については、われわれは執念深いのです。全員を動かすことはできませんが、ごく一部のものが、執拗《しつよう》に何本かの筋を、日夜追及しています。われわれの字引きには『諦《あきら》め』という言葉がないのですよ」

(そうかなあ。そうだとすれば、日本の警視庁も見上げたもんだな。これはうるさいことになって来たぞ。だが、そんなことは花田の誇張だ。新聞記事だけでも、迷宮入りの事件がたくさんあるじゃないか。警察なんかに、それほどの万能の力があってたまるものか)

「たいへんですね。しかし面白くもあるでしょうね。犯罪捜査はいわば人間狩りですからね。猟師《りょうし》が傷ついたけものを追っかけているのと同じですからね。或る検事が、おれは生れつきサディストだったから、最適任の検事になったのだと云っていましたが、捜査官も飛びきりのサディズムが味わえるわけですね」

克彦はふと挑戦して見たくなった。意地わるが云って見たくなった。

「ハハハハハ、あなたはやっぱり文学者だ。そこまで掘りさげられちゃ、かないませんよ。だが、煎《せん》じつめれば、おっしゃる通りかも知れませんね」

そこでまた、ふたりは声を合わせて笑った。

その夜、ベッドの中で、克彦はあけみに、この事件に明智小五郎が関係していることを話して聞かせた。あけみの顔色が変った。彼女は克彦の腕の中でふるえていた。

ふたりだけになると、お互に弱気が出るのは止むをえないことだった。

彼らは午前三時ごろまでボソボソと話し合っていた。あけみはサメザメと泣き出しさえした。彼女の弱気を見ると、克彦も心細くなった。

「あけみ、ここが一ばんだいじなところだ。平気にならなければいけない。平気でさえいれば、何事も起らないのだ。ほかの誰でもない自分自身に負けるのだよ。それが一ばん危険だ。絶対に証拠が無いんだからね。お互に弱気にさえならなければ、しのぎ通せるんだ。幸福がつづくんだ。いいか、わかったね」

克彦は口の酸《す》くなるほど、同じことをくり返した。そして、やっとあけみの弱気をひるがえすことが出来たように思った。

五

それからまた数日後の夜、花田警部が訪ねて来たときには、克彦とあけみの心理に一転機を来たすような恐ろしいことが起った。彼らにとって、それからあとの十数日は、恐怖と闘争の連続であった。恐怖とはわが心への恐怖であり、闘争とはわが心との闘争であった。その夜は、女中のきよを交《まじ》えてのマージャンがはじまったが、花田のひとり勝ちがつづき、余りの一方的勝負に興味がなくなってしまった。九時頃勝負を中止して、例のジョニー・ウォーカーが出た。そして酔いが廻ると、花田はあけみをとらえて、ダンスのまねごとをやったりした。あけみも、少し酔っていた。キャッキャッという追っかけっこさえはじまった。花田は逃げまわって、階段を降り、台所にはいっていった。

「いけません。奥さま、花田さんがいけません」

女中のきよが花田に抱きつかれでもしている様子だった。

あけみは階段の中途から、興ざめ顔に引き返して来た。克彦は書斎のソファにグッタリとなっていた。顔は酔いのためまっ赤だった。あけみはその横に、倒れるように腰かけた。酔っていても、何かしら不安なものがおそいかかって来た。どこか廊下のすみの暗いところに、幽霊が立っているような気がした。股野の幽霊が。……こんな奇妙な感じは初めてのことであった。

そこへ、ドタドタと恐ろしい足音をたてて、酔っぱらいの花田が階段をあがって来た。そして、ふたりの前に現われた。きよがキャッキャッと言いながら、そのあとを追って来た。

「奥さん、手品を見せましょうか。いま下でこのボール紙の菓子箱の蓋《ふた》と鋏《はさみ》を持って来たのです。これでもって僕のとっておきの手品をお眼にかけまあす」

花田はフラフラしながら、マージャン卓の向うに立って、さも奇術師らしい恰好をして見せた。

「このボール紙から、いかなるものが出来上がりましょうや、お目とめられてご一覧……」

彼はボール紙を左手に鋏を右手にもって落語家(注4)の「紙切り」の仕草よろしく、出鱈《でたら》目《め》の口三味線《くちじゃみせん》で拍子をとりながら、ボール紙を五本の指のある手の形に切り抜いていった。

克彦の背中をゾーッと冷たいものが走った。酔いもさめて、急に頭がズキンズキンと痛み出した。あけみはほんとうに幽霊でも見たような顔をしていた。目が大きくなって、可愛らしい口がポカンとあいていた。

「ハイッ、まずこのような奇妙キテレツなる形に切りとりましてございます。さて、持ちだしましたるは一つの手袋……」

彼はポケットから、交通巡査のはめるような軍手に似た手袋の片方をとりだし、それを今切りとったボール紙の五本の指にはめていった。忽《たちま》ち白い人間の手になった。彼はボール紙の端を持って手袋を自分の顔の前で、いろいろに動かして見せた。それが、まるで、うしろから別人の手が出ているように見えるのだ。

ある瞬間には、事件の夜、あけみがやったのと全く同じ形になった。もう見てはいられなかった。あけみは悲鳴をあげないのがやっとだった。西洋の女のように気を失うことはなかったが、でも、失神と紙一と重の状態にあった。克彦はもう目をつぶるより仕方がなかった。

（まずいことをした。こんな男を、心やすく出入りさせたのが失敗のもとだ。これも平気を装う逆手だったが、それがやっぱりいけなかった。しかし、これは警視庁捜査課の智恵じゃないぞ。明智小五郎のさしがねにきまっている。明智の体臭《たいしゅう》が漂っている。恐ろしいやつだ。あいつはそこまで想像したんだな。だが、むろん単なる想像にすぎない。試しているんだ。この試錬にうち勝つかどうかで、おれたちの運命がきまるのだ。なにくそッ、負けるもんか。相手は花田じゃない。目に見えぬ明智のやつだ。さア、なんでもやって見ろ。おれは平気だぞ。証拠のないおどかしなんかに、へこたれるおれじゃないぞ。……だが、あけみは？　ああ、あけみは女だ。事は女からバレるのだ……）

彼はとなりのあけみの腕をグッと握った。「しっかりしろ」と勇気づけるために、男の大きな手でグッと握ってやった。

「淑女紳士諸君、ただいまのは、ほんの前芸《まえげい》、これより、やつがれ十八番の本芸《ほんげい》に取りかかりまあす。ハイッ」

花田は調子にのって、うきうきと口上を述べた。そして、横で笑いこけている女中のきよを手まねきして、かたわらに立たせ、

「持ちいだしましたるは、レーンコートのベルトにござります」

それは直《ただ》ちに事件の際に使用した股野のレーンコートのベルトを連想させた。あけみが克彦の方へ倒れかかって来た。びっくりして顔を見たが、気を失ったのではない。心の緊張のために、からだの力がぬけてしまったのであろう。克彦はその手先をグッと握って、彼女が平静でいてくれることを神に祈った。そして、彼自身は酔いにまぎ

らせて、目をつむっていた。見ていれば表情が変るにちがいない。ここで変な表情を見せてはならないのだ。

（ああ、いけない。あけみ、お前はどうして、そんなに目を見ひらいているのだ。心の中を見すかされてしまうじゃないか。いい子だから、こちらをお向き）

　彼は花田にさとられぬように、肩を動かしてソッとあけみの顔を自分の方に向けさせた。

「サテ、みなさま、これなるベルトで、やつがれの手首を括《くく》らせてごらんにいれまあす。……さア、きよちゃん、構わないから、ここを思いきり縛《しば》っておくれ。そうそう、三つばかり巻きつけるんだ。そして、はじとはじとを、こまむすびにするんだ」

　きよはクスクス笑いながら花田が揃えて前に突き出している手首を、ベルトでしばった。

「ごらんの通り、これなる美人が、やつがれの両手を力まかせにしばってくれました。これではどうにもなりません」

　彼は手首を抜こうとして、大げさな仕草をして見せた。どうしても抜けないという身ぶりをして見せた。

「きよちゃん、それでは、僕の胸のポケットからハンカチを出して、僕の手首の上にかけておくれ」

きよが命ぜられた通り、縛った手首の上にハンカチをかぶせた。

「ハイ、この厳重な縄目が一瞬間にとけましたら、お手拍子《てびょうし》……」ハンカチの下で何かモゾモゾやっていたかと思うと、パッと両手を出して見せた。ベルトはきれいに抜けていた。

克彦は勇気をふるって、パチパチと手を叩いた。かすれた音しか出ないので、何度も叩いているうちに、よく響く音が出だした。彼は少しばかり自信を回復した。あけみにも手を叩けと合図をしたが、彼女は音のない拍手を二、三度するのがやっとだった。

「ただいまお目にかけましたるは、藤田西湖直伝《ふじたせいこじきでん》、甲賀流縄抜けの妙術にござりまする。これごろうじませ、抜けましたるベルトは、この通り、ちゃんと元の形をたもっておりまする。結び目は少しもゆるんではおりません。さて、みなさま、これのみにてはお慰《なぐさ》みがうすい。次には、今抜けましたる縄にもともと通り、もう一度両手を入れてお目にかけまあす。抜くよりは入れるがむずかしい。首尾よくまいりましたら、ご喝采《かっさい》……」またハンカチの下でモゾモゾやり、パッと手をあげたときには、最初の通り、両の手首がベルトで厳重にしばられていた。克彦とあけみは、また心にもない拍手をした。こわばった顔で、手先だけをうち合わせた。

「ハハハハハ、どうです。見事なもんでしょう。さア、これで手品はおしまい。夜も更けたようですから、おいとましますが、お別れにもう一杯」

花田はテーブルの上のグラスに手ずからジョニー・ウォーカーをついで、それを顔の前にささげながら、ヨロヨロとソファの方へやって来る。同じソファにかけられたら、あけみがふるえているのを悟られる。相手が来ぬ先に、克彦はサッと立ち上がって、自分もテーブルのグラスをとり、ウィスキーをつぎながら、

「さア、乾杯、乾杯！」

と叫んで、花田の前に立ちはだかり、杯《さかずき》をカチンと合わせた。グッとほして、お互の肩を叩き合う。

「あ、そうそう明智さんがね。あの日はどうしてあんなに月がさえていたのだろう。偶然の一致だろうか、それとも、と小首をかしげていましたっけ。ハハハハハ、じゃ、これでお開きといたしましょう」

トンとグラスをテーブルにおいて、そのまま廊下の外套《がいとう》掛けへ、泳ぐように歩いて行った。

ふたりは花田が帰ったあとで、ウィスキーを何杯もあおった。これ以上の心痛には

耐えられなかったからだ。

酒の力を借りてグッスリ寝込んだ。しかし、長くはつづかなかった。真夜中にポッカリと目をさました。隣のあけみを見ると、青ざめた恐ろしい顔をして、目ばかり大きく見ひらいて、じっと天井を見つめていた。頬が瘦せて病人のように見えた。克彦はいつもの勇気づけの言葉をかける気になれなかった。彼の方でも頭が一ぱいだった。

(明智という男は恐ろしいやつだ。恐ろしいやつだ)

そういう文句が、巨大な囁《ささや》き声となって、彼の頭の中を駈けめぐっていた。

心理的攻撃はそれで終ったわけではない。それからの数日というもの、恐ろしい毒矢が矢つぎばやに、これでもかこれでもかと、ふたりの身辺に飛来した。

その翌日、あけみはうちにいたたまれなくて、渋谷《しぶや》の姉の家を訪問したが、夕方帰って来たときには、一層瘦せおとろえて見えた。

彼女は二階にあがると、書斎にいた克彦の前を無言で通りすぎて、寝室にはいってしまった。克彦はそれを追って、寝室に行き、ベッドに腰かけて両手で顔を覆っている彼女の肩に手をおいた。

「どうしたんだ。なにかあったのか」

「あたし、もう持ちこらえられないかも知れない。ズーッと尾行されて来たの。のぞいてごらんなさい。まだ門の前にウロウロしてるでしょう」

あけみの語調には、なにか捨てばちなものが感じられた。

克彦は寝室の窓のカーテンのすきまから、ソッと前の道路を見た。

「あいつかい？　黒いオーバーを着て、鼠《ねずみ》色のソフトをかぶった」

「そうよ。花田さんの部下だわ。気がついたのは渋谷の駅なの。あたしと同じ電車に乗っていて、いっしょに降りたのよ。そして、姉さんのうちまでズーッと。あたし、あすこに三時間もいたでしょう。だからもう大丈夫だろうと思って、姉さんのうちを出ると、いつのまにか、あとからコツコツやってくるの。ウンザリしちゃったわ。こんなふうに毎日尾行されるんじゃ、やりきれないわ」

「神経戦術だよ。証拠は一つもありゃしないんだ。こういういやがらせをして、僕たちが尻尾《しっぽ》を出すのを待ちかまえているんだ。その手に乗っちゃいけない。相手の戦術なんだからね。こっちさえ平然としてれば、向うの方で参ってしまうよ」

「あなたはいつもそんなこと云うけれど、嘘を隠し通すって、ほんとに苦しいことね。もうたくさんだわ。あたし、多勢の前で、大きな声でわめいてやりたくなった。股野を殺したのは北村克彦です。その共犯者はあたしですって」

（やっぱり女だな。もうヒステリー症状じゃないか。こいつは、ひょっとすると、お

れがいくらがんばっても、だめかも知れんぞ）

「ねえ、あけみ、君は女だから、ふっと弱気になることがあるんだ。思い直してくれ。若し僕らが参ってしまったら、ふたりの生涯は台なしなんだぜ。僕だけじゃない、君も共犯として裁判をうける。そして、恐ろしい牢屋に入れられるんだ。それぱかりじゃない。たとい刑期が終っても、金は一文もないし、世間は相手にしてくれない。それを考えたら、どんな我慢でも出来るじゃないか。ね、しっかりしてくれ」

「そんなこと、あたしだって知ってるわ。でも、理窟じゃだめ。このいやあな、いやあな、地獄の底へ沈んで行くような気持は、どうにもならないんですもの」

「君はヒステリーだ。睡眠不足だよ。アドルム(注5)をのんで、グッスリ寝たまえ。少しでも苦しみを忘れることだよ。僕はウィスキーだ。あの懐かしいジョニー・ウォーカーだ」

しかし、それで終ったわけではない。来る日も来る日も、あけみがちょっとでも外出すると、必ずうしろから、コツコツとついて来た。うちにいれば、昼も夜も、門のそとに黒い外套の男が立っていた。

「奥さま、へんなやつが、勝手口のそとに、ウロウロしてますよ。いま買いものから帰ったら、そいつがあたしの顔を見てニヤッと笑いました。泥棒じゃないでしょうか」

　きよが、息せききって報告した。ああ、そちらにもか。

　泥棒でないことはわかっていた。

「黒い外套に、鼠色のソフトをかぶった男？」

「いいえ、茶色のオーバーに鳥打帽です。人相のわるいやつです」

（すると、見張りがふたりになったんだな）

　あけみはいそいで二階にあがって、カーテンのすきまから、表通りを見た。ここにもいる。どぶ川のふちにもたれて、横目で二階をジロジロ見ている。いつもの黒いオーバーのやつだ。

　そして、その夜は、おもて裏の見張りが三人になった。克彦は書斎のアームチェアを窓際によせて、それにかけたまま、カーテンの隙間から覗いていた。暗くてハッキリは見えぬけれど、ひとりは電柱の蔭、ひとりは散歩でもしているていで、うしろ手を組んで、ノソリノソリと、向うの町角まで歩いては、また戻り、また戻りしていた。

（根気のいいことだ。こちらも根気よくやらなければ。持久戦《じきゅうせん》だぞ）

　工場の煙突の上に巨大なまっ赤な月が出ていた。しかしあの夜の満月とちがって、今夜は片割れ月だ。まがまがしい片割れ月だ。（このお化けみたいな赤い月が、おれに人を殺させたんだ。あの夜の月はたしかに凶兆だった。だが、今夜の月は……）何の凶兆なのであろう。「キクッ、キクッ」という、いやな声が、寝室の中から聞えて来た。ああまた泣いている。あけみが小娘のように泣いているのだ。克彦は両手で頭を抱えて、ソファの中で、からだを二つに折った。キリキリと揉《も》みこむような頭痛をこらえながら。（まだ負けないぞ。いくらでも攻めて来い。おれは、あくまで、へこたれないぞ）

それから睡眠薬の力で泥のような眠りについたが、朝、目がさめると、また気力が回復していた。

「オイ、今日はふたりで散歩に出よう。いい天気だ。動物園へ行ってみようか。そして精養軒《せいようけん》で食事をしようね。うちにとじこもっていたって仕様がない。尾行なんか平気だよ。尾行に精養軒をおごってやろう。そして、存分からかってやろう」

女中のきよが、びっくりして見送った。ふたりは銘々《めいめい》に一ばん気に入りの外出着を着て、腕を組まぬばかりにして門を出た。

わざと自動車を避けて、電車に乗ったが、不思議なことに、今日だけは尾行がつかなかった。動物園にはいったとき、この辺に待ち伏せしているのではないかと、入念《にゅうねん》に見廻したが、どこにもそれらしい姿はなかった。精養軒の出入りにも、怪しい人影は見えなかった。まだ日が高いからというので、有楽町《ゆうらくちょう》に廻って、シネマスコープを見たが、その道でも、映画館の中でも、尾行者らしい者は、どこにもいなかった。

ふたりにとって、こんなのびのびした楽しい日は、珍しいことであった。日のくれごろ、上機嫌で家に帰った。家の前にも、いつもの人影はなかった。

（いよいよ尾行や見張りのいやがらせも、これでおしまいかな。ずいぶん烈しい攻撃だったが、おれもよく踏みこえたものだて）

克彦はうきうきした足どりで玄関をはいった。あけみも初春の外光に、美しく上気して、さも楽しそうに見えた。女中のきよが夕食の用意をして、ふたりを待っていた。

「あの、さっき、花田さんがいらっしゃいました。そして、お書斎の机の上に手紙を書いておいたから、読んでいただくようにって、お帰りになりました」

いつものきよの語調とは、どこかちがっていた。なんだか、いやにオドオドしている。

花田と聞くとウンザリした。（まだ幽霊がつきまとっているのか。だが、今日のはお別れの手紙かも知れないぞ。そうであってくれればいいが）彼は二階へ急いで、その手紙を探した。事務机のまんなかに、克彦の用箋《ようせん》が一枚、キチンと置いてあった。

たちまち、今日一日の楽しさが消し飛んでしまった。

(明智がやってくる。あの恐ろしい明智がやってくる)

いつのまに上がって来たのか、あけみがうしろから覗いていた。彼女も唇の色をなくしていた。目が飛び出すほどの大きさになって、喰い入るように用箋を見つめていた。

お留守でしたので書き残します。明智小五郎氏が、是非一度おふたりにお会いして、お話が伺いたいと申されますので、明日午前十時ごろ、僕が明智さんをお連れします。どうかおふたりとも、ご在宅下さい。

花　田

北村克彦様

ふたりとも何も云わなかった。物を云うのが恐ろしかった。いよいよこれで解放されたかと思っていたのが、逆に最悪の状態になったのだ。

ふたりは無言のまま、食堂におりて、テーブルについたが、お通夜《つや》のような晩餐だった。それに、給仕のきよが、今夜は変にオドオドしているのも気になった。いつものように物を云わなかった。こちらが話しかけると、ビクッとして、おびえた目をする。ろくに受け答えもできないほどだ。

「どうかしたのかい？　加減でもわるいの？」

「いいえ」

口の中でかすかに答える。そして、叱られた小犬のような目で、こちらを盗み見る。すべてが不愉快であった。食事もそこそこに、ふたりは二階に上がった。克彦は飾り棚のジョニー・ウォーカーを取り出して、グラスに二杯、グイグイとあおった。寝室にはいって、着更えをすると、あけみはベッドに横たわり、克彦はベッドのはじに腰かけた。今夜はふたりで充分話し合わなければならない。

「あなた、どうしましょう。もうおしまいだわ。あたし、もう精《せい》も根《こん》もつきはてた」

「おれもウンザリした。だが、まだ負けられない。こうなれば、どこまでも根くらべだ。相手には確証というものが一つもないのだからね。われわれが白状さえしなければ、決して負けることはないんだ」

「だって、花田さんでさえあれでしょう。手袋とバンドの手品を見せつけられたとき、あたし、もうだめだと思った。相手はすっかり知り抜いているんだもの。股野が死んだあとで、あたしが替玉になって、窓から助けてくれと云ったことも、軍手のトリックも、そうして、あなたのアリバイを作ったことも、それから、あたしが自分で自分を縛って、洋服ダンスにとじこめられたように見せかけたことも、何から何まで、すっかりバレてしまっているじゃありませんか。この上、明智さんが乗り込んで来たら、ひとたまりもないわ」

「ばかだな。知っているといっても、それは想像にすぎないんだ。なるほど明智の想像力は怖いほどだが、あくまで想像にすぎない。だからこそ、あんな手品なんかで、僕らに神経戦を仕掛けているんだ。ここでへこたれたら、先方の思う壺じゃないか。おれは明智と会うよ。会って堂々と智恵比べをやって見るんだ。蔭にいるから、変に恐ろしく感じるけれど、面と向かったら、あいつだって人間だ。おれは決して尻尾をつかまれるような、へまはしない」

少し話がとだえたとき、あけみが突然妙な目つきになった。

「あなた、怖くない？　あたし、その辺に何だかいるような気がする。いつかの晩も、廊下のくらがりに、幽霊が隠れているような気がした。それとおんなじ気持よ」

「また変なことを云い出した。君のヒステリーだよ」

しかし、克彦は、いきなり立って、書斎からウィスキー瓶とグラスを持って来た。そして、またグイグイとあおった。

「あなた、どうしてあの晩、股野ととっ組みあいなんかしたの？　どうして頸なんかしめたの？　どうして殺してしまったの。あなたが殺しさえしなければ、こんなことにはならなかったんだわ」

「ばかッ、何を云うのだ。あいつが死んだからこそ、君は金持ちになったんじゃないか。おれとこうしていられるんじゃないか。それに、おれは別に計画して股野を殺したわけじゃない。あいつの方で、おれの頸をしめて来たから、おれもあいつの頸をしめたばかりだ。若しあいつの方が力が強かったら、おれが殺されていたんだぜ。だから、正当防衛だ。しかし、それを名乗って出たら、君と一緒になれなかった。君も証人として裁判所に呼び出されただろう。遺産相続だって、出来たかどうかわからないぜ。そういうことにならないために、おれがあのトリックを考え出したんじゃないか。そして、お互に幸福になれたんじゃないか。どんなことがあっても、この幸福は守らなければならない。おれはまだ戦うよ。明智小五郎と一騎《いっき》討ちをやるよ」

　そしてまた、彼はウィスキーをグイグイとやった。口では強いことを云っていても、酒にたよらなければ、どうにもならないのだ。

「あなた、ね、今、へんな音がしたでしょう。何かいるんだわ。あたし、怖い」

　あけみは、いきなり、克彦の膝にしがみついて来た。

　そのとき、廊下の方のドアがスーッとひらいて、ひとりの男がはいって来た。

克彦とあけみは互にひしと抱き合って、彼らの方こそ幽霊でもあるような、恐ろしい形相《ぎょうそう》になって、その男を見つめた。

「ア、花田さん……」

　すると、男はゆっくりとベッドに近づきながら、

「僕ですよ。花田ですよ。あなた方はお気の毒ですねえ。今ドアのそとで、あなた方のお話を聞きましたが、こういう苦しみをつづけていては、死んでしまいますよ。それよりも、気持を変えて、楽になられたらどうでしょうね」

（じゃあ、こいつは立ち聞きをしていたんだな。すっかり聞かれてしまった。だが、だが、どこに証拠があるんだ。そんなこと喋らなかったと云えば、おしまいじゃないか）

「君は何の権利があって、人のうちへ無断ではいって来たんだ。出て行きたまえ。すぐに出て行ってもらおう」

「ひどいことを云いますねえ。僕は君のマージャン友達、トランプ友達、そして、呑み仲間じゃありませんか。だまってはいって来たって、そんなに他人行儀《たにんぎょうぎ》に怒られるはずはないのですがねえ。それよりも、北村さん、今いう通り、楽になられてはどうですか」

花田はニコニコ笑っていた。

「楽になるとは、どういう意味だ」

「つまり、告白をしてしまうんですよ。あなた即《すなわ》ち北村克彦が股野重郎を扼殺した犯人で、そのにせアリバイを作るために、元の股野夫人あけみさんが、股野さんの替玉になって、窓から顔を見せ、助けを呼ぶというお芝居をやったことをね」

花田はいやに丁寧な云い方をした。

「ばかな、そんなことは君たちの空想にすぎない。僕は白状なんかしないよ」

「ハハハ、なにを云ってるんです。たった今、君とあけみさんとで、白状したばかりじゃありませんか。あれだけ喋ったら、もう取り返しがつきませんよ」

「証拠は？　君が立ち聞きしたというのかい。そんなこと証拠にならないよ。君は嘘をいうかも知れないのだからねえ。僕があくまで否定したら、どうするんだ」

「否定はできそうもありませんねえ」

「なんだって？」

「ちょっと、そこをごらんなさい。ベッドの枕の方の壁ですよ。電燈がとりつけてある腕金《うでがね》の根もとですよ」

克彦もあけみも、花田のおちつきはらった語調に、ゾーッとふるえ上がって、そこへ目をやった。電燈の光にさえぎられて、腕金の根もとなど、少しも気がつかなかったが、見ると、そこに妙なものが出っぱっていた。小さな丸い金属製のものだ。

「あなた方のお留守中にね、女中さんを納得させて、この壁に小さな穴をあけたのです。そして、そこからお隣の松平《まつだいら》さんの離れ座敷まで、コードを引っぱったのです。その離れ座敷には、安井捜査一課長をはじめ、警視庁のものが四、五人つめかけているのです。わかりますか。つまり、この壁の小さな金属製のものは、マイクロフォンなのです。そして、お隣の離れ座敷には、テープ・レコーダーが置いてあるのです。ですから、さっきからのおふたりの話は、すっかりテープに記録されたわけですよ。いや、おふたりの話だけではありません。現にこうして話しているわれわれの問答《もんどう》も、みんなテープにはいっています。それで、僕はさっき、後日のために、関係者の名前をハッキリ発音しておいたのですよ」

克彦はここまで聞いたとき、もうすっかり諦めていた。花田の背後にいる明智の恐ろしさが、つくづくわかった。

(おれの負けだ。こうまで準備が出来ていようとは、夢にも知らなかった。明日の十時に明智が訪問するという置き手紙も、おれたちを不安の絶頂に追いやって、さっきのような会話をさせる手段にすぎなかったのだ。彼らはおれたちがそろって外出する時を、待ちかまえていた。そして、今日の機会をとらえて、きよを説き伏せ、味方にして、マイクロフォンの細工をやったのだ。きよがオドオドしていたわけがわかった。おれはきよの態度を見て、なぜ疑わなかったのだろう。なぜ警戒しなかったのだろう。だが、ここまで来ると、もう人間の力には及ばない、おれがぼんくらなのじゃない。嘘を最後までおし通すことなど、人間には不可能なのだ）

「証人は警察のものばかりじゃありません。隣の松平さんのご主人が立ちあっています。それから、女中のきよも、今は、その離れ座敷にいるのです。そして、今夜の会話を記録したテープは、その場で、みんなの立ちあいのもとに、封印をするのです。……おわかりになりましたか。これであなたがたは、すっかり楽になったのですよ。もう今までのような苦しみや、いさかいをつづけるには及ばないのですよ」

語り終った花田警部は、いつになく厳粛《げんしゅく》な顔で、そこに突ッ立ったまま、ふたりの様子を見守った。あけみは話の半ばから、ベッドに倒れて泣き入っていた。克彦は腕組みをして、じっとうなだれていたが、花田の言葉が切れるのを待って、顔をあげて、きっとした表情になり、口をひらいた。

「花田さん、僕の負けです。皆さんに余計なご苦労をかけたことをお詫《わ》びします。しかし、最後にひとことだけ、申上げたいことがあります。あなた方のやり方は、からだの拷問《ごうもん》ではありませんが、心の拷問でした。拷問は決してフェアなものではありません。もっと強く云えば、卑怯《ひきょう》な手段です。僕はこのことを、明智さんにお伝え願いたいと思うのです」

それを聞くと、花田はちょっと困ったような顔をして考えていたが、すぐに穏やかな表情に戻った。

「それは多分、君のまちがいですよ。なるほど僕は、いろいろな手段によって、君に心理的な攻撃を加えました。それは止むを得なかったのです。君のトリックが余りに巧妙であって、物的証拠が一つも挙がらなかった。しかし、そのまま手を引いてしまったのでは、罪あるものを罰し得ないことになります。そこで心理的な手段を用いるほかはなかったのです。しかし、この心理攻撃はいわゆる拷問とは全く性質がちがいます。拷問というのは、その呵責《かしゃく》のつらさに、罪のないものでも、虚偽の自白をする場合の起り得るような責め方です。肉体上の拷問がこれに当ります。また被疑者を一昼夜も二昼夜も眠らせないで、質問責めにするという類の調べ方、これも拷問です。しかし、今度の場合のやり方は、若し君が犯人でなかったら、少しも痛痒《つうよう》を感じないようなものでした。虚偽の自白を強いるような手段は全くとられなかったのです。君たちが恐怖を感じ、拷問されているように考えたのは、君たちが犯罪者だったからです。若しそうでなければ、僕があんな手品を見せても、平気でいられたはずです。尾行にしても、身に覚えのないものが、いくら尾行されたからと云って、私は人殺しですなどと、告白するはずがないではありませんか。心理攻撃は徳川時代の拷問とは全くちがったものですよ。……わかりましたか」

克彦は深く首を垂れたまま答えなかった。

（「オール讀物」昭和三十年四月号）

注1　五百万円
　現在の一千万円以上。

注2　「皇帝の嗅煙草入」
　ジョン・ディクスン・カーの長篇探偵小説。本文中で説明されるような目撃証言のトリックが用いられる。

注3　倒叙探偵小説
　犯人を捜す通常の探偵小説とは逆に、犯人とその犯行が明かされた上で展開するタイプの探偵小説。

注4　落語家の「紙切り」
　客から題をもらって、その場で紙を切って見せる寄席の芸。

注5　アドルム
戦後に発売された睡眠薬。依存性の高さや自殺での使用件数の多さなどが問題になった。

ぺてん師と空気男

1　空白の書籍

このお話は時と所にたいした関係はない。仮りに第二次大戦中から後にかけての出来事として書くことにするが、もっと別の時代でも一向さしつかえはない。登場人物は日本人でないとわかりにくいので、そうしておくが、外国人でも構わないのである。つまりワンス・アポン・ア・タイム・ゼア・ウォズ云々《うんぬん》というわけなのだ。さて、まず、この物語の主人公のわたしという男が、どういう人物であるかを自己紹介させることにする。

わたしは「空気男」というあだ名をつけられていた。

「空気男」というと、透明人間かなんかを連想されるかもしれないが、そういうものとは、まるでちがった凡人《ぼんじん》中の凡人、いや、凡人よりももっとダメな男を意味するのである。

わたしは青年時代から、物忘れの大家《たいか》であった。人間には忘れるという作用が必要なのだが、わたしのは、その必要の十倍ぐらい物忘れするのである。きのう、あんなにハッキリ話し合ったことを、きょうはもうケロリと忘れている。相手にとって、これほどたよりないことはない。ある時、友だちのひとりが、空気のようにたよりない男だと言い出して、それから「空気男」のあだ名が生《うま》れた。

抽象的《ちゆうしようてき》なことは割によく覚えているが、具体的な数字とか、固有名詞とかを忘れてしまう。時間のこともハッキリしない。きのうの何時に何をやっていたかというような記憶がダメなのである。

わたしの記憶には物事が写真のようには焼きつかないで、その奥にある、何かへんてこな抽象的な漠然《ばくぜん》とした形のものが焼きつくのであろう。わたし自身でも「空気男」というあだ名は、なかなかふさわしいと思っているくらいだ。

喜びも、悲しみも、恨みも、忘れてしまうことが早かった。そのために、ときには忘恩《ぼうおん》の徒《と》とののしられ、また、あきらめのよい男とほめられることもあった。したがって執着心《しゆうちゃくしん》の淡い男である。しかし、一方では、ひどく神経質なところもないではなかった。

物を書くのにいちばん大切な記憶力を欠いているのだから、この話も、書いて行くうちに辻褄《つじつま》の合わないことも出てくるだろうが、しかし、わたしは具体的事実を、記憶からではなく、空想で作りあげて、辻褄を合わせることは、割合得意なのである。幾何学的論理《きかがくてきろんり》をもてあそぶのは好きだし、多少自信がないでもない。どんなものが書けるか、まあやってみることにしよう。案外うまくいくかもしれない。

わたしはそういう凡人よりもダメな男であるが、そのくせ、世の中の平凡なことには興味がない。風変わりなもの、異常なことに惹《ひ》きつけられる。と言っただけでは充分でない。どんな異常な出来事でも、実際にあった事件、新聞や秘密通信が知らせてくれるような事件には興味がない。実際の人殺しにはまったく興味がないけれども、人殺し小説には、それもできるだけ架空《かくう》なやつに、大いに惹きつけられる。写真ではなくて、画空《えそら》ごとの方が好きなのである。

これを書いているのは昭和三十四年だが、書かれる出来事はもっとずっと前のことだ。わたしの三十才ごろ、つまり、第二次大戦の中期から、この話ははじまるのだ。

そのころ、わたしは独《ひと》りでアパートずまいをしていた。まだ独身で、身内といえば母親ひとり、その母親が田舎で小金をためて、よろしく暮らしていたので、わたしは母親から小遣いをせびって、なにもしないでブラブラしていることが多かった。

全然なにもしなかったのではない。ときどき、先輩にたのんで、会社勤めなどやってみるのだが、半年とはつづかなかった。新聞記事や写真に興味がもてないように、うつし世のなりわいに興味がもてなかったからである。

母親からの送金をたのみにして、勝手に勤めをやめてしまうのだが、では、勤めをしないでなにをしていたかというと、ほとんどなにもしていなかった。安アパートの四畳半の畳の上に寝ころがって、つまらない講談本などを読みながら、灰皿に吸殻《すいがら》の山を築いていたのである。

講談本というものは、今は影をひそめたようだ。いくらかあるにしても、みな「読みもの」に書き直したようなものばかりで、一向面白くないが、昔の講談本は講釈師《こうしゃくし》の名人の口調をそのまま写したもので、そこに言いしれぬ妙味《みょうみ》があった。そういうものを貸本屋から探し出してきて、読んでいたのである。

探偵小説や怪奇小説も大好物であった。「早川ミステリ」などという便利なもののない時代だったけれども、西洋ものも日本ものも、いろいろ出ていたので、これも貸本屋から借り出してきて、むさぼり読んだものである。

だが、いつもアパートに寝ていたわけではない。スポーツには一向興味がなかったが、映画も見に行ったし、寄席《よせ》へも出かけた。また、たまには必要をみたすために、今のパンパン(注1)よりは、もっと旧式なものの所へも、出かけたものである。酒もきらいではないが、余り強くはなかった。

ところが、あるとき、わたしは、世にも不思議な男と、その妻とに出会った。そして、それがわたしの生活を一変させたのである。

そのとき、わたしは、国の母親から送金があったばかりで、ふところが暖かかったものだから、ブラリと東京駅《とうきょう》へ行った。

わたしは映画や寄席のほかに、駅というものが好きであった。「群集の中のロビンソン・クルーソー」をきめこむのに、もっともふさわしい場所だったからである。それには上野駅《うえの》がよかった。わたしは、あのゴチャゴチャした駅の構内をグルグル歩きまわったり、三等待合室のベンチに腰かけて、長い時間じっとしていたりした。

しかし、そのときは、なぜか上野駅ではなくて、東京駅へ行ったのである。そして、待合室に腰かけてみたり、乗車口の広いホールをブラブラしたりして、群集を眺めているうちに、なんとなく汽車に乗ってみたくなった。

わたしは、一、二等切符売場へ行って、とりあえず静岡までの二等切符を買った。前にもいう通り、ふところが暖かだったからだ。急行ではなくて、普通列車であった。

わたしは、むろん、旅の服装はしていなかった。ふだん着のカスリの着物にカスリの羽織を着ていた。そのころはまだ、町を歩いている人の半分は和服を着ていたものだ。

各駅停車のゴトゴト列車だから、二等車もそんなに混んではいなかった。ところどころ空席があるほどだった。

私が窓際にかけた席には、向こう側にも二人、私のがわにも二人、いっぱいに腰かけていた。私の隣は四十ぐらいの奥さんらしい人、向こう側の窓際には、濃い髪をきれいに分けて、チョビひげと、小さな顎《あご》ひげのある、面ながな色白の紳士が、悠然《ゆうぜん》と腰かけていた。黒いネクタイ、黒背広、黒い靴下、黒靴という地味な、しかし気取った服装であった。年ごろは、わたしより五つ六つ上に見えた。その隣には、会社の幹部社員といった感じの五十年配の洋服の人が、新聞をひろげていた。

わたしは横浜《よこはま》駅で、早くも駅弁とお茶を買った。わたしは駅弁が大好物なのである。あの折詰めの固いごはんに、固い煮肴《にざかな》、卵焼き、かまぼこ、牛肉、蓮根《れんこん》、奈良漬《ならづけ》などの、普通の人には少しもうまくない駅弁が大好きなのだ。だから、汽車にのると、時分どきでなくても、何度でも駅弁を買ってたべるくせがある。駅弁がたべたいために汽車にのるのだと言ってもよいほどである。それも鰻丼《うなどん》や鯛飯《たいめし》や洋食弁当ではなくて、あの折詰め弁当に限るのだ。

弁当をゆっくりたべおわって、折の底にのこっている飯粒を、一つ一つ拾うようにして口に入れてから、空になった折箱を包み紙でくるんで座席の下へほうりこむと、さて、顔を上げて車内の風景を見わたすのであったが、ふと、隣席の奥さんの眼が、わたしの前の黒ずくめの紳士の膝《ひざ》のへんに、釘着《くぎづ》けになっているのに気がついた。紳士の膝の上に、なんだか途方もないことがおこっていたのである。

紳士は膝の上に一冊の本をひろげて、うつむいて読んでいるのだが、その本の頁《ページ》には活字が印刷されていなかった。ひらいた頁が両方ともまったく空白なのである。隣の奥さんも、それを怪しんで、あんなに見つめていたことがわかった。わたしの眼だけが、どうかしていたのではない。

わたしがそれに気づいたことを知って、奥さんが、わたしを見た。眼と眼がぶつかった。「おかしいですわね」という眼であった。しかし、二人とも、ぶしつけに笑うことはしなかった。こちらの眼がまちがっているのかもしれないという気持が、多分にあったからだ。

もしかしたら、この本は特別の白っぽいインキで印刷してあるのではないか、それとも、ひどく小さな活字で印刷してあるのではないかと、眼をこらしたが、まったくなにも見えない。ただの白紙としか感じられない。

黒ずくめの紳士は、夢中になって空白の本に読み入っていた。なにか面白いことが書いてあるらしく、ニヤニヤ笑いながら頁をめくったが、その次の二頁にも、活字は印刷してなかった。まったくの白紙なのである。

そのとき、黒服紳士の隣の幹部社員らしい五十男が、ずっと読みつづけていた新聞を、座席のうしろにおしこんで、タバコに火をつけたが、わたしと奥さんの視線に気がついたらしく、この男も黒服紳士の膝に眼をやって、びっくりしたような顔をした。そして、なにか言いたそうにして、隣の黒服紳士の横顔を、しげしげと眺めたが、別になにも言わなかった。この幹部社員はせんさく癖《へき》のない人らしく、そのまま、からだの向きをかえて、座席の横においてあった週刊雑誌をとって、読みはじめた。

しばらくすると、黒服紳士は、読書の姿勢をかえるために、片手で本を眼の高さに持ちあげたので、青黒いクロース表紙の背中が、こちらから見えるようになった。そこには、

デ・クィンシイ　殺人芸術論

と、金文字で印刷してあった。

阿片《あへん》吸引文学者のあの有名な「芸術としての殺人」は、以前に谷崎潤一郎《たにざきじゅんいちろう》が雑誌に邦訳連載したことを覚えていたが、本になったのは知らなかった。今わたしの目の前にある本の背中には、訳者の名が印刷してない。おそらく谷崎の訳ではなく、別にこんな本が近ごろ出版されたのであろう。だが、なにしろ「空気男」のわたしのことだから、余りいばったことは言えない。この「殺人芸術論」は、案外世間によく知られている訳本なのかもしれない。

それにしても、この本の頁が空白なのはどうしたことか。それを、この男はさも楽

しそうに、眼で次々と行を追って読み耽《ふけ》っているのは、どうしたことか。

一見空白のようだが、或《あ》る色の目がねをかけると、はっきり字が読めるという、珍しい本が発明でもされたのではないかと、ふと考えたが、この紳士は目がねをかけていないのだ。いかにも鼻目がねでもかけていそうな感じなのだが、よく見ると、目がねはかけていないことがわかった。

2 金の壺《つぼ》

紳士は、あいかわらず、空白の本に読みふけっていた。ときどき頁をくる音が、映画の中の紙の音のように、耳だってきこえる。わたしは、網棚《あみだな》の上のものを取るふりをして、立ちあがり、こちらに背を向けている本の頁をのぞいてみたが、その頁はやっぱり空白であった。一字の活字も印刷されていなかった。わたしは夢を見ているのではないかと疑った。夢ででもなければ、こんな不思議なことは起こりっこないからである。

わたしは、昼間、起きているときでも、半睡半醒《はんすいはんせい》の状態になることがある。これも「空気男」の属性の一つなのだが、それが乗り物の中では最も起こりやすいのである。

いつか上野駅から仙台《せんだい》の方へ汽車に乗っていたときのことだ。雑誌を読んでいて、ふと眼を上げると、わたしのまん前に、びっくりするような美人が、もうずっと前からのように腰かけていた。わたしは彼女が、いつの間に、そこへはいってきたのか、まったく気づかなかった。

彼女を一《ひ》と目見たとき、わたしはからだがしびれるように感じたほど、おそろしく美しい女であった。その女の顔だけが、スポットライトをあてたように、あたりのたくさんの顔から、際立って浮き出して見えた。

わたしは、見ないふりをして、その女の顔を長いあいだ見ていたが、また雑誌に眼を戻して、しばらくして顔をあげると、女はかき消すようにいなくなっていた。出ていったのを少しも気づかなかったのである。トイレへでも行ったのかと、駅を一つすぎるまで、心待ちにしていたが、わたしの前はそのまま空席になっていた。

席を変わったのかもしれないと思ったので、わたしは用もないのに立って行って、その箱はもちろん、前後の二つの箱を歩いてみたが、女はどこにもいなかった。今の女は、わたしのくせの白昼夢だったとしか考えられなかった。

そんな連想をしながら、わたしの前の紳士を観察していると、また、妙なことに気がついた。

最初チラッと見たとき、この紳士は目がねをかけているように感じた。しかし、よく見ると、目がねはなかった。なぜ、そんな感じを受けたかというと、鼻目がねについている黒い紐《ひも》のようなものが、紳士の耳から頬に垂れていたからである。わたしは空白の本のほうに気をとられて、つい忘れていたのだが、よく見ると、それは、実に不思議な黒紐であった。

それは、黒い絹の平べったい紐で、一方の端を輪にして耳に引っかけ、それをずっと下にたらして、もう一方の端を口にくわえているのだ。思い出してみると、ずっと前から、口にくわえたまま、一度もはなさなかったようだ。紐の先に何かくっついていて、それをしゃぶっているのだろうか。いや、そうではなさそうだ。口の中のどこかに、しっかりゆわえつけてあるという感じがする。

この紐の謎は空白の本と同じくらい不思議だった。いったい、なんのために、黒い絹紐が耳から口につながっているのであろう。

それから長い時間がたった。隣の奥さんと、筋向こうの幹部社員らしい男とは、国府津《こうづ》で降りて行って、あとは空席のまま残っていた。

わたしと黒服紳士とは、二人だけのさし向かいになった。紳士は依然として、黒い絹紐の端をくわえたままでいる。もう本は読んでいなかった。さっき、本をとじて、わきにおいた書類カバンの中へ入れるのを、わたしは見ていた。

しばらくすると、紳士はポケットから紙の袋を取り出した。中には十個ほどのキンカンの実がはいっていた。かれはそれを一つつまんで、ポイと口の中へほうりこみ、皮のまま嚙みはじめたが、そうして物をたべるときにも、黒い絹紐は決して口からははなさないのである。

わたしは好奇心でウズウズしてきた。「空気男」だけれど、人一倍好奇心が強いことは前に書いた。わたしは、二人だけのさし向かいになったのを幸いに、紳士に声をかける決心をした。

「はなはだ失礼ですが……」

と、唐突《とうとつ》に話しかけてみた。紳士は静かにわたしの顔をみて、あとを促《うなが》すようにだまっていた。小さな顎ひげが、いかにもスマートで、中年のしゃれ者という感じが一層強まってきた。

「その黒い紐を口にくわえていらっしゃるのは、どういうわけですか。汽車にのったときから、一度もはなさないで、くわえていらっしゃるし、物をたべるときも、くわえたままなのは、なぜでしょうか。わたしは、それが不思議でしかたがないのです。へんなことをおたずねする失礼はどうかお許しください」

するとと、紳士はちょっとあたりを見廻すようにして、わたしだけにきこえるぐらいの声で答えた。

「ああ、これですか。ご不審はごもっともです。しかし、なんでもないのですよ。ただちょっと実験をしているだけでしてね」

そういって、ニヤリと笑った。(注2)メフィストのような一種異様の笑いであった。

「実験といいますと?」

「実はわたしは順信堂大学に勤めている医者でしてね。そこの六人の仲間と、柑橘《かんきつ》類の胃液に及ぼす作用の実験をはじめたのですよ。六人が一つずつ別の果物を引き受けましてね。わたしはキンカンの受けもちというわけです。わたしはこの一週間、キンカンのほかにはなにもたべていないのですよ。

ところで、この黒い紐ですがね、この紐はわたしの胃袋まではいっているのです。紐の先にはごく小さな金の壺が括《くく》りつけてあって、四時間ごとに、それを引き出して、壺にたまった胃液を、この瓶《びん》の中へあけるのですよ」

紳士は、上衣の内ポケットから、だいじそうに、平べったい茶色の薬瓶を取り出して見せた。その中には三分の一ほど、ドロッと泡立った液が溜《たま》っているのが見えた。

紳士はそれを内ポケットに戻しながら、

「これを大学の化学実験室へ持って行って、しらべた上、記録をとるのですがね……」

わたしはポカンと口をあけて、この不思議な話を聞いていた。可愛らしい金の壺というものに、なんともいえない魅力を感じた。

その魅力を嚙みしめるように、しばらくだまっていたが、やがて、もう一つの疑問もたしかめてみることにした。

「もう一つおたずねすることをお許し願えますか」

「ええ、どうか」

顎ひげの医学者は、にこやかに答えた。

「さっき、デ・クィンシイの『殺人芸術論』を読んでいらっしゃいましたね。わたしも、あれは前に読んだことがあるのですが、本になっていることは知りませんでした。ちょっと拝見願えませんでしょうか」

「いいですとも、さあ、どうかごらんください」

医学者はそういって、わきの書類カバンから、あの本を取り出して、わたしに手渡した。

パラパラと頁をくってみると、アッとおどろいたことには、どの頁にも8ポ(注3)活字が印刷してあった。空白の頁など一つもなかった。内容もたしかに「芸術としての殺人」であった。奥付けを見ると、その年の出版で、訳者も出版社もわたしの知らない名前であった。谷崎訳ではなかった。

「どうもありがとう。これは面白い論文ですね。殺人のエチケット論というようなものですね。オピアム・イータア(注4)のほうは、いかがですか。御職業がら、あれにも興味をお持ちだと思いますが」

「ええ、愛読しました。両方とも面白いですね。あなたもこういうものに興味をお持ちですか」

「大好物ですよ。ほかの例でいえば泥棒上がりの名探偵ヴィドック(注5)の自伝だとか、もっと学問くさいものではロバート・バートン(注6)の『憂鬱《ゆううつ》の解剖学《かいぼうがく》』だとか……、ああ、バートンといえばリチャード・バートン(注7)の方の『千一夜』の付録論文も面白いですね」

「おお、おお、あなたは、そういうものがお好きなのですか」

医学者は、おお、おおと、外国人みたいな発音をして、さもわが意を得たといわぬばかりに、顔をほころばせた。

「それにしても、おかしいですね。さっき、あなたがこの本を読んでいらっしゃるのを見たら、どの頁もまっ白で、なにも印刷してないように見えましたが……」

「へえ、そうでしたか。そりゃおかしいな。あなた、眼の病気はありませんか。一度眼科の人に見ておもらいになる方がいいかもしれませんよ」

それをきくと、わたしは例の半睡半醒の白昼夢のことを思い出して、少しこわくなってきた。そこで、実はこういうことがあるのですがと、その実例をいろいろとあげて、

「こういうのは眼の病気なのでしょうか」

と、たずねると、医学者は眉をしかめて答えた。

「専門外だからよくわかりませんが、ひょっとしたら神経症かもしれませんね。いずれにしても、一度まず眼科の方でしらべてもらう方がいいのじゃありませんか」

そんな話をしているうちに、汽車は沼津《ぬまづ》駅にはいった。それと知ると、医学者は慌てたように「殺人芸術論」をカバンにしまって、外套《がいとう》を小脇《こわき》に、そそくさと立ちあがった。

「わたしは、ここで降りなければなりません。では、失礼します」

そういいのこして、いそいでデッキのほうへ歩いて行った。

3　ジョーカー

わたしは、狐《きつね》につままれたような気持で、ポカンとしていたが、とっさに、妙な冒険心が湧きあがってきた。あの黒服の医学者にこのまま別れたくないと思った。かれのメフィストじみた風貌や行為が、わたしの心をひきつけてしまったのだ。東京駅からなんとなく乗りこんだ行く先さだめぬ旅だから、どこで降りてもかまわない。いっそここで降りて、あの不思議な魅力を持つ紳士のあとをつけてやろうと思い立った。一つの冒険である。それがわたしの心をそそった。

窓からのぞいてみると、黒服のメフィストは、黒い合《あい》外套を着て、書類カバンを小脇にかかえて、プラットホームを改札口のほうへ歩いていくのが見える。わたしはすぐに車室を出て、そのあとを追った。

もう夕方で、あたりがうす暗くなっていたけれど、尾行《びこう》の経験を持たぬわたしには、相手にさとられぬように、あとをつけるのは、相当むつかしい仕事だった。

メフィストは、車にものらないで、駅前の広場から、一本の広い町へはいっていった。歩くところを見ると、宿はそんなに遠くはないらしい。

相手が町角を曲がったので、わたしも足を早めた。そして、ヒョイと町角から顔を出すと、そこに、メフィストがニヤニヤ笑って立っていた。

「あなたは尾行がうまくない。さっきから、ちゃんと知っていたのですよ。どうです。わたしの宿はついそこです。いっしょに来ませんか」

わたしもニヤニヤ笑うほかはなかった。

「ええ、もっとあなたと話したかったものですから……」

「わかってますよ。わかってますよ。さあ、ごいっしょしましょう」

そして、わたしたちは、黒服紳士の行きつけらしいその中級の旅館に泊まることになった。

黒衣のメフィストは医学者でもなんでもなかった。わたしと同じような、しかしわたしよりはずっと裕福な有閑人種《ゆうかんじんしゅ》にすぎなかった。

名前は伊東錬太郎《いとうれんたろう》と名乗った。そして、驚いたことには、かれのチョビひげと、小さな顎ひげは、実は変装用の精巧なつけひげであることがわかった。かれは、ゆかたに着かえて、風呂にはいる前に、ニヤニヤ笑ってわたしの顔を見ながら、その二つのつけひげをむしり取って見せた。すると、かれの顔が、まるで別人のように変わってしまった。もうさっきの黒い絹紐もくわえてはいなかった。

風呂からあがると、わたしたちは、チャブ台をはさんで、酒をくみかわした。

「野間《のま》さん、あなたはプラクティカル・ジョークということを御存知でしょう。わたしはプラクティカル・ジョーカーをもって自任しているのですよ」

野間というのはわたしの名である。野間五郎《ごろう》というのだ。メフィストはこのときはじめてプラクティカル・ジョーカーの正体を現わしたのである。

「冗談のいたずらという意味ですね」

「まあそうです。しかし、プラクティカル・ジョークというものは、れっきとした芸術ですよ。ぼくはいささか、その方面の研究をしているものです。西洋には有名なジョーカーの伝記が、いろいろ出てますよ。日本でも(注8)滝亭鯉丈《りゅうていりじょう》の『八笑人《はっしょうじん》』や(注9)梅亭金鵞《ばいていきんが》の『七偏人《しちへんじん》』などが大がかりなプラクティカル・ジョークを題材にしている。しかし、あのジョークは大がかりなわりに、創意は乏しいですね。

膝栗毛《ひざくりげ》の(注10)十返舎一九《じっぺんしゃいっく》は小説でもジョークを書いたが、かれ自身が大ジョーカーでしたね。かならず自分を火葬にしろと遺言して、自分のからだに花火をしかけておいて、みんなを驚かせた。ところで、これと同じことをやったアメリカ人がいるんだから面白いですね。
(注11)スカイラークという町のチャールズ・ポーターという金持ちですがね。やっぱり遺言をした。自分が死んだら、庭で焚《た》き火をして、寝室の戸棚にしまってある『秘密』

と書いた箱を出して、封のまま焚き火に入れて燃やしてくれというのです。

　このポーター氏には三人の息子がありましてね。それぞれ財産を譲られたので、親父の遺言は無にすることができない。その箱の中には、なにか親父の生涯の秘密が隠されているのだろうと、封をひらかないで、庭の焚き火の中へ入れて、燃えつきるのを待ったのです。その三人の息子と、弁護士とが立ち会っていたのですね。

　すると、箱の中へ火が通ったかと思うと、おそろしい爆音が鳴り響いて、いろいろな形のうつくしい花火が一斉に炸裂《さくれつ》したというのですよ……ジョーカーの心理というものは、西も東も変わらないものですね」

「すると、あなたのさっきの金の壺の話もジョークだったのですね。ただ黒い絹紐をくわえていらしったただけですね」

「そうですよ。ちょっと気の利いたジョークでしょう。しかし、白状すると、あれはわたしの発明じゃない。ずっと前に、ジム・モーランというアメリカの哲学者が、実際にやって成功したジョークです。

　モーランは旅客飛行機にのって、あれをやっていたのです。その飛行機に多勢の大学のフットボール・チームが乗り合わせていた。大学生たちは、むろんあの黒い紐に気づいて、ヒソヒソと話し合っていましたが、そのうちに、くじ引きをして、くじに当たった学生が、モーラン氏のところへ来て質問した。その答えは、さっきわたしがしたのと同じだったのです。もっとも大学の名はジョンズ・ホプキンズでしたがね。学生たちは、さっきのあなたのように驚きました。かれらは各地方から集まっている学生なので、それぞれの郷里へ帰って、この奇妙な話を広めてくれるかと思うと、実に愉快だったと、モーラン氏はいっているのです。そこにジョーカーの人知れぬ愉《たの》しみがあるわけですね。

わたしはあの金の壺のジョークを、パーティだとか汽車の中などで、たびたびやってみました。しかし、ジロジロ見るばかりで、誰もたずねてくれないのです。たまにたずねてくれる人があっても、きょうのあなたみたいに強い反応は起こさないのです。あなたもやっぱりジョーカーの性質をお持ちになっているのですよ。あなた手品がお好きでしょう」

「ええ、手品も好物の一つです」

「ほらごらんなさい。手品と、詰将棋《つめしょうぎ》と、探偵小説。ね、そうでしょう」

「その通りです。あなたもですか」

「ええ、ぼくもですよ」

酒の酔いも手伝って、わたしたちは、すっかりうちとけてしまった。わたしはこの男となら友だちになれる。おそらく親友になれるだろうと思った。先方でも同じように感じているらしい。

「ところで、さっきの『殺人芸術論』ですがね。あれも手品だったのですか」

「むろんですよ。『金の壺』の演技の前奏曲ってわけですよ。もうおわかりでしょうが、カバンの中に同じ本が二冊用意してあるのです」

　伊東錬太郎君は、床の間においてあった書類カバンを引きよせて、まったく同じ装幀の二冊の「殺人芸術論」を取り出して見せた。一冊は普通に印刷された本、一冊は全頁空白の本である。

「ぼくはこの本屋のおやじと友だちなのですよ。本屋は本を印刷する前に、装幀見本というものを作るのです。それには印刷するのと同じ紙を、同じ頁数だけとじて、本物の表紙をつけて出来具合を見るのですね。この空白の方はその装幀見本として作ったもので、それをぼくが貰《もら》い受けたのですよ。わざわざ作らせたのじゃありません。不用になったのを貰っただけです。

　種あかしをすれば、なんでもないことだが、しかし、なにも印刷してない頁を、さも面白そうに読んでいるというのは、ちょっとしたジョークでしょう。あのときは、あの席にいた、ほかの二人も驚いていましたからね。しかし、あの人たちは普通人種ですから、君ほどの好奇心を持たなかったようですがね」
その晩、わたしたちは蒲団《ふとん》をならべて、午前二時ごろまで寝物語をした。それほど気が合ってしまったのである。一々《いちいち》は覚えていないが、ジョークに関連して、いろいろな話が出た。ジョークと滑稽《こっけい》文学、探偵小説、手品、詰将棋などの関係を、一つ一つ実例を持ち出して、際限もなく語り合った。
伊東は落語の通《つう》でもあった。落語にもジョークがたくさんあるといって、「仇討屋《あだうちや》」「嘘つき村」「嘘つき弥次郎」「付《つ》き馬《うま》」「花見の仇討」「宿屋の仇討」「壺算《つぼさん》」などの実例を挙げた。(わたしは「空気男」のことだから、固有名詞をこんなにそらで書けるわけがない。むろん、座右《ざゆう》のその方面の本を、字引きのように参照しながら書いているものと御想像ください。前の滑稽小説家の名や作品や、伊東のしゃべった固有名詞なども、それぞれ本やノートを参照しているのです。「空気男」は文章一つ書くのにも、人にわからない苦労をするわけです)
それは実に興味津々《しんしん》たる一夜であった。わたしはその夜、プラクティカル・ジョークの真の面白さに開眼し、自分も伊東のようなすぐれたジョーカーになりたいものだと発心《ほっしん》したのである。

4　「田園の憂鬱」

沼津に一泊して、翌日、伊東が用事をすませるのを待って、わたしたちは、つれだって東京に帰ったが、それからの二人は、まるで恋人のように、はげしく行き来をするあいだがらとなった。わたしは伊東の妙案と妙技に心酔《しんすい》していた。ジョーカーというものは、プランだけでなくて、演技が巧みでなくては、うまい効果は得られない。かれは変装術まで心得た名優であった。それに弁舌《べんぜつ》がまたおそろしく巧みだった。わたしは、かれのジョークやそれに関連した話を書いていると、いつも時のたつのを忘れたものである。わたしは黒い服装のよく似合う、痩せ型の、メフィスト的好男子のかれに、超人シャーロック・ホームズのおもかげを偲《しの》んでさえいた。

伊東は美しい細君と女中の三人で、(注12)青山高樹町《あおやまたかぎちょう》の小ぢんまりした、しかしなかなか高級な西洋館に住んでいた。おもむきのある古い木造洋館だった。室内の飾りつけも、伊東らしく、古風でメフィスト風にしゃれたものであった。そのころの流行で、客間にピアノが置いてあって、かれも美しい細君も巧みにそれを弾いた。わたしは音楽のことはなにも知らないので、批評はできないけれども、相当むつかしいクラシックも弾きこなせるようであった。

伊東は職業というものを持たなかった。心やすくなってから、いったい何で食っているのだと聞いてみたことがあるが、「少し親譲りの財産があるのでね」と答えたばかりで、詳しいことは話さなかった。いわば、わたしと同じような遊び人であった。わたしなんかとは比べものにならないほど金持ちらしかったが、この遊び人という共通点が、二人の交友を急速度にこまやかにして行った。

伊東の細君は美耶子《みやこ》という二十七才の美しい人で、子供はなかった。わたしが伊東との交友に惹かれた一半の理由は、この美耶子の存在にあった。伊東家を訪問する主たる理由は、むろん、すぐれたジョーカーとしてのかれの話を聞くことにあったのだが、そのかれに、こういう美しい細君があるという点が、伊東家の魅力を倍加していたことは争えない。

美耶子の美貌は、前に書いた汽車の中の幻の女と、どこか似通ったところがあった。いや、そっくりといってもよいほどだった。一重瞼《ひとえまぶた》の切れ長の美しい眼、眼と眼のあいだが人並みよりは広くて、恰好《かっこう》のいい鼻の頭が、やや上向きかげんで、上唇がひどく短くて可愛らしかった。肌は小麦色にスベスベしていた。

美耶子の性格は、わたしには申し分のないものであった。利口で、人ざわりが柔らかで、そのくせ、はすっぱなところもあった。彼女の美貌にも、性格にも「謎」があった。わたしが惚れていたせいだろうと思う。惚れると、女はいつも「謎」になるものだ。

そういうわけで、わたしは実にしばしば伊東家を訪問したものだが、伊東の方でも、ときどきわたしのみすぼらしいアパートを訪ねてくれた。わたしのアパートは六本木にあったので、お互に都電かバスにちょっとのれば往来できたわけである。

ところで、初対面から一年ぐらいのあいだに、伊東の影響によって、わたしがだんだんプラクティカル・ジョークの面白さに深入りしていった次第を語らなければならないのだが、それには、屋内のものと屋外のものとに分けて書くのが、もっとも便宜《べんぎ》なようにおもわれる。

「空気男」のわたしのことだから、一つ一つ正確な記憶があるわけではない。当時のノートを取り出して、時と所を一つにまとめる劇作の手法をとって、面白そうな実例だけを、読者にお伝えすることにしたいと思う。そこで先《ま》ず屋外の方の実例をまとめてみると、こんなふうになるのである。

ある日、季節は春だったか秋だったか、ともかく、ひどく暑い日でも寒い日でもなかったと考えていただきたい。伊東とわたしとは、肩をならべて、青山へんのある町を歩いていた。その日は二人とも洋服を着ていた。伊東は例の黒服ではなくて、柄物の背広を、わたしも、質は劣るけれども、同じような縞《しま》の背広を着ていた。

両側にはいろいろな商店が雑然とならんでいた。大きな店、小さな店、洋風の店、和風の店が、でこぼこな高さで軒《のき》をならべていた。

伊東はヒョコヒョコとかれ独特の気どった歩きかたで歩いていたが、ふと立ちどまって、片側の店屋を指さした。

「この金物屋へはいって、ちょっとジョークをやってみよう。別に説明はしないが、きみにもすぐ意味がわかるよ。調子をあわせてくれたまえ」

そういって、かれはつかつかと、その金物店へはいって行った。

店には二十才前後の店員が、通路に立って、商品にはたきをかけていた。

「佐藤春夫《さとうはるお》の『田園の憂鬱』をください」

伊東が途方もないことをいったので、店員は目を丸くしたが、やがてニヤニヤ笑って、

「本屋さんでしたら五軒先にありますよ。うちは金物屋ですよ」

と答えた。しかし伊東は平然として、なおもつづける。

「いや、革表紙の方でも、クロース表紙の方でも、どちらでもいいんだよ」

「そんなことおっしゃったって、手前どもは本屋ではありません」

「いや、包み紙なんて、どうだっていい。ハトロン紙に包んでくれりゃいいんだ」

「もしもし、ここは本屋じゃありません。ごらんの通り金物屋なんです」

店員は、伊東がつんぼとでも思ったらしく、かれの耳のそばへ口をもってきて、大きな声でさけんだ。

「いや、それはわかっている。製本なんか多少狂っていてもさしつかえないよ。扉《とびら》さえちゃんとついていて、落丁《らくちょう》がなければね。ぼくはそういうことには余り神経質じゃない」

「もしもし、あなた。まちがいがおわかりになりませんか。ここは店がちがいますよ」

店員は我慢できないというふうに、わめいた。

「いやいいんだよ。そんなに急がなくたっていいんだよ。ゆっくり探して包んでくれたまえ」

店員は奥へかけこんで行った。そして主人を引っぱってきた。

五十年配の主人は、食事でもしていたのか、口をモグモグやりながら出てきたが、伊東の服装を見ると丁寧《ていねい》にたずねた。

「へい、なにがお入り用でございましょうか」

すると、伊東はまた平然としていった。

「さっきから口を酸《す》っぱくしていっている通り、果物用の小さいフォークが半ダースほしいんだが、一番上等のがいい」

主人は急いでその棚を物色して、小さな箱入りのフォークをもってきた。

「これではいかがでございましょう。手前どもでは最上の品でございますが」

伊東は、ちょっとその箱の蓋《ふた》をひらいてみた。

「うん、結構。これをもらうよ。いくらだね」

そして、箱を包ませ、金を払って、口をポカンとあけて、あっけにとられている店員を尻目《しりめ》に、悠然とその店を出たのである。

わたしは伊東について歩きながら、ドンデン返しのある探偵小説でも読んだあとのように、愉快でたまらなかった。伊東の演技にすっかり感心してしまった。

5 青写真

わたしたちは、話をしながら、ブラブラと歩きつづけた。

「きみ、お寺の鐘《かね》が十三時を打って、近所の人を驚かせた話を知っているかい。昔の時の鐘じゃない。今の一時から十二時までをしらせる鐘だがね」

「知らない」

「これも外国の例だけれど、実にウイットがあるんだよ。その寺の近所のやつがね、鉄砲でね、本当の鐘が十二点打ったあとで、鐘を的《まと》にして、タイムを合わせて、ポーンと一発やるんだよ。そうすると十三点鐘になる。なんの利益もない。大した害もない。しかし、近所の人は不思議に思わあね。ただ人を驚かせてみたいジョークなんだよ」

かれの話は、いつも、こんな風に、たのしいものばかりであった。

「ぼくはね、ここに建築設計図の青写真を持っている。きのう友だちのところで、不用なのを貰ってきたんだよ。それから巻尺を用意している。こいつを使って、一つジョークをやってみようか」

「へえ。どんなジョークなの？」

「まあ見ていたまえ。きみにもすぐ合点《がてん》が行くよ。だが、さっきみたいにだんまりでなくて、もっと手伝ってくれなくちゃこまるね。きみも適当に口を利《き》くんだな」

「だって、トリックがわからなけりゃあ、口の利きようがない」

「いや、すぐわかるよ。きみも、もう相当のジョーカーになっているんだから」

町の片側に、赤と青のだんだらの飴《あめ》ん棒《ぼう》が立っていて、一軒の床屋があった。客は仕事椅子に一杯だったが、待っている人はないように見えた。

「ここへはいるんだよ」

伊東は例の気取った歩き方で、ツカツカとその店へはいって行った。わたしもそれにつづいた。

伊東は青写真と巻尺を手にしながら、店主や職人をまったく無視してしゃべりはじめた。

「きみ、これをもって、むこうの壁につけてくれたまえ」

と、言って、巻尺の一端をわたしにわたしたので、わたしはそれを引っぱって、向こうの壁まで歩いて行き、そのはじを壁にくっつけて、じっとしていた。

「ああ、ちゃんと青写真に合っている。そのまんなかへ、煉瓦《れんが》で隔壁をつくるんだ。厚さは二十五センチと指定してある。ところで、煉瓦のトラックはまだこないのかな。一時という約束だが」と腕時計を見て「もう、その横丁のへんまで来ているかもしれない」

「ねえ、きみ、煉瓦を入れるのには、この表側の大ガラスをはずさなくちゃなるまいね」

わたしも調子を合わせて、口をはさんだ。

二人が人もなげに、大声でしゃべっているので、職人も客も、みなへんな顔をして、われわれを見ていたが、隅《すみ》の方で客の顔をあたっていたこの店の主人らしいのが、髪《かみ》剃《そ》りを手にしたまま、目を三角にして、こちらへやってきた。

伊東はかまわずしゃべりつづける。

「この青写真で見ると、煉瓦壁のそちら側は、婦人用のトイレットになるんだね」

床屋の主人はたまりかねて口を出した。

「あなた方、いったいなんです。ことわりもなしにはいってきて……」

「いや、ちょっと邪魔だから、どいていてください」

「なんだって？　どいていろだって？　わたしゃこの家の持ち主ですぜ。それを、いったい、あんた方、どうしようっていうんです」

「いや、ぼくはね、ただこの青写真を引き合わせているんだよ。この店を改築するんでね。それを測量しているんだよ」

「えっ、改築う？　いったい、どう改築しようってんです」

「そりゃ、ぼくにはわからないよ。ぼくは会社に雇われている技師にすぎないからね。会社の出した青写真の通りにやるばかりだよ。で、きみ」と、わたしの方を向いて

「手洗いをとりつけるのは、そのへんになるね。うん、もう少しこっちだ」

「おまえさんがたあ、いったい、だれに断わって、そんなことをやるんだね。あたしの承諾書でもあれば、見せてもらいたいもんだね」

「承諾書だとか、契約書のことは、ぼくは知りませんよ。ただ会社の命令で働いているんですからね……きみ」と、わたしに呼びかけて「横丁へ煉瓦のトラックが着いたかどうか見てこよう。ぼくたちも手伝ってやる方がいいからね。いずれにしても、この表側のガラスはとっぱらわなくちゃあ……」

そういって、巻尺を巻きもどすと、わたしを促して、表に出た。

「少し薬が利きすぎたかもしれない。さあ、早く行こう」

そして、わたしたち二人は、スタスタと、逃げるように床屋の前をはなれたのである。

6 喧嘩《けんか》バス

しばらくのあいだ、だまって歩いていたが、ふと気がつくと、伊東がいたずらっ子のようにクスクス笑っていた。さっきのジョークを反芻《はんすう》しているのかと思ったが、そうではなかった。

「きみ、きょうは幸先《さいさき》がいいからね。こんどは一つ、二人で演技をやろうじゃないか」

　と、いい出した。

「どういう演技？　またどっかの店へ飛びこむのかい」

「いやそうじゃない。こんどは、ちょっと大がかりなんだ。そして、どうしても二人でなければやれないジョークなんだ。それはね、バスの中でやるんだよ」

「こんども、ぼくはなにも知らないで、きみの助演をするのかい」

「そいつはむつかしいだろうな。こんどは、きみが主役だからね。ちょっと打ち合わせておかなくっちゃあ」

　そして、伊東はその計画を、詳しくわたしに話して聞かせたが、こんどのジョークは甚《はなは》だ手あらいやつで、しかし、なかなか舞台効果があるように思われた。わたしにその主役をやれというのだが、そんなお芝居ができるかどうか、心もとなく思ったけれど、まあやってみることにした。

　そこで、二人は別れ別れになって、近くのバスの停留所へ歩いていった。そして、やってきた一台のバスに乗りこんだ。

　バスの中はすいていたので、二人は斜めに向かい合って腰かけることができた。停留所ごとに、客が降りたり乗ったりしたが、三停留所ぐらいすぎると、ちょうど頃あいの混み方になってきた。

時間が時間なので、半分は婦人客であった。男も老人が多かった。席は一杯になり、三、四人、あちこちに、吊《つ》り革《かわ》をもって立っていた。

頃はよしと思ったのか、伊東は、向かい合って腰かけているわたしの顔をじっと見つめはじめた。

わたしは笑いそうになるのを我慢して、ギュッと唇をまげて、ふてぶてしい顔を作っていた。わたしは、ひどく怒りっぽい男に見せかけないと具合がわるいのだ。

もう怒ってもいいころだと思ったので、わたしはやりはじめた。

「きみ、なぜそんなに、ぼくを見つめているのですか。ぼくの顔になにかついているのかね」

すると、伊東はすかさず斬《き》り返してきた。

「見つめてなんかいないよ。見つめるんだったら、もっとましな顔にすらあ」

二人とも服装はちゃんとしているので、このよたもんみたいな口の利き方に、乗客たちは、びっくりしたようであった。車内全部の視線が、わたしたちに集まった。(注13)

「なんだとう。やい、もう一度言ってみろ」

わたしは激怒した顔つきになって、席から立ちあがっていた。

「なんどでもいってやる。おれは、そんなきたない顔、見つめた覚えはないよ」

「うぬっ！」

わたしは、顔をまっ赤にして、というのは、実はこの衆人環視《しゅうじんかんし》の中のお芝居に赤面していたのだが、よそ目には、まっ赤になって怒っているように見えたことであろう。そして、いきなり、相手につかみかかって行った。

伊東も負けてはいなかった。すぐに立ちあがって、応戦の姿勢をとった。

とっくみあいがはじまった。女車掌《しゃしょう》はポカンとして見ているばかりで、車の前部と後部へ難を避けた。近くの婦人客たちは、おそれをなして、どうすることもできない。

二人の男が、わたしたちのそばへかけよって、引き分けようとした。

「バスの中で喧嘩をはじめちゃあ、こまりますよ。近所迷惑だ。やるなら降りてからやってください」

会社員風の分別《ふんべつ》顔をした男が、自分も怒った顔になって、どなりつけた。

「よしっ、それじゃバスをとめてくれ……おいっ、きみっ、まさか逃げやしめえな。きみも降りるんだ。かたをつけよう」

わたしは伊東の手をひっぱって、バスの降り口の方へ歩いていった。

「このおれに、今のような口の利けるやつは、おさななじみのレンちゃんだけだよ。

あいつなら、おれは怒りゃしない。レンちゃんには久しく会わないがね」

わたしは、なるべく不自然に聞こえないように、このせりふを言った。ここが一番むつかしいところだった。

「ぼくも、子供のころレンちゃんと呼ばれていたよ。ぼくの名は伊東錬太郎だからね」

「えっ」と、わたしはびっくりして見せた。「君はレンちゃんだったのか。伊東錬太郎君だったのか。なあんだ、そんならそうと、早くいってくればいいのに。ぼくは君を駅へ迎えに行ったんだぜ。わからないかね。ぼくは野間五郎だよ」

「おお、五郎だ。ゴロちゃんだっ。きみも変わったなあ。あれからもう十四、五年になるもんなあ」

伊東君も、なつかしそうに叫んで、わたしに抱きついてきた。わたしたちは、あっけにとられた人々の前で、ロシア人のように、お互《たがい》に抱き合って、接吻《せっぷん》せんばかりであった。

次の停留所で、わたしたちはバスを降りた。そして、人々の目を意識しながら、肩をくっつけ合い、腕を組んで、人通りの多い町を歩いて行った。

「どうだい。うまく行ったね。あのバスに乗っていた二十人ぐらいの男と女が、今の事件を生涯の語り草にするだろうよ。それにしても、きみも芝居がうまくなった。あの調子なら、これから二人で、いろんな趣向が立てられるぜ」

伊東は、わたしの肩をポンと叩いて、今の演技力をほめてくれた。

7　重役と婦人会長

次には、伊東の家とその付近でのジョーク実演について、やはり演劇の手法で、時と所を一つにまとめて、書いてみることにする。

ある晩のこと、伊東から、自宅で小さいパーティをひらいて、面白いものを見せるという招待をうけた。わたしは少し早目に、まだ陽のあるうちから出かけていった。

伊東は、わたしと知り合いになる前から、同好者を集めて、プラクティカル・ジョークのクラブみたいなものを作っていた。メンバーは伊東夫妻とわたしを加えて八人であった。しかし伊東とわたしのほかの会員は、みな職業を持っていて充分の余暇がなかったので、実際にジョークをやって歩くのは、主に伊東とわたしだけで、ほかの連中はわたしたちのジョーク実演の話を聞いたり、自分たちの妙案を発表したりするだけで、いわば話し仲間にすぎなかった。

伊東は、そのうちみんなで、「八笑人」のような大がかりなジョークをやってみようじゃないかといっていたが、それが実現しないうちに、あの事件が起こってしまった。そして、このクラブも、ついうやむやのうちに、解散することになった。

伊東の家はバスをおりて五、六丁のところにあった。五、六丁のあいだは、大きな屋敷ばかりの淋しい町なのだが、その夕方はまるで人通りがなく、あたりはシーンと静まり返っていた。

高いコンクリート塀にはさまれた町を、てくてく歩いて行くと、ふと、向こうに変なものが見えた。一人の中年の紳士が、妙な恰好でまごまごしているのだ。

デップリ太った、重役タイプの立派な洋服紳士だったが、その紳士が、手に長くのばした巻尺をもって、なにかもじもじしながら、塀の角《かど》のほうへ、近づいて行くのである。

紳士は外出用の服装で、籐《とう》のステッキを持ち、まだ新調したばかりらしいソフト帽をかぶっていた。その身なりで、巻尺をもって、ウロウロしているのは、実におかしいのである。

コンクリート塀の角から少しはなれた地面に、赤と白のだんだら染めの測量棒《そくりょうぼう》が立ててある。巻尺はその外側をまわって、曲がり角の向こうへ折れている。そちらの端も誰かが持っているらしいのだが、巻尺はダランと垂れていて、そっちの端を持っている人も、そろそろと、こちらへ近づいてくるらしい。

なんとなくおかしな様子なので、わたしは遠くに立ちどまって、それを見ていた。紳士はもうほとんど曲がり角まで達していたが、すると向こう側から、目のさめるような綺麗《きれい》なものが現われてきた。

それは四十才前後の厚化粧の婦人であった。どこかの奥さんであろう。外出用の盛装をしている。派手な花模様のある訪問着に、帯も丸帯をデンと締めている。手には流行型の大きなハンドバッグ。その盛装婦人が、巻尺の一方の端をもって、なにか、怖《こ》わごわ、こちらをのぞく恰好で現われたのだから、いよいよ事態は異様である。

紳士の方もおずおずと、塀の角からのぞく、婦人の方も、おっかなびっくりで、角からのぞく。そこで二人は顔を合わせたのだが、二人とも、なんともいえない、酸っぱいような、にがっぽいような、へんてこな表情を浮かべた。二人が知り合いでないことは、一見してわかる。

ますます異様である。わたしは、これはいったい何事なのかと、好奇心を燃やしながら見つめていた。

紳士の方が巻尺のケースを持っているのだが、巻き戻そうともしないので、目盛りをしたテープが道路にとぐろをまいている。そして、そのテープの両端を持った紳士と婦人とが、困惑したような顔を見合わせているのだ。

「わたしを、いつまでも、こんなところに立たせておくなんて、けしからんじゃありませんか。今の男はいったい、どこへ行ったのです」

紳士がまっ赤な顔をして、つめよっている。

「わたしこそ迷惑ですわ。あなた、どこの方かしりませんが、さっきの男はあなたの部下でしょう。いそぎの用事があるのに、こんなもの持たされて、もう十分も、じっと待っていたのです。あなたは、わたしを、おなぶりになっているのですか」

気の強い奥さんとみえて、なかなか負けてはいないのである。怒っているので顔がくずれ、人並みの顔なのだろうが、ひどくみにくく見える。

「なにをいうんです。迷惑したのは、わたしの方ですよ。いったい、あなたはわたしになんの恨みがあるのです」

「あらっ、妙なことをおっしゃいますわね。見も知らぬあなたに、恨みなんかあるはずがないじゃありませんか。あなたこそ、わたしをからかっていらっしゃるのです。ほんとに、たちのわるいいたずらですわ」

どなり合っているうちに、二人とも、変だと気がついたらしい。お互に加害者でなくて、被害者だということがわかったらしい。二人はしばらくのあいだ、だまりこんで、相手の顔を見つめあっていたが、紳士の方が先に口をきった。

「どうもお互に一杯やられたらしいな」

婦人は泣き笑いのような表情になった。

「それじゃあ、さっきの男は、あなたも御存知ない人ですか」

「そうですよ。あなたにもきっと、わたしと同じようなことをいったのでしょう。これはひどい目にあった。あいつ、もう遠くへ逃げてしまったでしょうから、今さらさがしてもおっつきませんよ。お互にとんだ災難とあきらめるほかありませんな。アハハハハ」

「まあ、そうでしたの。ほんとうにひどい」

そこで、二人はお互の立派な服装を認めあった模様である。

「あら、あたくし、つい腹がたったものですから、失礼なことを申しあげてしまって、おわびいたしますわ」

「いや、それはお互ですよ。わたしはこういうものです。決してこんなバカなまねをする人間じゃありませんよ」

紳士は太鼓腹《たいこばら》のチョッキのポケットから名刺入れを出して、指につばをつけて一枚引きぬいて婦人にさし出した。

「あら、申しおくれまして、あたくしも」

婦人もふところから紙入れを出して、小型の名刺をさし出した。

お互の名刺には何々会社専務取締役とか、何々婦人会会長とか印刷してあったのであろう。二人は名刺を読むと、相手を見直したように、やさしい眼を見交《みか》わして、アハハ、オホホと笑った。

それからは小声になったので、よく聞きとれなかったが、二人は長いあいだ立ち話をしていた。どうやら、共通の知り合いでもあって、その噂《うわさ》をして、一層親しみを感じているらしく見えた。

やがて紳士は、まだ手にしていた巻尺の革のケースに気づくと、長くのびた測量テープを、グルグルと巻き戻して、それを、なにか戦利品ででもあるようにポケットにおさめ、婦人とむつまじそうに肩をならべて大通りの方へ歩いていった。

8　眼中の国旗

そんなことで手間取ったので、わたしが伊東家についたときには、もう客が揃っていた。客は二人さしつかえがあって、主人側の伊東夫妻と、わたしのほかに三人であった。

一々名前をあげると、かえって煩《わずら》わしくなるから、名前は略するが、三人のうちの年長者は五十二才の下町の料理屋の主人で、手品の名人であった。アーマチュア・マジシアンズ・クラブにもはいっていて、一年に一度は、そのクラブの大会の舞台に立った。どこへ行くにも、かならず手品の種《たね》の三つや四つは身につけていて、機に応じてそれをやって見せた。トランプのカードも、種のあるのやないのや幾種類もポケットに入れていた。

次の年長者は、はっきり年を知らなかったが、四十近い区役所の戸籍課長であった。この人は特技はなかったけれども、酒に強くて、大の愛妻家であった。奥さんはそれにふさわしいきれいな人だった。ジョークの話が飯よりもすきで、(注14)地口《じぐち》がうまかった。何かというとだじゃれを飛ばした。

三人目は伊東君と同い年の三十六才で、京成《けいせい》大学の助教授だった。専門は社会学。碁と将棋が強くて、両方とも素人《しろうと》初段を貰っていた。

欠席した二人は、大きな電機会社の課長と、二十才の美術学校の学生であった。

そして、これらのメンバーはすべて探偵小説の愛読者だった。ことに若い美術学生が大通《だいつう》で、西洋の原本をたくさん読んでいて、われわれを煙に巻いた。

伊東家は洋風の食堂だったので、みんなはそこの大テーブルを囲んで席につき、もう、オルドゥブルの皿が出ていて、洋酒がならんでいた。伊東は、こういうパーティのおりは、知り合いのコックを呼んで料理をさせるので、奥さんも女中もお給仕をするだけでよかった。むろん奥さんの席も取ってあって、美しい美耶子は大方はその席について、ホステスとして皆をもてなしていた。美耶子はジョークの趣味を持っているかどうかわからなかったが、適当に調子を合わせていた。かしこくて美しくて、好男子の伊東とは似合いの夫婦だった。

その席には、もう一人、わたしのまったく見知らぬ人物がいた。年のころは四十を少し越しているように見えた。まっ黒な濃い毛を綺麗になでつけていたが、それが余り黒々としているのが目ざわりなくらいだった。顎から頸《くび》にかけて大きな傷痕のひっつりがあった。行儀《ぎょうぎ》よくテーブルの前に腰かけているのだが、なんとなくぎごちないところがあった。タバコも吸わなければ、酒も飲まなかった。ときどき水のコップを口へ持っていくのだが、その動作がなんだか器械で動いているように感じられた。食卓についていても、左手だけに黄色い手袋をはめたままで、膝のあいだに手ずれではげた木のステッキを立てかけていた。

手品狂の料理屋の主人は、スープが運ばれる前に、もう手品をはじめていた。誰も所望しないので、独りで楽しんでいる。吸っていたタバコを右手にとると、サッと空中に投げるまねをする。しかし、手からはなにも飛び出さない。火のついたタバコはどこかへ消えてしまったのだ。

その手を空中にさし出して、なにかを摑むまねをした。そして、ヒョイと手をひらくと、ハートのクイーンの美しいカードが現われる。かれはそのカードを持ちかえて、またもや空中高く投げ上げたが、すると、そのカードが食堂の白い漆喰《しっくい》の天井に、ピッタリと貼りついてしまう。

なかなか見事な手品だが、誰も感動しなかった。というのは、このメンバーたちは、何度となく、その同じ手品を見せられていて、不感症になっていたからである。

わたしは、手品よりも、わたしのすぐ前に腰かけている傷痕のある未知の男に惹きつけられていた。伊東が面白いものを見せるといったのは、ひょっとしたら、この男に関係があるのじゃないかと考えた。

ところが、そうしてジロジロ見ているうちに、わたしは驚くべきことを発見した。その男の左の目の玉が、まるでミニアチュアの画のように、赤や青の綺麗な色彩を持っていたのである。わたしはギョッとして、首を前につき出して、その不思議な目玉を眺めた。

よく見ると、それはアメリカの国旗であった。目の玉一杯に、あの星と線の国旗がひろがっているのだ。目の玉にカラー・フィルムのように、国旗を印画してあるのだろうか。そんな途方もないことがあり得るのだろうか。

わたしが、びっくりして見つめているので、わたしの隣の人も、その向こうの人も、同じように、負傷男の眼を見つめた。そして、アメリカの国旗に気づいたようである。あの料理屋の主人も、手品をやめて、じっと男の眼を見ていた。

「みんな、気がついたようだね。それじゃあ簑浦《みのうら》さん、もっとちがうのを、見せてやってください」

伊東が誇らしげにいうと、男は従順にその言葉に従って、ポケットから平べったい銀色のケースを取り出して蓋をあけた。プーンとアルコールの匂いがした。ケースの中にはアルコールを浸《ひた》した綿がつまっていた。男は指でその綿の中を探して、何かを取り出した。それから、クルッとうしろを向いて、みんなに顔を見られないようにして、両手を眼のへんに持って行って、しばらくなにかやっていたかと思うと、再びこちらに向き直り、手に持っていた小さなものを、銀色のケースの綿の中にかくした。

みんなが男の左の眼を見ると、今度はアメリカの国旗でなくて、日の丸の旗がひるがえっていた。ミニアチュアのまっ赤な日の丸が実にきれいだった。

それから、男は何度となく、うしろを向いては、こちらに向き直った。そのたびに眼の中の画が変わるのだ。イギリスの国旗も出た。日本の国会議事堂も現われた。ヌード娘の全身像も出た。どこの人種かわからないが、実にうつくしい女の顔の大写しも出た。それがみな、八ミリのカラー・フィルムよりも少し大きく、クッキリ焼きついているのだから、その可愛らしい美しさは驚くほどであった。

「わかったかね。この人の左の眼は義眼なんだよ。この人がまた、なかなかの趣味家でね。義眼にあんないろいろな写真を焼きつけさせて、とっかえひっかえ、はめているんだ。はじめて見たときはギョッとするが、よくよく見ると、その美しさに惹きつけられてしまう。義眼のダンディだね。義眼でないわれわれにはできっこない、ちょっと羨《うらや》ましい趣向じゃないか」

この義眼のジョークには、さすがのジョーカー・クラブ員たちも、すっかり驚いてしまい、感嘆の言葉が次々と述べられた。

わたしは、これが今夜のパーティの「面白いこと」なのかと、伊東の顔を見たが、むろん、「面白いこと」は、これだけではなさそうだった。伊東の顔のメフィストの薄笑いが、それを白状していた。

それから食事をしながら、いつものジョーカー・クラブらしい雑談にはいったが、次々と運ばれる料理は、例によって申し分なかった。一同は臨時雇いのコックの腕前をほめたたえた。

デザート・コースにはいると、わたしは、さっきそとで見た測量テープの事件を報告した。

「ぼくは結果だけを見たんだから、前にどういうことがあったかわからない。しかし、これはどうもジョーカーのしわざらしいね。それもよほどすぐれたやつだよ。ぼくの見たところでは、効果百パーセントだったからね。はじめはまっ赤になってどなり合い、それからお互に罪のないことがわかって和解し、そして、名刺を交換したところがふるっている。その結果お互に社会的地位を認めあい、仲よく手を組まんばかりにして立ちさって行った光景は、実に見ものだったよ。これを演出したやつは、よほどのジョーカーにちがいない」

わたしが話しおわると、伊東君がテーブルに乗り出して、ニヤニヤ笑った。

「そうか、あれをきみが見たのか。きょう、うちへくる連中の誰かが見るかもしれないとは思っていたがね。きみは幸運だったわけだよ。実はあれをやったのはぼくなのさ」

「そうかもしれないと思っていた。結末だけ見たので、はじめの方がわからないが、きみはなにをやったんだね」

「探偵小説だよ。まず結論がある。そこから機知と論理で犯人の行動をさぐり出す。きみにだって、ぼくがどういうことをやったか、だいたいは想像がついているだろう？」

「うん、それは、つかないこともないが……」

「まあいい。時間を省くために、ぼくから話そう。ぼくは、なるべく人通りのない夕方を見すまして、あの大きな屋敷のコンクリート塀の角へ行った。そこへ赤と白に染めた測量棒を立て、両側の通りの角から二十メートルぐらいの地面に×印をつけてから、巻尺の革のケースを手にして待っていた。しばらくは適当な人が通らなかったが、やがて、あの重役肥《ぶと》りの紳士がやってきた。むろん一面識もないんだ。服装がきちんとして、なかなか立派だったから、この人がいいと思った。

　ぼくは紳士のそばへ行って、『ちょっと』といった。

『わたしは役所のもので、ここの道路工事の測量を命ぜられて、やりはじめたんですが、助手のやつがどっかへ行っちまいましてね。すぐ戻ってくると思いますから、ちょっとのあいだ、これをお持ちになっていていただけないでしょうか』すると、紳士は、まさかいやともいえず『ああ、いいですとも』と答えたので、ぼくは、『この×印の中心にテープの端をあてていてください』とたのんで、巻尺のケースをわたし、ケースから測量テープを引き出しながら、だんだん遠ざかっていって、角の測量棒の外側からテープを廻して、曲がり角のむこう側へ歩いていった。

はじめの計画では、そのまま、テープの端を石を重しにして地面におさえておいて、うちへ帰ってしまうつもりだったが、そのとき、ちょうどうまい具合に、むこうから、あの盛装の婦人がしずしずとやってきた。むろん知らない人だ。ぼくはとっさに思いついて、テープの端を引っぱりながら、婦人に近づいて行った。そして、さっきの紳士に言ったのと似たようなウソをついて、婦人にテープの端を握らせてしまった。この地面の×印の中心におしつけていてくださいといってね。そして、ぼくはさっさと、うちへ帰ってしまったんだよ……紳士があの巻尺を戦利品として持って行ったそうだが、まあそれはジョークの楽しみへの投資として仕方がないね。

ぼくは結果を見ないで帰ってしまったんだよ。いつもそうなんだ。その方が、かえって興味津々たるものがある。あれからどうなっただろうかと、種々様々の場面を想像することができるからね。しかし、今のきみの話によると、まあ成功だったな。巻尺を戦利品にして仲むつまじく立ちさるなどは、なかなかいい場面だよ」

これでテープ・ジョークの話は一段らくついたが、このジョークについて、メンバーたちの、いろいろな批評が出た。そして、最後に、これは近来の秀作であるという結論に落ちついた。

「わしも見たかったなあ。その重役と婦人会長の出会いがねえ。まさに傑作だよ」手品狂の料理屋さんが、生唾《なまつば》を飲むようにして言った。「それにしても、われらの伊東会長は、手品のコツを心得ているなあ。このジョークなんか、まさに手品に属するものだよ」

9　ジョークと犯罪

それから、しばらく雑談がつづいたあとで、伊東が、ちょっと形をあらためるようにして、なにか話しはじめた。

「これから少し講義をやるよ。いや、講義といっては失礼だが、ちょっと話したい感想があるんだ。それはね、ジョークと犯罪との関係についてだよ。今の測量テープのジョークだって、一種の軽犯罪といえばいえないこともない。訴訟《そしょう》されるほどの迷惑を与えないというだけのことだ。

ところが、西洋のジョーカー伝を見ると、ひどいことをやっているやつがある。例えば、こんなのがある。ロンドンにでもニューヨークにでも、金持ちの住宅街というのがあるね。そこを歩いているんだ。そして、アトランダムに、表札を見て、番地と姓名を書きとめる。なるべく女主人公の家がよろしい。そして、その名で、方々《ほうぼう》の有名な店に、とんでもない品物の注文状を出すんだ。すると、大きな機械だとか、トラックだとか、まったく家庭生活に関係のないようなものが、次々と配達される。むろん、そこの主人は受け取らないだろうけれど、主人が留守だったら、女中なんかは一応受け取るかもしれない。いずれにしても商人とのあいだに大悶着《だいもんちゃく》が起こるにちがいない。そこがジョーカーのねらいだけれども、これはもう犯罪といってもいいよ。

もっと極端な例を考えてみると、エープリル・フールでだね、たとえば血圧の高い老人かなんかに電話をかけて、びっくりさせるようなことを話すとするね。それがもとで、血圧がひどく上がって、脳軟化症《のうなんかしょう》をおこして死ぬというようなことも、起こらないとはいえない。すると、これはもう殺人罪だからね。

ジョークと犯罪とは紙一重《かみひとえ》のちがいだよ。探偵小説の元祖のポーが『純正科学の一種としての詐欺』(注15)という面白いエッセイを書いている。むろん、きみたちは読んだと思うが、あすこに書いてあるいろいろな詐欺とプラクティカル・ジョークとは、ちょっと区別がつかないほど似ている。ただ利欲の動機によるものかどうかによって、区別されるばかりだ。『利欲の伴わない詐欺をジョークという』と定義できるくらいだ。

ところで、ここでぼくの話は探偵小説と結びついてくるんだが、ポー自身が探偵小説を創案し、同時に詐欺論を書いているように、この二つのものはジョークと密接な関係がある。探偵小説の中には少数ながら詐欺小説も書かれている。そして、その手法は、われわれのプラクティカル・ジョークと同じだといってもいい。その適例が一つある。

ポーの詐欺論には十一種の詐欺の例が挙げてあるが、その八番目の例だ。これはプラクティカル・ジョーカーが、その通りのことをやっている。西洋でも日本でもだよ。きみたち忘れているかもしれないから、そのポーの第八例を簡単に話すと、こういうのだ。

ある男がバーへはいって行ってタバコをくれという。そのころのあちらのバーではタバコも売っていたんだね。男はタバコの匂いを嗅《か》いでいたが、このタバコはどうも気に入らないといって、タバコを返し、その代りにブランデーを注文して、飲んでしまう。そして、さっさと帰りかけるので、カウンターの男が呼びとめ、お代をまだいただきませんという。なんだって、タバコを返して、その代りにブランデーを貰ったんじゃないか。いや、しかし、そのタバコの代をいただいておりませんので。ばかいっちゃいけない。タバコはちゃんと返して、そこに置いてあるじゃないか。買いもしないものの代が払えるか。そんな問答《もんどう》でバーテンを煙に巻いて逃げ出すという話だがね。

　これと同じ手口がアメリカのジョーカーの逸話《いつわ》の本にも出ている。そのジョーカーの名前もわかっている。立派な社会人なんだ。日本にもあるんだよ。たしか大阪だねの落語に『壺算』というのがある。ある悪いやつが、壺屋へ行って、一荷《か》入りの水壺（大阪では壺というが、東京なら水がめだね）を買って、代金を一円五十銭なら一円五十銭払って、その壺をもって町内を一廻りして、元の店へ戻ってくる。この壺は小さすぎた。二荷入りのに換えてもらいたいといって、値段の倍の壺を持って帰ろうとする、番頭が呼びとめて、もしもし、その大きい壺は三円ですから、もう一円五十銭いただかないと困りますという。なにをいってるんだ。お前さん算盤《そろばん》にうといね。いいかね。さっき一円五十銭払ったね。お前さん受け取ったね。そこへ、この一円五十銭の壺を返すんだから、合わせて三円じゃないか。ちゃんと勘定が合ってるじゃないか。それからいろいろ押し問答があって、算盤まで持ち出して、やってみるが、どうしても一円五十銭の現金と、一円五十銭の壺を受けとった勘定になり、番頭は首をかしげながら、だまされてしまうという話だ。

　これの元は徳川時代の何かの本に出ているのだろうと思う。ぼくはまだ調べるひまがないが、『昼夜用心記《ちゆうやようじんき》』『世間《せけん》用心記』の類かもしれない。しかし、そのもう一つ元は、おそらくシナだよ。シナには『杜騙新書《とへんしんしょ》』とか『騙術奇談《へんじゅつきだん》』とか、いろいろ詐欺の話を集めた本が出ているからね。

ところで、それじゃあ、われわれのクラブは詐欺の研究をして、それを実演しているのかということになる。いや、詐欺ばかりじゃない。さっきの例のように、ジョークは殺人にさえつながっているのだ。ここでまた探偵小説のことになるが、探偵小説の殺人トリックも、プラクティカル・ジョークと同じ性質のものだよ。両方ともペテンにかけるのだからね。しかし、ペテンといえども、決して軽蔑はできない。たくみなペテンは、やっぱり一つの芸術あるいは科学といってもいいのだから。デ・クィンシイは芸術としての殺人を論じ、ポーは科学としての詐欺を論じている。

或る日本の探偵作家が、随筆にこんなことを書いていたことがある。おれは年中、巧みな殺人手段ばかり考えている。それが好きだから探偵作家になったのだが、今に小説だけでは満足できなくなって、実際人殺しをするんじゃないかと怖くなることがある、とね。たしか『悪人志願』という題の随筆だった。多分精神分析のアンビヴァレンツと関係があると思うんだが、その作家は同じ随筆で、自分の一番親しい友だちと、仲よく話している最中に、ズブリと刺し殺す話を書いていた。それに興味を感じているらしく思われた。

ぼくもときどき恐ろしくなってくることがある。ジョークに深入りして、今に犯罪の方へ移っていくのじゃないかという恐怖だね。ジョークは利欲に関係がないという申しわけがあるけれども、人殺しとなると、利欲にまったく関係ない人殺しもあるんだ。復讐《ふくしゅう》だって、優越感や劣等感の殺人だって、利欲じゃないからね。

なんだか変な話になってしまったが、これがぼくの近頃の感想です。つまり、プラクティカル・ジョークと犯罪とは紙一重だということ、われわれは、いくらジョークの発明を競《きそ》ってもいいが、その紙一重の境界線を越えてはならないということだね。たいへん長ばなしをしてしまって……みんな食事もすんだようだから、いよいよ、お約束の面白いものをお見せすることにしよう……美耶、いいかい。女中を近所へ使いに出しなさい」

伊東は奥さんに目くばせをして、そんなことをいった。前々から打ち合わせがしてあったらしい。

「ことわっておくが、今の長ばなしと、これから見せる面白いものとは、なんの関係もない。いや、ペテンにかけるんじゃない。ほんとうのことだ。では、なぜあんな話を合《あい》の手《て》に入れたかと不審に思われるかもしらんが、あれはいつか、なにかの機会に、話しておきたいと思っていたことなんだ。きみたちは、ぼくが今夜ああいう話をしたことを、覚えておいてもらいたいんだよ」

なにか奥歯に物のはさまったような話し方であった。わたしはその真意をとらえかねた。しかし、ずっとあとになって、これが実はかれの遠い遠いおもんぱかり、かれの深謀遠慮《しんぼうえんりょ》の一つの伏線《ふくせん》であったことを、思い当たるときがくるのである。

10　眼と歯

それから、わたしたちは、書斎に導かれ、内外の書籍の壁に囲まれた広い部屋の、思い思いの安楽椅子に腰かけ、タバコをふかしながら、また雑談をつづけた。

もう九時半であった。

伊東が、大デスクの前の回転椅子をグルッと廻して、みんなに呼びかけた。

「今までわざとだまっていたが、これから、今夜のお客さんを紹介しよう。この義眼の人だ。簑浦さんといってね……」

すると簑浦氏は、ギクシャクとした身のこなしで椅子から立ちあがり、みんなを見廻して、おじぎをしたが、別に何も言わなかった。今はもう、さっきの模様のあるのでなくて、普通の義眼をはめていた。

「簑浦さんと知り合ったのは、ごく近ごろのことだ。この人は元は軍人なんだが、たいへん不幸な半生《はんせい》を送ってこられた。そして探偵小説にうさはらしを求められた。したがって、プラクティカル・ジョークにも充分興味を持っておられる。きょうの『面白いこと』というのは、やはり簑浦さんに演じていただくのだが、それを快く承諾してくださったのも、われわれと同様に、ジョークというものを理解しておられるからだ。前説《まえせつ》はまあこのくらいにしておくほうがよかろう。

では、簑浦さん、どうか寝室にお引きとりください。あなたがやすまれるのには、いろいろ手助けがいるが、それは女中にやらせます。さっき打ちあわせたことをお忘れなく。これはなかなか演技の要《い》るジョークですからね」

そこで、簑浦氏は椅子から立って、

「では、みなさん、お先へ」

と、挨拶《あいさつ》して、はげた木のステッキを力に、機械のような妙な歩きかたで、部屋を出ていった。

「さて、諸君、われわれは、見物席につくのだ。二階の簑浦さんの寝室の隣の部屋に陣どるんだよ。ことわっておくが、演技のあいだ中、どんなへんなことがあっても、物を言っちゃいけない。咳《せき》をしてもいけない。死んだようにだまっているんだ。いいかね。さあ、足音を立てないようについてきたまえ」

そして、われわれは、伊東夫妻に案内されて、一列になって、コッソリと二階へあがって行った。

二階には二《ふ》た部屋しかなかった。一つは伊東夫妻の広い寝室、もう一つは、その隣の客用の寝室である。

われわれは夫妻のあとにつづいて、その広い方の寝室に、静かにすべりこんだ。二つの寝室のあいだには、ドアがあって、ふだんは鍵がかけてあるのだが、その晩は、そのドアがすっかりひらかれ、そこに目の荒いレースのカーテンが張ってあった。

しかし、そういうことは、しばらくたってからわかったので、最初は、不思議な部屋の仕掛けに、ただ面くらうばかりであった。その広い方の寝室は電灯がわざと消してあって、われわれは、手さぐりで進まなければならなかった。

四人のものは夫妻に手を引かれて、まっ暗な中を、今言うドアのそばまで、ソロリソロリと歩いて行った。そのとき、わたしは偶然、奥さんに手をひかれた。手が触れ合ったのは、それがはじめてだった。わたしは電気のようなものが、ツーンと、からだを走るのを感じた。やわらかい、スベスベした、冷たい手だった。暗やみの中で、美しい人と手を握りあっているというそのことだけで、わたしの胸はワクワクした。わたしは手先に力を入れる勇気など、とてもなかった。引かれるままに、おとなしくついて行った。

簑浦氏の寝室との境のドアのすぐそばに、三脚の小椅子が、くっつけておいてあった。伊東夫妻とわたしとが、その椅子に肩をくっつけあって腰かけ、あとの三人は、その前のジュウタンの上に、やっぱり、からだをくっつけあって坐った。そこが見物席なのである。

われわれの目の前には、目の荒いレースのカーテンが、床まで垂れていた。そのカーテン越しに、簑浦氏の寝室が手にとるように見える。こちらの部屋はまっ暗で、むこうの部屋には、あかあかと電灯がついているからだ。逆に、むこうの部屋からは、われわれをまったく見ることができない仕掛けである。

われわれは唾《つば》をのみこむようにして、シーンと静まり返っていた。わたしは前に一度、こういう場面を経験したことがある。それは覗《のぞ》き趣味を満足させる会に出席したときだが、五人ほどの会員が、その和室の次の間に、コッソリと忍び入って、ちょうど夏のことで、簾《すど》戸の隙間《すきま》から、息をつめて、或る演技を覗いたのである。

その連想が、わたしの好奇心を一層高める作用をした。わたしは、なにか変な気持になって行った。

わたしを変な気持にしたのには、もう一つ別の理由があった。それは故意か偶然か、美耶子が伊東とわたしとのあいだに腰かけたことである。普通ならば、伊東の向こうに腰かけて、わたしとからだが触れ合わないようにするはずなのを、彼女はそうしなかったのである。

わたしは、しばらくのあいだ、そのことばかり思い煩っていた。美耶子は、こういう場合に、誰の意志で動作するのだろうか。良人《おっと》の暗黙の意志に従うのだろうか。それとも彼女の思うままにふるまうのだろうか。もし前者とすれば、あの考え深い伊東が、なぜこういう坐り方をさせたのか。もし後者とすれば、美耶子は、なぜわたしと隣合わせに坐ったのか。そのいずれにしても、わたしには、なにか理解できないようなものがあった。

しかし、いつまでも、それを考えていることはできなかった。カーテンのむこう側では、もう「面白いこと」がはじまりかけていたからである。

簑浦氏は、あかるい電灯の下で、ベッドのそばの椅子に端然と腰かけて、こちらを向いていた。簑浦氏のからだの機械仕掛けのような感じは、そうして腰かけていても、どこかに残っていた。その異様な感じが、わたしたちの好奇心を、いやがうえに掻《か》きたてた。

そこへ、シゲという女中がはいってきた。どこかへ使いに出されていたのが、ついさっき帰ってきたのである。この覗きの仕掛けは、伊東夫妻だけで拵《こしら》え、女中にはなにも知らされていないように感じられた。

シゲは二十才前後の、頑丈なからだつきの田舎娘であった。無邪気《むじゃき》な丸々としたあから顔に愛嬌《あいきょう》があり、年よりも若く見えた。シゲは、まだ一と月ほど前に、この家へ来たばかりで、主人夫妻の性格も、その奇妙な趣味のことも、われわれのクラブについても、ほとんどなにも知らないようであった。

シゲは簑浦氏の寝室にはいると、一礼して、もじもじしながら口をひらいた。

「あのう、奥さまから、お手伝いするようにと、いわれましたので……」

すると、簑浦氏が、言葉少なにこたえた。

「ああ、手伝ってもらいたいのだよ。ぼくは不自由なからだでね……まず、そこの洗面台にあるコップに、水を半分ばかり入れて、もってきてくれたまえ」

その寝室には、一方の隅に陶器の洗面台がとりつけてあって、コップが伏せてあった。シゲはそこへ行き、言われた通りコップに水を入れて、簑浦氏のところへ持って行った。

簑浦氏はコップを受けとると、右手の指を左の眼にぐっとつっこんで、義眼をえぐり出し、それをコップの水の中に入れた。

お椀《わん》のような形をした目玉が、天井を睨《にら》んで、コップの中に、気味わるくフワフワと浮かんでいるのが、こちらからも見えた。

簑浦氏はそのコップを小卓の上に置くと、こんどは、やはり右手で、あのきれいに分けた濃い髪の毛をつかみ、グーッと頭の皮をめくりとってしまった。つまり、それはカツラだったのである。その下から、ピカピカ光るはげ頭が露出した。

女中のシゲは、おったまげて、眼をまんまるにして、この不思議な光景を見つめていた。

「もう一つ、コップに水を……」

簑浦氏は、カツラを、同じ小卓にのせながら、ニヤニヤッと笑って、言いつけた。

幸い洗面台には、もう一つコップがふせてあったので、シゲはそれに水を半分ほど入れて持ってきた。

簑浦氏はそのコップを義眼のコップのとなりへ置くように、右手でさしずしてから、その手を口の中へ入れて、二度に、総入れ歯を取り出し、コップの水の中へおとした。水の中で、上下の歯ならびが、いやな恰好で嚙み合わさっているのが見えた。

総入れ歯を取り去った簑浦氏の口は、巾着《きんちゃく》のようにしぼんでしまい、おそろしく年取って見えた。入れ歯の支えがなくなったので、顔が押しつぶされたように、平べったくなった。

それから、簑浦氏は立ち上がって、上衣とズボンをぬぎ、ワイシャツをぬぎ、シャツとズボン下だけになって、また椅子に腰かけたのだが、その脱衣のあいだに、短い幕間《まくあい》のような余裕があったので、わたしは自分の身辺に注意を向けることができた。

わたしの一方の腿《もも》の外側が、美耶子の腿と密着しているために、汗ばむほど暖かくなっていた。これもわたしにははじめての経験だったが、そのとき、美耶子がわき見をした。くっつかんばかりになっている彼女の顔が、わたしの方を向いたのである。暖かい息がわたしの頬をなでた。その息にはなにか微妙な甘い薫《かお》りが感じられた。

わたしと美耶子との会話を一度も書いていないので、読者にはわからないことだが、二人は相当うちとけたあいだがらになっていた。むろんみだらなことを話し合ったわけではない。伊東君の奥さんとしての敬意を忘れないで、しかし、遠慮のない口を利き合うほどに、親しくなっていたのだ。だから、彼女としては、わたしと密着して坐ったり、わたしの顔に息がかかるようなことを遠慮していないのかもしれない。だが、敏感な人だから、わたしのひそかな気持がわかっていないはずはない。それを知りながら、こういう無関心を装うのは、なにかそこに意味があるのではなかろうか。無意識のうちに、わたしを刺激しようとしているのではないだろうか。

彼女がわたしの方に顔を向けて、うっかり話をしようとして、声を立ててはいけないことを気づいて、やめたのかもしれない。じきに正面を向いてしまったので、こんどは、わたしが、彼女の方を向いて、その横顔を見た。

レースのカーテンを通して、むこうの部屋の電灯が、ほのかに彼女の顔を照らしていた。その淡い光で見る彼女は、ハッとするほど神秘的で、神か悪魔のように美しかった。私はばかのように、その横顔に見とれていた。

11　贋《がん》造《ぞう》人間

そのとき、むこうの舞台では、シャツばかりになった簑浦氏が、女中のシゲをそばへ招きよせて、あの巾着みたいな口で、スースーと息の漏《も》れる不明瞭な言葉で、なにか言っていた。

「ぼくの左手をグッと引っぱってくれ。この左手は義手だから抜けるんだよ」

シゲは義手というものを見るのは、はじめてらしかった。少し青くなって、もじもじと、ためらっていた。

「もとの方ははずしてあるんだから、引っぱれば抜けるんだよ。グッと、おもいきり引っぱってくれ」

シゲはおずおずと、黄色い長い手袋のはまっている義手に両手をかけた。そして、力をこめて引っぱった。すると、木と革でできた義手が、シャツの腕の中から、スルスルと抜け出してきた。肩のつけ根の辺からの長い義手であった。

簑浦氏は、それを右手で受けとって、ベッドの上に、ヒョイとほうり出した。そして、腰かけたまま、右足をまっすぐに上げた。

「こんどはこの足だよ。ズボン下がダブダブだから、ぬがなくても、だいじょうぶ抜けるよ。さあ、引っぱっておくれ」

シゲの顔は、さっきよりも、もっと青ざめていた。眼をまんまるにして、驚いている表情がおかしかった。

ズボン下の中から抜け出してきた右足の義足は、おそろしく太くて長かった。簑浦氏の右足は太腿の中ほどから切断されたものらしい。

シゲは、おっかなびっくりで、その義足を両手にささげて、ベッドの上に置いた。

だが、簑浦氏の不思議な解体作業は、まだそれで終ったわけではなかった。こんどは左足を前に出したのである。

シゲは余りの恐ろしさに、もう逃げ腰になっていた。ここから見ても、青ざめた額にベットリ汗をかいているのが、よくわかった。

「さあ、こんどは、こっちの足だ。同じようにやってくれ」

シゲは最後の力をふりしぼるようにして、これに耐えた。左の義足は膝の下からのもので、右足ほど長くはなかった。シゲはそれを大事そうに、ベッドの上にならべた。椅子の上にチョコンと坐っている簑浦氏の恰好は、実に変てこなものであった。シャツの左手と、ズボン下の両足が、ペチャンコになって、ダランと垂れ、おそろしく寸づまりのからだになっていた。ハゲ頭で、片眼で、口は巾着になり、からだは、昔の見世物にあったトクリゴのように、胴体だけになり、満足なのは右手一本である。なんというひどい戦傷を受けたものであろう。この人の肢体《したい》は大部分が人工であり、贋造であった。つまり贋造人間という感じなのだ。

シゲを笑うことはできない。わたしも怖《こわ》くなってきた。その寸づまりの胴体を見ていると、吐き気を催した。気の毒だが、今の簑浦氏は、なんともいえない醜悪《しゅうあく》な肉のかたまりにすぎなかった。

その醜悪な肉塊《にくかい》が、巾着の口でまだ物を言っていた。

「もう一つだけだよ。これでおしまいだ。きみ、ぼくの頭に両手をかけるんだよ。そして、ぼくの首を力いっぱい引き抜くんだ」

肉塊はそういって、歯のない口で、ニヤニヤと笑い、大きな傷痕のある頸を、ヌーッと前につき出した。

シゲはよろよろとよろめいて、入口のドアのほうへ逃げようとした。しかし、足が言うことをきかないらしく、酔っぱらいのような足どりで、両手をもがきながら、やっとの思いでドアのところまで行った。そして、なにか恐ろしい叫び声を立てたかと思うと、グニャグニャと、そこへ倒れてしまった。気を失ったのである。


それから、しばらくして、わたしたちは階下の書斎へ戻っていた。

シゲは、あのときすぐ、みんなで介抱《かいほう》して、女中部屋にねかせた。

「人間の首が抜けてたまるものか。義首なんてありゃしないよ。あれはちょっとした冗談なのさ。きみも、あんなことを真にうけるなんて、ばかだなあ」

伊東がそういって慰めたので、シゲもいくらか気がおちついたらしく、美耶子の与えた睡眠薬で、グッスリ眠ってしまった。

それがすんで、みんなが書斎の安楽椅子にかけると、伊東が口を切った。

「今の手は西洋笑話にある話だよ。一度実験してみたいと思っていたが、幸い簑浦君という、絶好の人が見つかったので、きみたちをご招待したんだ。簑浦君はなかなかの名演技だった。ぼくはあんなにうまく行くとは思っていなかったんだよ。それに、女中のシゲが、あれは山出《やまだ》しの娘で、うってつけの助演者だった。シゲにはちょっと可哀相だったが、あとで、それだけのことはしてやるつもりだ。この筋書《すじがき》を知っていたのは、ぼくと美耶子と簑浦君だけだから、きみたちにも面白い見ものだったと思うが、感想はどうだね」

「傑作だね。わしでさえ怖かったよ。あのヌーッと首をつき出されたときにはね。女中さんが気を失ったのも無理はないよ」

　年長の料理屋の主人が、まず讃辞《さんじ》をのべた。

「ぼくもあの西洋笑話は読んだことがある。たしかドイツ種《だね》だったね。だから、中途で落ちがわかったけれど、読むのと実演とでは感じがちがうからね。ぼくもハラハラしたよ。怖かったよ。それにしても、よくああいう適当な主演者を見つけたもんだなあ。やっぱり半分以上は伊東会長のお手柄だよ」

　京成大学の助教授が感《かん》に耐《た》えたようにいった。

「だが、気味が悪いねえ。四本の手足のうち、満足なのは一本だけなんだからねえ。おそろしい負傷だ。よく生きていられたもんだね。あの胴体ばかりの肉のかたまりを見ていると、ゾッとして、吐き気がしたよ」

　区役所の戸籍課長が、まだ青ざめた顔で、二階の簑浦氏に聞こえることを憚《はばか》ったのか、内証話《ないしょばなし》のように声を低くした。だが、簑浦氏はあのまま、みんなで抱き上げて寝室のベッドに入れておいたのだから、聞こえる心配は少しもなかった。

わたしも、そのあとについて感想をのべたが、見廻してみると、主人公夫妻をはじめ、みんなが、多少とも青ざめた顔をしていた。戸籍課長の顔色が一番わるかった。美耶子は思ったより平気な顔をしていた。

結局、この演出は近来の最傑作という結論になった。もう十一時を過ぎていたので、その結論が出たのをしおに、わたしたちは急いで辞去することにした。

12 犯人あかし

まあこんなふうな調子だったのである。しかし、伊東と知り合ってからの一年間には、まだいろいろなことがあった。ジョーカー・クラブの催しでは、降霊術《こうれいじゅつ》の実験や、英米伝来のマーダー・パーティ（殺人ごっこ）をやったことなど、記憶に鮮《あざや》かである。伊東とわたしの友情は、加速度に深くなり、子供時代からの親友のようなあいだがらになっていた。伊東は、わたしのアパートの狭い部屋へも、よく遊びにきて、四畳半の畳の上に、長々と寝そべって、無駄話をしたものだ。

わたしの方からも、毎日のように、伊東家を訪問した。白状すると、これは伊東の魅力のほかに、奥さんの美耶子の魅力に引きつけられていたからであった。

わたしは一日に一度は美耶子の顔を見、声を聞かないと、その夜の寝つきがわるいほどになっていた。生れてから、これほど女性に惹かれた経験は一度もなかった。

そんなに、しばしば訪問していると、ときには変な場面に出くわすことがあった。伊東たちは結婚してから五年もたっていたので、夫婦喧嘩をすることもないではなかった。かれらは今でも愛し合っていたが、愛することと夫婦喧嘩は別物である。

なにが原因なのか知らないが、わたしがはいって行くと、二人はふくれっ面をして向かいあっていた。かれらは、わたしの前では、夫婦喧嘩を隠そうともしなかった。

「君のその強情な性格には、うんざりするよ。なぜ簡単にあやまってしまえないんだ。あやまってくれないと、おれは気がすまないのだ」

伊東が、額に癇癪筋《かんしゃくすじ》を立てて怒っていた。奥底のしれないような、いつもお芝居をやっているような、世渡りに冷静なかれにも、夫婦喧嘩ともなれば、こういうあからさまな一面があるのかと、おどろくほどであった。

美耶子は強情にだまりこんでいた。どうでもなれという捨てばちな態度に見えた。

「返事ができないのか」

最後通牒《さいごつうちょう》のようないい方であった。美耶子はまだだまっていた。

「おい、こんな調子じゃ、おれはもう堪《た》えられないかもしれんぞ。君とはいっしょにやって行けないかもしれんぞ」

それをきくと、美耶子が、やっと口を利いた。

「いいわ。わたしだって覚悟してるわ」

「そうか。覚悟しているのか。じゃあ、そうしようか」

伊東が爆発するように、いいはなった。わたしはもうだまっていられなくなった。

「おい、おい、いいかげんにしないか。おれが来ても、見向きもしないで、夫婦喧嘩してやがる。そんな礼儀ってないだろう」

すると、伊東が、おそろしい眼で、わたしを睨みつけた。

「空気男はだまってろ。お前には関係のないことだ」

「関係ないことあるもんか。おれは君たちの友だちじゃないか。それに、折角《せっかく》訪ねてきたおれの前で、目ざわりじゃないか」

「目ざわりなら、君の方で帰ったらいいだろう」

「なんだとう。よしっ、帰る。だが、ただは帰らないぞ。おれは奥さんを連れて帰る。美耶子さん、さあ行こう。あんなやつに捨てられたって平気だよ。ぼくが保護する。ぼくがなぐさめてあげる」

そして、わたしは美耶子の手をとって、立ちあがったものだ。それを、本気とも冗談ともつかぬ態度でやってのけた。すると、効果はてきめんだった。

伊東は、へんな顔をして、しばらくだまりこんでいたが、突然、笑い出した。

「アハハハハハ……空気男もなかなかやるねえ。よしっ、きょうは、これで打ち切りにしよう。一応仲直りだ。野間に君を連れてかれちゃ困るからな。ハハハハ……」

わたしは、この伊東の急転換にはあきれたが、美耶子は、やっとこれで、気がおちついたように見えた。かれらの愛情は決してまださめてはいないのだ。

「いったい、なぜ、あんた喧嘩をはじめたんだ。めったにないことじゃないか」

わたしがたずねると、伊東はニヤニヤッと、いつものシニカルな微笑をした。

「いや、もとはなんでもないことさ。だが、この子の態度が癪にさわったんだ」

伊東はときどき、細君《さいくん》のことを「この子」という愛称で呼ぶことがあった。「おれをばかと言ったからね。おバカさんじゃなくて、本当に怒ってばかっと、どなりつけたんだ。それから、日ごろのことが、洗いざらい持ち出されて、あの始末さ。いくら仲のいい夫婦でも、日ごろの鬱憤《うっぷん》というものは、双方にどっさりたまってるもんだからね。こういう争いは、別れ話まで行かないと収まらない。むろん、お互に本心じゃないがね」

「それで、ささいな原因って、なんなの？」

「探偵小説だよ。ハハハハ……」

「え、探偵小説？」

「西洋の長篇探偵小説さ。君も知ってるように、ぼくのうちでは、翻訳《ほんやく》探偵小説の叢《そう》書《しょ》は全部とっている。それを、この子もぼくも読むんだよ。ところで、ぼくはジョーカーのことだから、ちょっとしたいたずらをやったんだ。どれもこれも、美耶子より先に、ぼくの方が読んじゃってね。その本の第一頁に、この小説の真犯人は誰々なりって、大きな字で書きこんでおくのさ。

このいたずらは、西洋のジョーカーが、とっくに先鞭《せんべん》をつけている。ぼくはそれを、ちょっとまねてみたんだがね。やっこさん、やっぱりカンカンに怒ったね。西洋の例では、そのために離婚訴訟まで起こしているんだよ。どの本もどの本も、第一頁に種あかしがしてあってみたまえ。探偵小説好きなら、離婚したくなるほど怒るのも無理はないよ。

だから、この子も、おれをばかッって、どなりつけたんだ。そして、離婚話の近くまで行ったんだからね。探偵小説の恨みはこわいよ」

それから雑談になって、相も変わらずプラクティカル・ジョークの話に耽って、夜ふかしをして帰ったのだが、この夫婦喧嘩は、わたしたちのあいだに、なにか変なあと味をのこした。伊東もわたしも、その微妙な点については、その晩はもちろん、その後にも、まったく触れようとしなかったけれども、お互の心の奥に、異様なものが残っていることは争えなかった。

わたしは伊東とちがって、思ったことが、すぐ色にあらわれる方だし、空気男のことだから、物忘れのために、一貫したウソがつけない。言ったりしたりすることの矛盾から、すぐ化けの皮がはがれてしまう。

わたしは、その晩、冗談めかしてではあったが、美耶子への愛情をさらけ出してしまった。これはむろん、かれら二人に印象を与えている。今さら取り返しはつかない。いや、そうでなくても、わたしの日ごろの挙動で、二人とも、早くからそれに気づいていたかもしれない。

ところが、二人とも少しもそのことを気にかけていないように見えた。つまり問題にしないのである。それにはわけがあった。わたしがわれながら愛想のつきるぶおとこだったからである。これを白状するのは、愉しいことではないので、つい今まで書きそびれたが、実はそうなのである。

わたしは下駄《げた》のように四角な顔をしていた。顎の骨がいやに出張っている。顎骨の発達した人間は、意志が強いといわれるが、わたしは一向そうではなかった。むしろ優柔不断《ゆうじゅうふだん》のほうであった。それに気が弱くて、なまけものという、ダメな人間の見本みたいな男だった。人一倍好奇心が強いのも、弱点の一つにちがいなかった。

眉はクッキリしないボウボウ眉毛で、眼は細い一かわ眼、鼻は普通だったが、口が大きくて唇が厚かった。それに、背がずんぐりむっくりときている。いつも両親を恨んでいるような哀れな青年であった。

そんなふうだから、わたしは人並みの恋愛はあきらめていたのだが、今度はちょっと様子がちがった。美耶子は必ずしもわたしを嫌っていないような気がする。伊東は、わたしの男性としての存在など無視していたが、美耶子の方は、無関心のうちにも、どこかに好意が感じられた。それは異性としてではなく、ひとりの人のいい人間として、好意を持ってくれたのかもしれない。しかし、そういう好意と、異性としての好意とは、紙一重ではあるまいか。わたしは、悲しくも、それを空頼《そらだの》みにしていなかったとはいえないのである。

美耶子がわたしに気を許している一例は、いつか義手義足の男のジョークを、くら闇《やみ》の室から見物した折りの彼女の挙動《きょどう》からも、推察することができたが、そのほかにも、似たような場合が幾度もあった。

例をあげると、あるとき、伊東のうちへ、ジョーカー・クラブの連中が集まって、心霊術（伊東はこれを神秘的プラクティカル・ジョークだといっていた）のまねをして遊んだことがある。そのときにも、わたしにはむしろ意外な、妙なことが起こったのだ。

13　降霊術

そのとき行なわれたのは、いわゆる降霊術なのだが、そのやり方は、広い部屋の隅に、箱のような区切りをして、黒い幕をさげて囲み、その中で霊媒《れいばい》が椅子にかける。見物の中の二人ぐらいが、そこへ行って、霊媒の手と足を椅子に括りつけて、動けないようにする。そして、黒いカーテンをさげてしまうので、霊媒は見物からは見えないようになる。

そこで、電灯を消して、部屋をまっ暗にする。同時に、助手がレコードを廻して音楽を聞かせる。見物たちは、部屋の一方に一列にかたまっておしだまっている。

その夜、霊媒の役は伊東が勤めた。レコード音楽は、幽《かす》かな物音を消すためのもので、そのあいだに、霊媒は、黒い幕の中で縄抜《なわぬ》けをやる。奇術の手を用いれば、どんなに括られていても、簡単に抜けることができる。先ず両手を抜いて、その自由になった手で、足の縄を解き、黒幕のそとへ出て、いろいろな不思議を現わしてみせるのだ。

霊媒がとじこめられていると信じられている黒幕と、見物とのあいだに、机が置かれ、その上に人形やラッパや長い紙製のメガホンなどがならべてある。机にも、人形のからだにも、ラッパにも、メガホンにも、みな夜光塗料が塗ってあって、まっ暗な中でも、その形がハッキリとわかっている。

その夜光人形がレコードに合わせて踊り出す。ラッパが空中に持ちあげられて、ひとりで鳴り出す。長いメガホンが、サーッと見物の頭をこして、うしろの方までのびる。そして、最後には、机そのものが、スーッと宙に浮いて、天上へあがっていく。生命のない物体が、ひとりで動くのだから、非常な不思議である。

これらは、すべて縄抜けをした霊媒が、手で動かしているのだが、霊媒の姿はまったく見えない。その部屋は窓には厚い黒幕を張り、どんな幽かな光もはいってこないようにしてあるので、電灯を消すと、真の闇になる。

そのとき、わたしは見物の中にまじっていたのだが、からだをくっつけて腰かけている隣の人の（それは、また偶然にも美耶子であった）白い顔が、いくら眼が闇に慣れても、まったく見えない、どんなに幽かにも見えないのに驚いたものである。真の闇には、人間の眼が慣れるということはないものである。

最後に、見物が腰かけている頭を越して、二メートルもうしろの壁ぎわに、妙なものが現われた。まっ青な人間の顔である。長い髪の毛が額に垂れているところをみると、どうやら女らしいのだが、全体にボーッと青く光った、実に気味の悪い顔なのだ。

それが天井の近くにあらわれたかと思うと、パッと消えて、こんどは床すれすれに漂うというふうに、いたるところの空中に、現われたり消えたりする。この演技ははじめてだった。部屋を横切って、見物たちが一列にならんでいるので、霊媒は見物のうしろへは出られないはずだ。助手でもいなければ、こんなことはできないのだが、その助手がいないことは、われわれによくわかっていた。

その晩の降霊術では、そのほかに死人の声が聞こえたり、未来の予言が闇の中から響いてきたり、その他さまざまの奇蹟《きせき》が行なわれたのだが、くだくだしくなるので、ここではすべて省くことにする。

さて、心霊術が終って、部屋があかるくなると、まっ先に口を聞いたのは、例の手品狂の料理屋の主人であった。

「見事でした。しかし、わしにはどうもわからんことがある。わしは降霊術のトリックはみんな知っているつもりだが、そのわしにもわからない手が一つあった。あの終りにわれわれのうしろにあらわれた女の顔ですよ。あれは新手《あらて》だね。どうしてもわからない。

霊媒は縄抜けをしても、見物席の椅子の列が、部屋を二分しているので、気づかれないように見物のうしろへ廻ることはできない。廊下へ出てうしろに廻るようなドアもない。それなのに、あの女の顔は、見物の二メートルもうしろにあらわれた。棒の先に人形の首をくっつけて伸ばすにしても、そんな棒はどこにもない。また、天井から紐でつりさげたあとなんかも、まったくない。あれは、いったい、どんな手を用いたんだね」

不審に堪えないという顔であった。

「ハハハハ……わからなかったかい。ぼくの創案した新手だよ。プラクティカル・ジョーカーには奇術発明家の素質も必要なのだ。あれはね、レイジー・タングズだよ。直訳すると『不精《ぶしょう》なヤットコ』だ。ホラ、これだよ。近ごろは見かけないが、昔は子供のおもちゃによくあったじゃないか」

伊東はその品を、ダブダブの上衣《うわぎ》の下から取りだして、サッと伸ばして見せた。二メートルあまりも向こうへのびた。その先に紙をかためて作った無気味なお面がくっついていた。首のところに豆電球が仕掛けてあって、手元のボタンを押すと、それがまっ青な女の顔を、ほのかに照らすようになっている。

レイジー・タングズというのは、軽い金属で作った××××型のもので、畳《たた》めば手の中にはいるが、伸ばすと、ビックリ箱のように、一瞬に二メートルも向こうまで届くのだ。伊東は、背伸びをして、見物の頭の上を越して、それをのばし、豆電灯を点滅させたのにすぎない。

この実験のくら闇の中で、故意か偶然か、わたしはまたしても美耶子と隣あって、からだをくっつけて腰かけたのである。

美耶子の顔はまったく見えなかった。しかし、その呼吸が聞こえた。ときどき、わたしの頬に暖かい息がかかるので、彼女がすぐそばで、こちらを向いているのだとわかった。からだはピッタリとくっついていた。密着している部分が、だんだん暖かくなり、しまいには火のように熱くなって汗ばんできた。彼女が身動きするたびに、一つ一つの筋肉の動きがハッキリわかった。そして、それは、わたしを意識し、わたしに好意を持つ動き方のように感じられた。敏感な彼女が、そういう動きによって、わたしが何を感じるかが、わからないはずはないと思った。

わたしの愛情はそんなふうにして、月日とともに育てられて行った。わたしはだんだん自信を持つようになった。

14　殺人ごっこ（一）

別のときには、またこんなこともあった。

その晩は、ジョーカー・クラブの連中が集まって、マーダー・パーティ（殺人ごっこ）の遊びをやった。この遊びは日本では余り聞かないが、アメリカやイギリスで流行しているらしい。夜、パーティで酒を飲んだあとで行なわれる。

その夜のパーティは欠席者が一人あったので、美耶子を加えて七人だった。先ず探偵役がきめられる。伊東が自分が探偵になると主張して、それが容《い》れられた。次に犯人役をきめなければならない。それには英米伝来の作法があった。その部屋のマントルピースの上には、短刀、ピストル、たばねた紐、毒薬の瓶などいろいろの兇器がならべられ、その横に呼子《よぶこ》の笛が一つ置いてある。その前に探偵役をのぞいた六人が一列に立ちならぶ。女中のシゲが、予《あらかじ》め教えられた通り、六枚のトランプのカードを持ってやってきて、裏返しにしたまま、一人一人にそれを引かせる。

カードの中には必ずスペードのエースが混っていなくてはならない。その札を引いたものが犯人になる規則である。引いたものは、それを隠してしまう。人に悟らせてはいけない。誰が犯人になったか、本人以外には知らないのである。

それから、六人はお互に少し離れて、一列になって、壁の方を向く。シゲがスイッチを押して電灯を消し、部屋はまっ暗になる。

このパーティでは、犯人役は単独犯行をやってもいいし、一人だけ共犯者を作ってもいいという規則になっていた。犯人はそっと列を離れて、もし共犯者のほしい場合は、その人のそばへ行って、くら闇の中で、手を握ることになっていた。それから、マントルピースの上のどれかの兇器と呼子の笛をとって、ポケットに隠す。そして、列の中に戻って、何くわぬ顔をして立っている。そこで、シゲが電灯をつける。

人々はすぐにマントルピースの上を見る。紐と呼子の笛がなくなっている。兇器は紐ときまった。誰かがそれで絞《し》められるのだ。人々はお互に顔を見合わせる。だれが犯人に当たったか、もし共犯者があれば、手を握られたのは誰かと、さぐり合うのだが、みんなポーカー・フェイスをしていてわからない。

その晩、手を握られたのはわたしであった。わたしが共犯者に指名されたのだ。普通は主犯を誰だかはわからないはずだから、共犯者が主犯を探すことも、このゲームの興味の一つにかぞえられている。

しかし、わたしにはわかっていた。わたしの手を握ったのは、指が細くてやわらかい女の手だったからだ。このパーティには女性は美耶子のほかにはいなかった。犯人役は美耶子にちがいない。細君が犯人、わたしが共犯者、そして亭主が探偵という、妙なめぐり合わせになったのである。

それから、探偵役を含めた七人の全員が、みんなバラバラに離れることになっていた。

同じ部屋に二人いてはいけない。部屋が足りなければ、台所にいてもいいし、庭を散歩してもいいという申し合わせであった。それは主犯者に共犯者と相談し合う機会を与えるのと、二人が被害者をきめて犯行にはいるのを妨げないためであった。

人々は応接間、書斎、食堂、台所、二階の寝室などに分散して、ドアをしめきって、何かの起こるのを待ち構えた。わたしは独りで暗い庭を歩いていた。空気男にも似合わない臆病《おくびょう》ものなのだが、今夜の主犯は美耶子とわかっているので、暗い庭で待っている方がおもむきがあると思ったのだ。

足音もなく、樹のあいだから黒い影がより添ってきた。美耶子であった。

「手品きちがいの酒巻《さかまき》さんにきめたわ、被害者は。あなたと二人で、この紐で、あいつを締め殺すのよ」

あの太っちょの料理屋の主人は酒巻という姓であった。くら闇の中で、美耶子がボソボソささやく声をきくと、わたしは怖くなった。美耶子が奥底の知れない悪女に見えた。窓からのうす明かりで見る彼女の顔は、いつもとまるでちがっていた。彼女は時によって見ちがえるほど容貌のかわる女だった。そして、それのどれにも別様の魅力があった。美人とはそういうものだと、誰かから聞いたことがあるが、それにちがいないと思った。今の悪女の相にも、ハッとするような美しさがあった。この女と二人で、人殺しをするのかと思うと、わたしはゾクゾクするような昂奮《こうふん》を覚えた。

「あのおやじ、どの部屋にいるんだい？」

「ちゃんとさぐってあるのよ。食堂に一人ぼっちでいるわ」

美耶子はわたしの手をとって、先にたった。

庭はまばらな木立ちになっていたので、わたしたちは、木のあいだをくぐるようにして、台所口の方へ歩いていったのだが、そのとき、わたしの眼に、ふと変なものがうつった。今、通りかかっている書斎の窓が動いたのである。いや、窓が動くはずはない。ガラス窓の内側にさがっているカーテンの合わせ目が、ゆれ動いたのだ。書斎には電灯がついていなかった。誰かが、わざと電灯を消して、そこに一人でいたのだ。その男が、カーテンの合わせ目をひらいて、ソッとこちらをのぞいていたのが、わたしたちが近づいたので、あわてて隠れたという感じであった。

誰だろう。ひょっとしたら、探偵役の伊東かもしれない。とっさに、そんな考えがひらめいた。あいつはやきもちをやいて、わたしたち二人の行動を、隙見していたのかもしれない。これから犯そうとしている仮想殺人と、美耶子と手を握り合っている罪の意識とが、二重になって、わたしを変な気持にした。ほんとうの犯人なら、こうもあろうかというような恐怖が、わたしの横隔膜《おうかくまく》を突き上げてくるのを感じた。

美耶子はなにも気づかなかった様子なので、わたしはだまっていた。

二人は忍び足で、台所口から上がり、廊下を食堂の入口まで歩いて行った。廊下にも、食堂にも、そのほかの部屋部屋にも、電灯がついていたが、ヒッソリと物音一つしないので、まるで空き家の中を歩いているような気がした。

美耶子が食堂のドアを、幽かにコツコツコツと三度ノックした。

わたしは、中に腰かけている太っちょの料理屋の主人の気持を想像した。

各部屋に待っている人々は、誰が被害者に選ばれるかと、ビクビクしているにちがいない。そのスリルのための遊戯なのだが、やはり本物の殺人犯に狙われているような恐怖を味わっていたにちがいない。太っちょの酒巻もその一人なのだ。ドアに幽かなノックの音が聞こえる。いよいよ来たなという衝撃、むろん心臓の鼓動は早くなる。顔も青ざめるかもしれない。その恐怖が、ドアのそとまで伝わってくるような気がした。わたし自身の心臓も少し早くなっていた。

美耶子とわたしは、ドアをひらいて、静かに中へはいって行った。酒巻はソワソワと立ちあがって、笑い顔とも泣き顔ともつかぬ妙な表情で、こちらを見つめていた。

わたしたちは物を言う必要はなかった。ゆっくりと、酒巻の両わきから、はさみうちにするように、迫って行った。美耶子はタッソウ蠟人形館の女刺客《しかく》のような、キリッとした怖くて美しい顔をしていた。彼女は多くは和服を着ていたが、その夜は黒っぽい洋装だったので、一層西洋女刺客の感じがした。わたしは少年時代に見た連続映画の女賊《じょぞく》プロテアを思い出していた。わたしの方も、彼女のまねをして、殺し屋のような怖い顔をしていたにちがいない。

酒巻は逃げ場を求めるように、キョロキョロと、あたりを見廻したが、この遊戯の被害者は逃げてはいけない規則になっていた。彼はそれを思い出したらしく、あの泣き笑いの顔で、じっと立っていた。

美耶子は素早く酒巻に近づいて、持っていた紐をかれの太い脂《あぶら》ぎった頸に一巻きした。そして、一方の端を自分で持ち、もう一方の端をわたしに握らせた。いよいよこの男を絞め殺すのかと思うと、わたしは変な気持になった。むず痒《がゆ》いような恐怖が全身に行きわたった。

そのとき、美耶子が、なにをぐずぐずしてんのよ、一思いにグッと引っぱるのよ、という目遣《めづか》いをした。その眼がなんともいえない色っぽさであった。

わたしは紐を力まかせに引っぱるまねをした。美耶子も歯をくいしばるようにして、むこうの端を引っぱっていた。まねといっても、いくらか力がはいるので、酒巻の太い頸はくびれ、顔は赤く怒張《どちょう》した。

そこで、酒巻は妙なことをやった。両手を前に出して空をつかみ、歌舞伎《かぶき》芝居の断《だん》末魔《まつま》のしぐさを、入念にやって見せたのである。わたしは吹き出しそうになるのを、こらえるのがやっとであった。そして、かれは息絶えて、床にころがり、そのまま動かなくなってしまった。

美耶子は、わたしと眼を見合わせ、刺客が目的を果たしたときのあの笑い方で、ニッコリ笑った。異常な場面のこの笑いは、わたしをジーンとしびれさせるような美しさだった。

「とうとう、やってしまったわね。あとはここへ手掛かりをのこしておかなけりゃいけないのよ。それには、わたし、用意しておいたものがあるの。もしわたしがスペードのエースを引いたら、あなたを共犯者にしようときめていたので、二人の名を書きこんだ暗号なのよ」

美耶子は、陰謀を打ち合わせる悪女のさきやき声で言って、洋服の胸から一枚の小さな紙片《かみきれ》をとり出して、わたしに手わたした。

わたしはその紙片を見て、ハッと思った。そこにはポーの「黄金虫《こがねむし》」の暗号に似た数字と記号が並んでいたからである。

・(6＊C6・5096：5
C‡9・06C6；：＊‡95

「『黄金虫』の暗号よ。でも、これはそらでは解けないわ。探偵さんは、これを解くのには『ゴールド・バッグ』の本をしらべなければならない。そのあいだに時間があるでしょう。わたしたち、それを利用して隠れるのよ。マーダー・パーティの最後は隠れんぼうなんだもの。その隠れる場所もちゃんと考えてあるのよ」

美耶子はなかなかの犯罪企画者であった。日頃愛読する探偵小説の影響であろう。伊東が探偵小説の第一頁に犯人の名を書きつけておいたのを、本気になって怒ったのも無理はない。

わたしたちは、被害者の死体のそばにその紙片を落としておいて廊下に出たが、そこで、美耶子は、どこかから呼子の笛を取り出して、烈《はげ》しく二度吹き鳴らした。そして、わたしたちは、別れ別れになって、応接間にはいっていった。

15 殺人ごっこ（二）

応接間には、もう伊東探偵のほかに二人集まっていた。やがてみんなが揃うと、伊東をのぞいて、一同が暖炉の前に一列にならんだ。むろん、わたしたち二人も、お互に離れて、ポーカー・フェースにつとめながら、その中にまじっていた。

伊東探偵はシャーロック・ホームズをまねて、パイプをくわえたまま、その前を行ったりきたりして、みんなの顔をジロジロと眺めた。

さっき、書斎の窓のカーテンの隙間から覗いていたのが伊東だったとすれば、犯人はもうわかっているはずなのだが、かれの方もポーカー・フェースをして、意中《いちゅう》をおもてに現わさなかった。

しばらく、行ったりきたりをつづけたあとで、

「それじゃあ、これから現場をしらべてくる」

と、パイプのあいだから、独り言のようにつぶやいて、ドアのそとへ消えていった。

応接間に残った五人は、或る者は椅子にかけ、或る者は歩きまわりながら、お互に

疑惑の眼を交して、誰が犯人かをさぐり合った。しかし、わかるはずはない。わたしも美耶子も、うまくやってのけた。

そのとき、伊東探偵が書斎へ戻ってきたので、犯人を指摘するのかと、みんな固唾《かたず》をのんだが、そうではなくて、書棚の前へ行って一冊の洋書を抜き出し、頁をくってみてから、それを持って、そそくさと部屋を出ていった。わたしは、そのあとへ行って、書棚を見たが、かれが持ち出したのは、やっぱりポー全集の一冊であった。「ゴールド・バッグ」のはいっている巻にちがいない。

それで一応緊張のとけた人々は、てんでにタバコを吸ったり、書棚の本をとったり、新聞掛けの新聞をとったりして、安楽椅子にかけ、一時ゲームのことを忘れたようにくつろいでいた。

美耶子が、わたしに目くばせをして、気づかれないように、部屋を出て行った。わたしは一分間ほど我慢をしたあとで、別のドアから、そっと廊下へ出た。廊下の向こうに美耶子が待っていた。わたしが近よると、彼女は先に立って廊下を歩いて行った。

女中部屋と台所のあいだの廊下に、二枚の引き戸の閉っている一間《けん》の押入れがあった。美耶子はその板戸をひらいて、わたしを手まねきした。薄暗い廊下、まっ暗な押入れの中、その下段に、二人うずくまれるほどの余地があった。来たばかりの女中の荷物が少ないので、そこがあいていたのである。

この美耶子の手招き、まっ暗な押入れの中への手招きは、肉感的な連想で、わたしをゾクッとさせた。わたしはからだが震えだすのを、じっと我慢しなければならなかった。

わたしたちは、からだをくっつけあって、そのせまい暗やみにうずくまった。かびくさい匂いがした。美耶子は板戸をソッとしめた。あとには胎内《たいない》を連想させる真の闇と肉体の感触だけが残った。

彼女は無感動らしく、からだを触れさせていたけれども、わたしは固くなってちぢこまっていた。彼女が愛情のためにこういうことをするのだとは、まだ信じかねたからである。勝手な解釈をしてピシッとたしなめられるのが、おそろしかった。

暗闇の中の肉体の暖かみが、ほんとうに胎内を感じさせた。楽しかったけれども怖かった。ブルブル震え出すのを相手に悟られてはたいへんだと、歯を食いしばっていた。

もしここで愛情をささやくならば、彼女の方からでなければならないと思った。わたしの方から切り出すなんて、とてもそんな勇気はなかった。

彼女はわたしの肩に腕をまわしていた。そのずっしりした柔い重味が、わたしを窒《ちっ》息《そく》させそうだった。伊東探偵はなかなかやってこなかった。「黄金虫」には暗号解読表がついているわけではないから、あの海賊キッドの暗号文のなかから、一字一字数字と記号を見つけて、あてはめて行かなければならない。それには相当時間がかかるはずだ。

「おそいわねえ」

美耶子がわたしの耳のすぐそばでささやいた。頬に暖かい息がかかった。その「おそいわねえ」というささやきには、そそのかすような調子は少しも感じられなかった。やっぱり、彼女はただ子供らしく、マーダー・パーティの遊戯に熱中しているにすぎないのだろう。

子供のころの記憶がよみがえってきた。隠れんぼうをしていて、なんとかいう可愛い女の子と、やっぱり押入れの中へ一緒に隠れたことがある。鬼に見つけられるまでに十分ぐらいかかったと思うが、そのあいだ、わたしはその女の子と抱き合ってくっついていた。おとなのような遠慮はないから、頬っぺたさえ、くっつけ合っていた。女の子の頬はスモモのようにすべすべしていた。藁《わら》のような匂いがした。その子とは、じきに喧嘩をして仲よしでなくなったが、押入れの中のことだけが、いつまでも忘れられなかった。

しかし、美耶子とわたしの隠れんぼうは、もっと永く、二十分ほどもつづいた。伊東探偵がなかなかやってこなかったからである。おとな同士だけに、子供のように無邪気には行かなかった。二人のからだの接触面が、ぶしつけなほど熱くなってくるので、ときどき身動きをしてそれを変えるのだが、すると、またじきに、ねっとりと熱くなってくる。それが動悸《どうき》をうっているのだから、始末がわるい。

美耶子はその永いあいだに、「おそいわねえ」というまったく同じ言葉を三度くりかえしたほかは、なにも言わなかった。一つには、そとへささやき声がもれてはという気遣いもあってだが、わたしの方もだんまりでいた。なにをいっていいか、わからなかったからである。

わたしは美耶子の無関心に、ひどく腹を立てながら、しかし一方では、この接触を楽しんでいたのだが、しまいには腹立たしさの方が強くなり、早く伊東が発見してくれることを待ちかねる気持になっていた。

すると、廊下を足音を忍ばせて歩いてくる幽かな音が聞こえてきた。伊東にちがいない。わたしと美耶子は、からだの接触面で合図をし合った。

押入れの板戸のそとで、足音がピッタリ止まった。今にも戸をひらくかと待ちかまえたが。なかなかひらかない。じっと佇《たたず》んで聴き耳を立てているらしい。わたしたちは息を殺した。この危機の刺激によって、ねっとりとくっついている美耶子が、俄《にわ》かに、烈しく、いとおしくなるのをどうすることもできなかった。

　はっとしたときには、わたしの右手は、彼女の右手を握っていた。伊東が来たのにおびえたあまり、握ったのだと解釈できないこともなかった。しかし、わたしはいつまでもその手を放さなかったばかりか、だんだん力をこめて、強く強く握りしめていった。

　美耶子は別に手を引きはなそうとはしなかった。気のせいか、先方でも握り返したようにさえ感じた。しかし、それは目前の危機に気を奪われた、無意識の反射的な動きであったかもしれない。

　しかし、美耶子の気持を確《たしか》めている余裕はなかった。そのとき、押入れの板戸が、静かに引きあけられ、廊下の電灯の中に、伊東が立っていたからである。

「あの暗号はいい思いつきだった。昼間のうちから、ちゃんと用意していたんだね。むろん美耶子だろう。野間は今夜マーダー・パーティをやることを知らないで来たんだからね。おかげで、解読にずいぶん手間どった。そのあいだ、君たちはここに隠れていたのかい」

　二人が押入れから出るあいだに、伊東はこんなことをしゃべっていた。別に焼き餅をやいている様子もない。まるで、空気男のわたしなどは、子供扱いにしている調子だった。

「野間、君はぼくの細君をくどいたんじゃないかい。いや、君にゃ、とてもそんなことできそうもないね。ハハハハ……」

伊東は廊下を先に立って歩きながら、そんなこともいった。焼いてもいないのに、なぜそんなことを、ずけずけ言うのか、わたしは彼の真意を捕捉《ほそく》しかねた。彼の言葉のうらには、なにかがあった。だが、それがなんであるかを解くことができなかった。

わたしたち三人が応接間にはいると、待ちかねていた人々の顔が、一斉にこちらを向いた。

「諸君、犯人はこの二人だった。被害者は食堂に倒れている。それはここに顔の見えない一人だから、いわずともおわかりだろう。暗号解読に手間どったので、被害者は頸に紐を巻きつけられたまま、食堂のジュウタンの上で、今ごろはグウグウ寝こんでいるかもしれない」

伊東は暖炉の前に立って、みなに説明をはじめた。わたしと美耶子とは、空いている椅子にかけて、話を聴くがわにまわった。

「兇器は紐、美耶子と野間の共犯だ。現場にこの紙きれが落ちていて、ポーの『黄金虫』の暗号が書いてあった。さっき、ぼくがここへ来て、書棚からポーの本を持って行ったのは、それを解くためだ。手数がかかった。十何分もかかった。この紙きれを廻すから、君たちも見てくれたまえ」

といって、暗号の紙片を、手近な一人に渡した。

「これは文章を書くときに必要ないろいろな数字と記号だが、昔のタイプライターは、こういう記号が全部うてるようになっていた。この記号の中で、Cだけが、アルファベットの一字だが、これは『黄金虫』の暗号文には一度もCの字が出ていないので、仕方なく元の字をそのまま入れておいたのだ。

あとの記号を、ポーの暗号にあてはめてみると、その答えはこういうふうになる。ここに書きつけておいたから、これもみんなに廻してもらおう」

その紙片には次のようにしるしてあった。

・(6*C6・5096:5
PRINCIPALMIYA
C‡9・06C6;:*‡95
COMPLICITYNOMA

「この英文はつづいているので、はなして読むと、プリンシパル、ミヤ、すなわち主犯、美耶子だね。次の行はコンプリシティ、ノマ、すなわち共犯者、野間となる。これで犯人がわかった。あとは、二人の隠れている場所を探すだけだ。自分のうちだから、どこに隠れ場所があるかぐらいは、よくわかっている。二人は廊下の押入れの中に隠れていた。これでぼくの捜査は完了したわけだよ」

人々のあいだから拍手が起こった。わたしも美耶子も、それにつれて拍手した。

そこへ、被害者の酒巻が自分も手を叩きながら、のっそりとはいってきた。ずっと倒れたままでいたらしく、服が乱れ、頸にはまだ紐を巻きつけていた。

「廊下で聞いていたよ。どうもマーダー・パーティってやつは、犯人が一番やりがいがあるようだね。その次が探偵。被害者は下の下だよ。頸をくくられて、死んだまねをして倒れているなんて、じつにつまらない役だ。今度からは、スペードのエースを引かなきゃウソだね。

美耶子さんに共犯者に選ばれた野間君はあやかり者だ。奥さんと押入れに隠れるなんて、羨ましいと思ったね。暗号は奥さんが書いたのだろうと思うが、ポーの『黄金虫』とは、いい思いつきだったね。解くのに時間がかかるからね」

酒巻のおやじは、ずけずけと変なことを口走った。

16　破　局（一）

私は毎日のように伊東の家に入りびたっているものだから、伊東の生活の細部まで自然にわかってきたのだが、彼は二日に一度、三日に一度、昼間、家をそとにすることがあった。どこへ行くのかわからない。独りでジョークを演じて歩いているのかもしれないが、それならば、わたしになにも話さないのがおかしい。外泊するわけではない。午前から午後にかけて数時間の場合が多かった。

手品師というものは、うちとけていても、なにか秘密を隠しているようなところがあるものだが、ジョーカー伊東にも、そういう秘密めいた性格があった。わたしは、交友一年に近く、かれのことはなんでも知っているようでいて、ほんとうは、相当大きな部分が不明のまま残っていた。つきあえばつきあうほど、わからなくなるようなところがあった。

ある日、かれの留守中に訪ねて、美耶子としばらく話して帰ったことがある。そのとき、わたしは、かれの三日にあげぬ外出なども、その一つだった。かれの昼間の外出についてたずねてみた。

「伊東はどこへ行くんだい。よく留守にぶっつかるね。かれ、どっかへ、こっそりオフィスでも作って、われわれのまったく知らない別の生活をしてるんじゃないかな」

「そうよ。オフィスはもってるわ。兜町《かぶとちょう》のビルの一室の中の机一つだけのオフィスよ。わたしにも来るなというんで、行ってみたこともないけれど、その部屋は幾人かで借りていて、一人が机を一つずつ持っていて、みんなに共通したボーイが一人雇ってあるんですって」

「じゃ、株をやっているの？」

「そうらしいわ。そこへ行くたんびに、いくらかお金を持って帰るの。わたしたち、それで生活して余るくらいよ」

「へえ、腕だなあ。儲《もう》けるばかりで、損をしないのかい」

「そうらしいわ。ジョークの手を使ってるのかもしれないわね」

「しかし、そんなにしなくても、伊東には充分生活できるだけの資産があるんだろう、親譲りの」

「かれ、あんたに、そんなことといった？」

「うん、最初会ったときに、そういっていた」

「でたらめよ。資産なんてありゃしないわ。かれはどっかで、絶えずお金を儲けてくるの。それがわたしたちの全収入よ」

「へえ、たいしたもんだな。ここの生活は、ひどく派手だからね。ぼくなんか、母親の送金だけでピイピイいってるんだよ。その金儲けの手を教えてもらいたいもんだな」

「だめよ。かれの秘密なんだもの。わたしにだって教えないわ。あの人はいろいろ秘密のある人よ」

「この前の義眼、義手、義足の人みたいにかい？」

「うん、そうよ。心理的には、そんなふうだわ」

「きみ、かれが怖い？」

「ええ、怖いのよ。ちょっと奥底が知れないみたい」

「夫婦でもかい。かれはきみを愛してるんだろう？」

「それは愛してるけど。うちあけないのよ。秘密は秘密なのよ」

「じゃあ、昼間長く留守のときなんか、退屈だね。君は焼かないのかい」

「その方は大丈夫よ。それはよくわかっているの」非常な自信である。「そして、退屈もしないわ。わたし探偵小説を読む時間がほしいから」

「もう、かれ、第一頁に犯人の名を書くことはよした？」

「よしたわ。ジョーカーって、一度そのジョークが、みんなにわかってしまうと、もう興味がないのね。また新しい手を考え出すんだわ」

そのとき、わたしたちは、応接間の長椅子に、並んで腰かけていた。わたしの意志がそれをきめたのではない。反射的に手が伸びて、あっと思うまに美耶子の手を握っていた。そして、次の瞬間には、それ以上の行動に移ろうとさえしていた。

「あらっ……」

その小さな叫び声は、わたしへの抵抗ではなかった。彼女の眼はひらいたドアに注がれていた。わたしも眼の隅でそれを捉《とら》えた。何者かの黒い影が、スーッと、ドアの向こうを通りすぎたような気がした。

「あれだれだい？」

「わからないわ」

ささやき合って、恐怖の眼を見交わした。たしかに男だった。伊東ではないかと思った。

「見てくるわ」

美耶子は、そそくさと椅子から立って、ドアのそとへ出ていった。しばらくすると、青い顔をして帰ってきた。

「誰もいないわ。シゲがいるきりよ」

「あれ伊東じゃなかった？」

「わたしも、そんな気がしたの。でも、影みたいなものだったわ。気のせいかもしれない」

そのとき、玄関のベルが鳴った。美耶子にはベルの鳴らし方で、それが誰だかわかったらしく、急いで部屋を出ていった。

伊東が帰ってきたのであった。

「ああ、野間か。ちょうどよかった。いま道で、新しいジョークを一つ思いついたんだよ」

これは、わたしにとって救いだった。もしなにも話題がなかったら、わたしはこの場をどう切抜けたらいいのか、途方にくれたことであろう。

伊東はその着想に夢中になっているらしく、勢いこんで話しはじめた。

「ちょっと準備が要るんだがね。公園に置いてあるようなベンチを注文するんだ。それができたら、トラックで公園の中へ運んでもらう。ほどよきところに、それを据《す》えるんだね。そして、おれと君と二人がそれに腰かけているんだ。いや、二人じゃ重すぎるかな」

かれは変なことをいった。しかし、その意味はすぐにわかった。

「もう一人仲間を誘うんだね。三人で腰かけているんだ。そして、おまわりが巡回してくるのを待つのだよ。おまわりが来たらね、三人は立ちあがって、そのベンチを持ち上げ、公園のそとへ運び出そうとするんだ。

おまわりはびっくりして呼びとめるだろう。ベンチ泥棒と思うからね。ゴタゴタやっていると、ヤジ馬がよってくる。充分見物が集まったころを見はからって、『これはぼくたちのベンチですよ』といって、家具屋の受け取りを出してみせるんだ。それでも、ぐずぐずいったら、公園の監理人を呼んでくればいい。もともと、そこはベンチの置いてなかった場所だということが、すぐわかるわけだからね。そこで、ぼくらはベンチを運んで、あっけにとられた見物の中を悠々と立ち去る。幕……というわけだよ。どうだい、少し金がかかるけれども、実演の価値なしとしないだろう」

「うん、すてきだ。こいつはいいや。一度やってみようじゃないか」

そして、わたしはすっかり緊張がほぐれ、それからしばらく、いつものジョーカー雑談をして帰ったのだが、アパートに戻ってから、この出来事を思い出してみると、なんだか奥歯に物のはさまったような、すっきりしないところがあった。

あの影のように、ドアの前を横切ったやつは、やっぱり伊東ではなかったのだろうか。かれは、コッソリ外出から帰って、美耶子とわたしの会話を立ち聞きし、ひょっとしたら、あの行動までも目撃したのではなかろうか。そして、ソッと一度表へ出て、改めて玄関のベルを押したのかもしれないではないか。

帰ってくると、すぐに、あのベンチのジョークの話をしはじめたのも、なんとなく変であった。わたしはあれで救われたのだが、かれの方でも、姿を見られたことをごまかすための手として、あんな話をはじめたのかもしれない。

では、かれはなぜ、立ち聞きをしたり、それをごまかしたりしなければならないのか。焼いているのなら、直接わたしをどなりつけるか、出入りをさしとめればすむことではないか。そんなことを、わたしに遠慮するようなかれではない。そこに、かれの行動には妙な矛盾があった。

それともかれは、男性としての自分の力をためしているとでもいうのだろうか。わざと美耶子をわたしに接近させたり、二人だけになる機会を作ったりして、美耶子がわたしに惹かれるかどうかを、ためしているのではあるまいか。そう考えると、思い当たることが幾つもあった。

もしそうだとすれば、かれは、ぶおとこのわたしに、たかを括り、わたしがいくら美耶子を愛しても、美耶子は伊東のほかの男には見向きもしないのだということを確めて、わたしを恥《はず》かしめ、優越感を味わおうとする、一種のサディズムではないか。

美耶子自身は、これを、どう考えているのだろう。かしこい彼女のことだから、この不思議な関係に気づいていないはずはない。それにもかかわらず、わたしの愛情を強く拒む様子もないのは、なぜであろう。彼女は浮気女なのだろうか。良人としての伊東は愛しているけれども、わたしの愛情をも拒まないという、そんな性格の女だろうか。だが、彼女がそういう女だとはどうしても考えられない。すると、伊東を嫌って、わたしに傾きかけているということなのだろうか。いやいや、そんなばかなことがあるはずはない。

とつおいつ考えていると、頭がこんぐらがって、なにがなんだかわからなくなってきた。わたしは抽象的なことは、よく覚えているはずだが、その抽象のもとは、やはり具体的事実である。わたしは今まで書いてきたような出来事を、具体的事実と信じているけれども、なにしろ空気男のことだから、そのなかには例の白昼夢が混っていないともかぎらない。もしそうだとすれば、わたしは判断の基礎を失ってしまうわけである。

その夜はまんじりともしなかった。いくら考えてみても、同じ論理の堂々めぐりにすぎないとわかっていても、ぐちらしく、いつまでもその考えをやめることができなかった。わたしは、これが昔の恋わずらいというものであろうかと、苦笑しながらつぶやいたものである。

17　破　局　(二)

それから、あのことが起こるまでの一と月ほどのあいだに、これと似たような場合が数回あった。接吻にさえも及ばなかったけれども、言葉のあやによって、目遣いによって、手の接触によって、わたしと美耶子とは恋愛遊戯をやっていたのである。もっとも、そういう気持は、わたしの方だけで、先方は軽い冗談のつもりだったかもしれないが、彼女の強い抵抗を感じたことは一度もなかった。彼女は冗談の程度ならばわたしの愛情を受けいれる気持なのか、それとも、わたしという男性をばかにしきって問題にしていないのか、どちらかにちがいないのだが、それが、わたしにはよくわからなかった。まさかばかにしているのではあるまいと、自から慰《なぐさ》めてはいたのだけれど。

そういう場面は、むろん伊東の不在のときにおこるのだが、ところが、気味の悪いことには、いつの場合も、二人が話し合っているあいだに、ふと、身近に伊東のけはいを感じるのだ。どの場合も、ほとんど例外なくそうであった。あるときは、さっきの例のように、伊東の影を見ることもあった。あるときは、どこか離れた部屋から、伊東の短い叫ぶような言葉と笑い声が、幽かに聞こえてくることもあった。またあるときは、ただ単に伊東のけはいだけを感じた。誰もいない。音もしない。しかし、わたしたちのすぐ身近に伊東がいるという、強い感じを受けるのである。そのために、わたしの愛情の表現は、いつも中断されてしまうのが常であった。

わたしはこの影のような伊東と、心の中で烈しく戦っていた。かれはジョークの天才のほかに、なにか催眠術《さいみんじゅつ》のような力をもっているのではないかとさえ疑った。遠隔《えんかく》催眠というか、人に自由に幻想を起こさせる魔力を体得しているのではないかと疑った。二人の勝負は、お互の意力の強弱によってきまるのだと思った。わたしはだんだん、伊東と意力の果たし合いをしているような気持になって行った。これは欲目かもしれないが、わたしは美耶子の心が少しずつわたしの方へ傾きつつあるようにも感じていた。ほんとうのことはわからない。ただそう感じるだけなのだが、そう感じれば感じるほど、わたしは伊東が怖くなりはじめていた。肉体的には何事もない、キッスさえしていないのだが、心理的には、わたしの方では相当深入りしていたのだから、相手の男に恐れを感じるのは当然にはちがいない。しかし、伊東という男は、そういう関係の相手としては、最も難物《なんぶつ》に属していた。妙に奥底の知れない無気味なところがあった。わたしはかれに超人のようなものを感じていた。それだけに怖さもひとしおであった。

そして、ついにあの破局の日が来た。

伊東は三日ばかり神戸《こうべ》へ旅をすることになった。美耶子によると、かれは例の誰も知らない用件のために、一年に二、三度は関西へ旅行するということであった。わたしが友だちになってから間もなく、一度そういう旅をしたらしいが、そのころは、毎日かれの家へ入りびたるほどになっていなかったので、わたしは気がつかなかった。

美耶子とわたしは、かれを東京駅に見送った。午前の特急であった。

「留守中は美耶子をたのんだよ」

伊東は汽車の窓から、メフィストの微笑を見せて、そんなことをいった。まるでわたしを信頼しきっているような言いぐさである。あの奥底の知れない男は、この言葉によって、わたしにどんな意味を伝えようとしたのであろう。かれは、わたしの美耶子に対する心持を知りすぎるほど知っているはずだ。また、美耶子がそれに対して、無抵抗に近いことも、わかっているはずだ。そのわたしに向かって、「たのんだよ」というのは、「自由に楽しみたまえ」といわぬばかりではないか。

だが、かれがそんな意味を含めたはずがないことは、わかりきっている。では、例の「できるならやってみるがいい」というサディズムめいたいやがらせだろうか。その優越的な自信のほどを示したのであろうか。どうも、そうとも信じきれない。なにかがある。なにかが奥歯にはさまって残っている。

わたしと美耶子は電車にのり、途中で別れて帰ったが、アパートの四畳半で、くよくよ物思いに耽っているうち、今夜、アパートへ美耶子を誘ってみようという気持になった。思いたつと一刻も我慢ができなかった。わたしは階下の事務所の電話へ走って行った。

美耶子はわたしのアパートへ二、三度来たことがある。しかし、いつも伊東といっしょだった。ひとりで遊びにきたことは一度もない。

電話をかけると、「夕方行きます。御馳走《ごちそう》持っていくわ」と答えた。それを聞くと、わたしはもう胸がドキドキしてきた。むろん嬉しいのだが、怖くもあった。遠くにいる伊東を恐れる必要はなかった。美耶子その人が怖いのである。

彼女は約束の通り、五時ごろ、わたしの汚いアパートへやってきた。わたしはことさら、彼女を迎えるために掃除などしなかった。本や新聞や出前の洋食弁当の丼《どんぶり》などが、ちらかっているままにしておいた。掃除をすると、はげた壁や、赤くなった畳が目立って、かえってみすぼらしくなるし、また、そういう構えた迎え方は、わたしの趣味ではなかった。髪に櫛《くし》を入れもしなかったし、着物も皺《しわ》になった不断着《ふだんぎ》のままでいた。

美耶子は和服を着てやってきた。洋服も和服もよく似合う女だった。日本式の柳腰《やなぎごし》のガニ股ではなくて、背が高く、足はすらっと伸び、胸も腰も恰好よくふくらんでいたので、洋服にも適したからだ。和服の姿もよかった。現在の女性がしているように、和服を洋風に着こなす術を、そのころから心得ていた。

彼女は笹ずしの折《おり》を下げていた。わたしは、土瓶《どびん》をさげて下に降り、熱いお茶をもらってきた。

「まあ、随分とりちらかしているのねえ」

美耶子はそういって、あたりを見廻したが、それをかたづけようとはしなかった。隅においてある机の前に坐ると、まず本立ての探偵小説の背中を見た。洋書もまじっていた。

「あらっ、これなに、このビッグ・ボウ・ミステリっていうの。ザングウィルなんて人しらないわ」

そのころは、むろん、まだ「ビッグ・ボウ」の飜訳は出ていなかった。

「ドイルの初期と同じ時代の古い作品だよ。面白いよ。心理的密室トリックの先祖だね。ザングウィルというのは、そのころ有名だった左がかった普通の小説家だ」

「へえ、面白そうね。読んでみようかしら」

「君のうちにもあるよ。本棚のドイルの前あたりに置いてあった。黒い小型本だから、すぐわかるよ」

「伊東はどうして、この本のこと教えてくれなかったのかしら。そんなトリックの元祖なら、自慢するはずなのに」

「かれは余り認めてないのかもしれないね」

「あなたは好きなの？」

「大好きだよ。ぼくのベストテンにはいるくらいだ」

「じゃあ、読むわ」

その調子が、良人の好みより、あなたの好みの方がすきだわ、というふうに聞こえた。

「ぼくのアパートへ一人で来たの、はじめてだね」

「ええ、でも、この部屋は知っているわ、あいかわらず汚いのねえ」

「きみがここへ遊びにきても、伊東は怒らないのかい」

「おこるわ。出発する前に、まさかそんなことしないだろうけど、あいつのうちへ行っちゃいけないといったわ」

「へえ、そんなこと言ったた？　きみ、いいのかい」

「でも、内証よ。まだ言ったわ。わたしのうちでだって、二人きりで会っちゃいけないって、きびしい顔して言ったわ。ちゃんとお目付《めつ》けがたのんであるぞって、いったわ。でも、平気よ。なんでもないんですもの。退屈だったら、男のお友だちのうちだって、遊びに行っていけないって法はないわね」

「へんだなあ。それほど警戒するくらいなら、ぼくたちを接近させなけりゃいいのに。なぜだか、ぼくたちは、くら闇で、くっついて坐る機会が多かったね。あれはいったい誰の意志かしら。そういうふうに坐らせないでおこうとおもえば、かれにならどうにでもなるわけだからね」

「あれは、わたしの意志よ」

　この大胆な表白に、わたしはギクッとした。嬉しいというよりも驚きの方が大きかった。

「でも、君は知らん顔してたじゃないか。ぼくはブルブル震えているのに、君は平気だったじゃないか」

「平気じゃなかったわ。わたし、あなたが震えてるのを感じて、感動していたのよ。女はああいうとき、我慢強いものよ。偽善者《ぎぜんしゃ》なのね。でも、わたし、うれしかった」

そして、はじめて彼女の方から、わたしの手を握った。わたしはもう無我夢中になって、彼女のすべすべと張り切っているからだを、息がとまるほども抱きしめた。

恐ろしい破局が来たのは、それから三十分ほどしてからであった。

ギョッと気がつくと、わたしたちの枕もとに、まっ青な顔をして、怒りにブルブルふるえている伊東の黒服姿が立ちはだかっていた。それが巨人のように大きく見えた。

ドアには内側から鍵をかけておいた。それを彼はやすやすとひらいたのだ。事務所のおばさんが、わたしがいるのに合鍵《あいかぎ》を渡すはずはない。伊東はなにかの方法で、わたしの部屋の合鍵を造って用意していたのにちがいない。

「なにもいうことはない。美耶子、帰るんだっ」

伊東はそういって、手荒く彼女の腕をつかんで引き起こした。それから、美耶子は恥かしい身じまいをしなければならなかった。

わたしは観念して眼をつぶっていた。今にも鉄拳《てっけん》が飛んでくるかと、それを待ちかまえていた。

しかし、伊東は何もしなかった。部屋がシーンと静まりかえっているので、変だなと思って、眼をひらいたときには、伊東も美耶子も、もうそこにはいなかった。あとにドアがぴったりしまっていた。

18　監　禁

わたしは心臓が空っぽになったような気持で、そのまま身動きもしないで寝ころんでいた。なにも考えられなかった。汗をベットリかいていた。恐ろしい夢を見たあとの感じだった。

そのとき、下から事務所のおばさんが呼びにきた。酒巻から電話がかかってきたのだ。わたしは急いで階段を降りたが、中段で目の前がスーッと暗くなって、危く倒れるところであった。手すりにつかまって、やっと転落をまぬがれた。

電話は、伊東がわたしの処分を伝える伝言だろうと覚悟していたが、そうではなかった。

「野間君かい。酒巻だよ。さっき伊東君のうちへいったら誰もいない。女中に聞いてみると、美耶子さんは、どこへ行くとも言わないで外出したというんだ。まさか君のアパートへ行ったんじゃあるまいな」

酒巻は自宅へ帰ってから電話をかけたのであろう。

「来ていたんだよ。だが、つい今しがた帰った。酒巻さんは伊東になにか頼まれていたのかい？」

さっき美耶子が口にした「お目付け」という言葉を、とっさに思いだして、あからさまに尋ねてみた。

「いや、そういうわけでもないが、ちょっと心配になったんでね。きみ、美耶子さんに手出しをしちゃいけないぜ。どうもそんなふうな徴候《ちょうこう》が見えるので、わしゃハラハラしているんだ。注意してくれよ。折角のわれわれのクラブがめちゃめちゃになってしまうからね。いや、それだけならいいが、なにか恐ろしいことが起こりそうな予感がするんだ。いいかい、きみ。大丈夫だろうな」

「心配しないでもいいよ。大丈夫だよ」

わたしはそう答えるほかはなかった。

それからまる二日のあいだ、わたしはアパートの部屋にとじこもったきり、どこへも出なかった。本も読まず、新聞も読まず、食事も一日に一度ソバかウドンを取るくらいで、ほとんど絶食に近く、ただ天井をにらんで、ねそべっていた。二、三度電話がかかってきたが、相手の名も聞かないで、いないといってことわってもらった。ひょっとしたら、その電話は美耶子からかもしれないと思ったが、歯を食いしばって我慢した。いま彼女と話したりしちゃいけないと思った。

あの出来事があってから三日目の昼すぎ、ドアにノックの音がした。聞き慣れぬノックの仕方であった。わたしは棄《す》てばちになって、だまっていた。

すると、ドアがひらいて、酒巻がはいってきた。ジョーカー・クラブで最年長の手品狂、太っちょの料理屋のおやじである。酒呑みのてらてらしたあから顔で、笑いながらはいってきた。

「どうしたんだね。いま事務所のおばさんに聞いたんだが、まるで飯も食わないそうじゃないか。なにかあったんだね」

「いや、なんでもないんだ。少し気分がわるくてね」

酒巻はわたしの机の前の座蒲団に坐って、タバコを出しながら、首を前につき出し、声をひそめて話しかけてきた。わたしは、ふてくされたように、両手を頭のうしろに当てて、仰向《あおむ》けに寝ころんだままでいた。

「へんなことがあるんだよ。伊東君は神戸へ行くといって出発したが、旅行なんかしなかったらしい。その日のうちに帰っているんだ。きのうの夕方伊東君のうちへ行ってみたんだがね。かれ、うちにいることはいるらしいのだが、誰にも会わない。みんな門前払《もんぜんばら》いだそうだ。

もっとおかしいのはね、シゲやに聞くと、奥さんの姿が見えないっていうんだ。外出したのじゃない。なんだか一間《ひとま》へとじこめられているらしい。食事はどうしてるんだと聞くと、シゲやは運ばない。旦那様が台所から、なにか持って行ってやっているらしいというんだ。

伊東君は書斎にとじこもって、誰にも会わない。シゲやにそこへ食事を運ばせ、夜もそこの長椅子で寝ているらしい。シゲやがはいっていっても、一とことも物を言わないで、怖い顔をしているというのだ。きみ、これは一大異変だよ」

そうか。そんな風になっているのか。それじゃあ、美耶子は電話などかけられないし、手紙もよこせないわけだ。

「そこでおれは考えてみたんだがね。この異変はどうしても君に関係がある。そうとしか考えられない。なぜといってみたまえ。いいかい。このあいだ電話をかけたとき、きみは、美耶子さんが来ていて、いま帰ったところだと言った。それは伊東君が出発した日の晩だ。シゲやに聞くと、きみと美耶子さんが、伊東君を東京駅へ見送りに行ったという、その晩のことだよ。

伊東君の留守中に、美耶子さんが、独りものの君の部屋を訪ねる。しかも夜だ。これがすでにただごとではない。いいかい。それがだ、あの晩わしが電話をかけたのは、まだ宵《よい》のうちの七時ごろだった。美耶子さんが君を訪ねたからには、そこには、よからぬ思惑《おもわく》があったにちがいない。それが、七時という早い時間に、亭主のいないうちへ帰るというのは、不自然だ。おかしい。いいかい。そこで、おれは、こういう想像をめぐらしたんだよ」

酒巻は、そこまで言うと、思わせぶりに一休みして、タバコをスパッ、スパッと、おいしそうに吸いつづけた。わたしは、かれの話術に閉口して、ずばりといってのけた。

「そうだ。君の考えた通りだよ。伊東は汽車には乗ったが、どこか近くの駅で降りてしまった。そして、わたしのアパートをさぐって、美耶子がまだ来ていないとわかると、自分のうちのまわりをウロウロして見張っていたのだ。それから、美耶子が外出すると、そのあとをつけて、ここへやってきた。ドアのそとで、なにもかも聞いてしまった。そして、頃あいを見て、ここへ飛びこんできたんだ」

「それから、どうした」

酒巻は好奇心に眼を輝かせて、さらにわたしの方へ顔をつき出した。

「あいつは美耶子さんの手を引っぱって、つれ帰ってしまった。それだけだ」

「へえ、喧嘩《なぐ》にはならなかったのかい？」

「おれは殴られる覚悟をしていたが、なにもしなかった。おれには言葉さえかけなかった」

「ふうん、よくよく怒っていたんだね。口喧嘩なんか以上の真からのいかりというやつだな。そして、うちへ帰ると、奥さんを一室に監禁して、自分も一間にとじこもってしまった。おそろしいことだな」

酒巻はじっとわたしの眼を見つめた。わたしも無言で、彼の眼を見返していた。

「じつはね」酒巻が打ちあけるようにいった。「おれは伊東君にたのまれていたんだよ。旅行の留守中、君と美耶子さんに気をつけてくれってね。このあいだの晩、電話をかけたのも、実はそのためなんだ。そういうわけで、この件については、おれも責任を感じなければならない立場なんだよ」

そういって、小首をかたむけて、考えこんでしまった。そこで、わたしは言ってやった。

「責任は伊東にもある」

「えっ、伊東に？」

「そうだよ。かれが、おれたち二人をくっつけたようなもんだよ。それはね。ぼくらはよく、まっくらなところで、ジョーク遊びをやるだろう。そのとき、きまったように、美耶子とぼくと、隣合わせになって、からだがくっつくんだ。おれもそうしたかったし、聞いてみると美耶子もそれを望んだというんだが、伊東がそうさせないようにすれば、いくらでもできたんだ。

それればかりじゃない。伊東のうちで、ぼくと美耶子と二人だけになるような機会が幾度もあった。そういうときに、伊東のやつは、まるで影のように、ぼくらにつきまとって、こっそり立ち聞きしたり、のぞいたりしていたんだ。そして、少しも文句をいわなかったんだ。なんだか、それを楽しんでいるようなふうなんだ」

「まさか……楽しむ気持なら、今度だって怒ることはないじゃないか。伊東君が失望の底に沈んでいるのはうそじゃないよ。お芝居とは思えないよ」

「ここにたった一つ、いろいろな矛盾を矛盾でなくする解釈があるんだ。それはね、サディズムだよ。伊東というやつは恐ろしいサディストだという解釈だ」

「ふうん？　それはどういう意味だね」

わたしはムックリと起き直って、酒巻の正面に坐っていた。

「優越感の満足といってもいい。ぼくは美耶子を一と目見たときから惚《ほ》れていた。伊東にはそれがよくわかっている。それで、美耶子を、わざとぼくに接近させて、ぼくが煩悶《はんもん》するのを見て嘲笑《ちょうしょう》しようという優越者の遊戯を思いついた。ぼくはいじめられっ子で、あいつはいじめっ子の楽しみを味わおうというわけだよ。だから、あいつは、せいぜいぼくらが一緒になる機会を作って、それをどっかから隙見して、悦《えつ》に入っていたんだ。ジョークというものには、そういう残忍性がある。あいつはジョークの天才だから、その方の性格は充分備えているわけだ。

かれが百パーセントの自信を持っていたのも無理はないよ。かれはあのスマートな好男子で、おれはこういう顔をしているんだからね。まるで勝負にならない。それがかれのつけめだった。そして、あの晩までは、かれの思う壺に運んでいた。こいつは危険だと思うときには、あいつは、どこからか現われて、それ以上の進行をさまたげていた。

しかし進行をさまたげなければならないということは、すでに自信喪失《そうしつ》の一歩手前だ。さすがのかれも少し迷い出してきた。ひょっとしたら美耶子の方でも、ぼくに好意を持ち出したのじゃないかという疑いがきざしてきた。そこで偽装《ぎそう》旅行をやって、試験をしてみることにした。すると、あの始末だからね。かれは一挙に自信を失った。

得意の絶頂から真逆様《まっさかさま》にころがり落ちた。これはああいう男にとっておそろしい悲劇だよ。それが、女房を横取りされた怒りを二倍、三倍に強めているんだ。君のいうように、一間にとじこもって、じっと考えているかれの心境は暗澹《あんたん》たるものだね……おれはなんだか怖くなってきた。美耶子さんを救い出さなければ……」

19　地　下　室

しゃべっているうちに、わたしはえたいの知れぬ恐怖におそわれはじめた。

「美耶子はいじめられているにちがいない。ひょっとしたら、一間にとじこめて、食事を与えないで、絶食の刑にしているのじゃないだろうか」

わたしがそうつぶやくと、酒巻もあから顔を白くした。

「うん、あの気性の烈しいやつのことだから、そんなことも考えられなくはないね」

わたしたちは、また顔見合わせて、しばらく、だまりこんでいた。

「行ってみよう。どうも、これはただ事でないよ」

わたしは、もう立ち上がって、外出の用意をしはじめた。

「うん、そうした方がいいかもしれんな」

酒巻もそわそわしていた。

わたしたちはバスにのって、伊東のうちへ急いだ。

伊東家の門前にはタクシーがとまっていて、女中のシゲが、よそ行きの服装で、運転手と一緒に、車へ荷物を運んでいるところだった。ひまを出されたという様子である。

「どうしたの？　きみ、どっかへ行くの？」

わたしが尋ねると、シゲは、

「おひまが出ましたの。これから本所《ほんじょ》の親戚《しんせき》へまいります」

といった。

「じゃあ、きみの代りの人が来たのかい？」

「いいえ」

「伊東君や奥さんはいるんだろう」

「ええ」

「きみが行っちまったら、困るじゃないか。奥さんが台所をやるのかい」

「いいえ、奥さんは顔をお見せになりません。あたし、御挨拶もできなかったんです」

「伊東君は？」

「旦那さまは地下室です」

「えっ、地下室って？」

「地下室で、朝早くから仕事をしていらっしゃいます」

「仕事？」

「セメントをこねて、地下室の床から水が漏るといって、直していらっしゃるのです」

「そして、君にひまを出したんだね」

「あたし、なんだかわけがわかりませんわ」

　わたしたちにも、わけがわからなかった。伊東の家には、西洋風の地下室があった。かれは、そこに葡萄酒《ぶどうしゅ》などを保存していた。しかし、地下室の水漏れを、なにも自分で直すことはないだろう。職人を雇えばいいではないか。わたしと酒巻とは、また、青ざめた顔を見合わせた。

「ともかく、行ってみよう」

　わたしたちはシゲにわかれて、門の中へはいっていった。ポーチにあがってドアをひらこうとしたが、鍵がかかっている。ベルを幾度も押したけれども、なんの反応もない。一刻も猶予《ゆうよ》はできないという危機感が胸をしめつけた。

わたしたちは、建物の横手を廻って、台所口へ急いだ。窓という窓はみな閉めきって、カーテンが引いてある。

台所口の戸には鍵がかけてなかったので、われわれはそこからはいって行った。どの窓にもカーテンが引いてあって、家の中は薄暗い。電灯もついていない。シーンと静まりかえって、空き家のようだ。

「伊東君」と何度も声をかけたが、答えがないので、地下室へ降りてみることにした。わたしたちは、その降り口をよく知っていた。

行ってみると、降り口の上げ板がひらいたままになって、コンクリートの階段が見えていた。そのへんは外光もはいらないので、まっ暗だが、地下室にはカンテラがおいてあるらしく、赤っぽい光が、幽かに階段を照らしていた。

「伊東君……」

わたしは大きな声でどなったが、なにも答えない。そのくせ下からは、ガサガサと変な物音がきこえてくるのだ。

なにか危険が待っているような気がして、急には決心がつかなかったが、いつまでも躊躇《ちゅうちょ》しているわけには行かない。二人は小声で相談をして降りてみることにした。

わたしが先に、酒巻はあとから、コンクリートの階段を一足ずつ、さぐるようにして、ビクビクしながら降りていった。

地下室は四、五坪の広さで、まわりに木の棚があり、酒瓶や、いろいろながらくたものが詰めこんであった。そのまんなかに三坪ほどの、なにも置いてないコンクリートの床が見え、その一方にトタン板をひろげて、セメントと砂利《じゃり》をまぜたあとがあった。そのそばにカンテラを置き、ツルハシやシャベルが立てかけてある。また一方の隅には古いコンクリートの砕けたのが山のように積んであった。

伊東はパジャマ姿で、床のまん中に四つんばいになって、大きなコテで、流したセメントの上を、平らにこすっているところであった。

「伊東君、いったい、なにをしているんだ」

わたしは、はげしい声で呼びかけた。

伊東はゆっくり顔をあげ、わたしたちの方を見て、あのメフィストの微笑を浮かべた。それが赤ちゃけたカンテラの逆光線を受けて、異様にまがまがしいものに見えた。

「なあに、ちょっと素人細工をやったのさ。下から水が湧き出してくるんでね。だが、もうすんだよ」

わたしは、そこだけ色のちがっている新しいセメントを見た。不規則な長方形で、ちょうど人間が寝たぐらいの広さである。

「奥さんはどうしたんだ」

普通ならば、わたしはそんなことをきける立場ではなかった。しかし、この異常な雰囲気《ふんいき》の中では、世間なみの常識など、どこかへすっ飛んでしまっていた。

伊東は答えなかった。四つんばいになっていたのが、ウーンと腰をのばして立ちあがり、汚れたタオルで、セメントのついた手をこすりながら、むっとした顔つきで、おしだまっていた。

「伊東君、野間君には答えられないかもしれんが、おれならいいだろう。ほんとうに奥さんはどこにいるんだ」

酒巻が、おだやかに、もう一度尋ねた。

すると、伊東は不承ぶしょうに顎で階上をしゃくってみせた。

「どっかにいるよ。おれはあいつとはずっと口も利かないのだ。あいつの方でも、すまないと思うのか、なるべくおれに顔を見せないようにしている……なんだったら、君たち、探してみたまえ」

わたしは探してもむだだと思ったが、酒巻がしきりに袖《そで》を引っぱるので、一緒に探してみることにして、伊東を残して、階段をのぼった。

それから、一、二階とも、部屋という部屋のドアを、かたっぱしからひらいて、探したが、美耶子の姿はどこにも見えなかった。

「きみ、いないにきまっているよ。早くもどらないと、あいつ逃げてしまうかもしれない」

わたしは、まだあきらめきれないような顔をしている酒巻をせきたてて、もう一度地下室へ降りて行った。

伊東は逃げもしないで、もう平らになっているセメントの上を、コテで念を入れてこすっていた。

「奥さんはいないよ。君は、あの人を、いったいどこへ隠したんだ」

そうどなったわたしの声は、激情のためにおそろしく震えていた。

「どっかへ外出したんだろう」

「そんなことはない。女中のシゲと、さっき門で会ったが、奥さんは一間にとじこめられているといった。外出してないことは明らかだ。ところが、いま調べてみると、鍵のかかったドアなんて一つもない。どの部屋もみんな見ることができた。さあ、どこへ隠したんだ」

「君にそんなことを聞く資格があるのか」

伊東は少しも激情を示さなかった。いまもあのメフィストの笑いをつづけていた。

「おれが何かしたということとは別の問題だ。もっと大きな問題だ。それから、もう一つ聞くが、シゲになぜひまをやったんだ。それと、奥さんがいなくなったことと、なにか関係があるんじゃないのか。シゲがいては都合がわるいことがあるんじゃないのか」

「おい、野間、君にそれを聞く資格があるのかといってるんだ」

「じゃあ、おれが聞く。いま野間君の尋ねたことに返事をしてくれ」

酒巻が、かれにしては精一杯の強い口調でどなった。

伊東は傲然《ごうぜん》として突っ立ったまま、だまりこんでいた。

「よしっ、おれは調べてみる。もう我慢ができないんだ。酒巻さん、君は伊東を動けないようにおさえつけていてくれっ。おれはここを掘ってみるんだ」

わたしは、そこに立てかけてあったシャベルを取って、新しいセメントの部分を掘り返しはじめた。

まだ乾いていないので、そんなに手間はかからなかった。じきに女の寝間着らしい布の一部が見えてきた。

やっぱりそうだった。ああ、わたしの推察は的中したのだ。

わたしは、この異常な墓掘り仕事を、夢中になってつづけた。だんだん全身があらわれてきた。からだを傷つけてはいけないので、伊東の捨てたコテを拾って、注意深く掘り進んでいった。

そして、ついに全身が現われた。顔の部分もはっきりわかるようになっていた。不思議なことに、伊東は少しも逃げようとはしなかった。酒巻にうしろから羽掻締《はがいじ》めにされたまま、相変わらずメフィストの微笑を浮かべていた。

カンテラの光はセメントの穴の中まで届かないので、そこは非常に暗かった。わたしは注意してコテを使っていたのだが、つい手先が狂って、美耶子の顔に強く当たってしまった。

わたしはギョッとして手をとめた。顔を傷つけた心配のためではない。そんなことではない。もっと変てこな途方もない驚きであった。コテがそこに当たったとき、柔かい人間の肉体ではなくて、なにか固い物質をこするような、妙な音を立てたからである。

わたしは一瞬間にその真相を悟った。なんだか高い屋上から突きおとされたような感じだった。それは、限りない驚き、というよりはむしろ恐怖に近いものであった……そこに埋まっていたのは一箇の人形にすぎなかったのだ。

その同じ瞬間に、地下室の中に、おそろしい笑いが爆発していた。

「ワハハハハ……どうだ。二人とも、すっかり一杯食ったな」

この勝利の叫びは伊東の口からほとばしったのだ。

ああ、なんということだ。これがすべて伊東の企みに企んだジョークだったのか。

わたしたちは、あまりのことに、物を考える力さえ失って、ぼんやりと突っ立っていた。茫然自失《ぼうぜんじしつ》。完全に一敗地《いっぱいち》にまみれたのである。

伊東は階段をかけ上がって、「オーイ、美耶子……」と呼びたてた。そして、しばらくすると、おそらく押入れかなにかに隠れていたのであろう（さっき、わたしたちは、そこまでは探さなかった）美耶子が伊東につれられて、階段を降りてきた。

伊東のうしろに隠れるようにして、地下室に降りたった彼女は、わたしの気のせいか、青ざめ、面《おも》やつれして、悲しげな顔をしていた。無理にニッコリ笑って見せたが、一とことも口は利かなかった。

わたしたちは、敗北感だけではなく、もっと複雑な意味で、その場にいたたまらなくなっていた。普通のジョークなら、笑って乾盃《かんぱい》でもするところだが、この深刻なジョークに、そんな気が起こるものではない。わたしたちは、ほうほうのていで、挨拶もそこそこに、伊東家から逃げ出したのである。

20　空気男の推理（一）

　そのことがあってから、伊東錬太郎の生活が一変してしまった。ジョーク・パーティもまったくひらかなくなったし、ジョーカー・クラブも、うやむやのうちに解散したも同然となった。

　わたしはむろん美耶子に会いたくてたまらなかったけれども、伊東に現場を見られた深刻な恥かしさと、地下室での敗北感にさまたげられて、伊東のうちを訪ねる勇気はなかった。

　だから、わたしが直接見聞したわけではないが、元のジョーカー・クラブ員たちから、かれらが伊東家を訪問したときの索漠《さくばく》たる模様を伝え聞いていた。

「訪ねるとね、不承ぶしょうに会ってはくれるんだよ。しかし、書斎にも通さない。客間で追っぱらわれるんだ。女中がいないので、お茶も出せませんといって、ぶすっとしているんだ。まるで人が変わってしまった。あの様子じゃあ、奥さんはまだ監禁《かんきん》されてるのかもしれないぜ。あの男、雄弁だろう。その雄弁家がだまりこくっているんだから、こっちは物がいえない。結局、不愉快になって帰ってしまうのさ」

　愛妻家の戸籍課長が、一度わたしのアパートを訪ねて、そんな話をしていった。

その当座、今までわたしのところへこなかったメンバーも、次々と顔を見せた。事件の中心であるわたしが、どんな様子をしているかを見にくるのである。わたしはメンバーたちには、隠しだてしないで、すべてのことを話してやった。それらのメンバーたちは、同じ好奇心から伊東の顔も見に行っているのだが、その訪問のときの話は、戸籍課長の話と大同小異であった。伊東は元の仲間の誰にも、一切会いたくないという意志を、無遠慮《ぶえんりょ》に表明しているのだ。

美耶子はごくまれには顔を出すらしいが、誰が訪ねたときにも、一緒になって話をするでもなく、だんまりで、夢遊病者のように立ち去ってしまうという。これによって想像すると、彼女はときには監禁を解かれることもあるらしい。だが、多くは、やはりどこかの部屋にとじこめられているのであろう。

わたしたちは、このままジョーカー・クラブをやめてしまうのも残り惜しいので、伊東を除いた六人のメンバーで、ときどき集まりを催すこともあった。その会場には酒巻のやっている料理屋の一室を使った。ほかのメンバーは適当な部屋を持っていなかったからだ。

酒巻は精一杯御馳走してくれたが、どうも話がはずまなかった。やっぱり伊東は会を運行する中心人物の性格を持っていたのだ。伊東というリーダーのいなくなった集まりは、実に淋しかった。われわれもジョーカーの資格は多少もっていたのだが、伊東に比べたら問題にならない。伊東ほどの創意ある企画、豊富な話題を持っているものは一人もなく、話に詰まって、ともすれば座がしらけた。だんだん集まりが悪くなり、いつとはなく、この第二次のジョーカー・クラブも解散になってしまった。それには、そのころになって、太平洋の戦争が日本本土に及んできて、空襲もだんだんひどくなり、東京の人々は縁を求めて田舎へ疎開《そかい》をはじめていた。そういう物情騒然《ぶつじょうそうぜん》たるなかでジョーカー遊びもあるまいという事情もあった。

事件から一、二カ月のあいだ、わたしは美耶子のことが忘れられないで、悶々《もんもん》として暮らしていた。多くのときは、アパートの四畳半に寝そべって、天井ばかり眺めていた。

よく考えてみると、こういう結果になったことは、必ずしもわたしの完全敗北ではなかった。もし完全敗北ならば、伊東はクラブづきあいをよしもしないし、美耶子を監禁もしなかったであろう。美耶子はまだわたしに心惹かれているのだ。それをよく知っているので、伊東は彼女を監禁しなければならなかったのだ。地下室の人形事件では、かれが勝者であったにもかかわらず、こういう結末になったのは、美耶子がわたしに心惹かれているためだとしか考えられない。

もっと思いすごせば、あれ以来、美耶子は伊東への愛情を拒絶しつづけているのではあるまいか。それが、かれをこれほどまでに怒らせているのではないだろうか。

そう考えると、わたしは一層美耶子に会いたくなった。会って彼女の真意を糺《ただ》したくなった。しかし、電話はだめだし、手紙も伊東に開封されるだろう。せめて女中でもいれば、媒介にする手もあるのだが、今はその女中さえも置いていないらしい。

出入商人を利用するのはどうだろうか。それも考えられる。だが、なによりも、わたし自身の眼で彼女を見るのが最も必要なことではあるまいか。一と目見交わしただけでも人の心はわかるものだ。

それからというもの、わたしは毎日毎日、伊東の家のまわりを、悲しい犬のように、うろつき廻った。いくら空気男のわたしでも、この愛情だけは忘れることができなかったからだ。なるべく目立たない服装をして、ハンティングをまぶかにかぶって、散歩の人と見せかけて、あの家のまわりを、ぐるぐると廻り歩いた。

わたしはなぜか、美耶子は二階の寝室にとじこめられているものと思いこんでいた。寝室の窓は、建物の横手にひらいていたので、わたしは、コンクリートの塀越しに、その窓の下に佇むことが多かった。

幾日も幾日も通いつめたが、ある日の夕方のこと、ついに目的を達した。窓のカーテンを半分ほどひらいて、美耶子がそとを覗いていたのである。

わたしは動悸をはやめながら、下から彼女の顔を凝視《ぎょうし》した。早くこちらを見おろしてくれと念じながら、石のように立ちつくしていた。

やっと、彼女の眼がこちらを見た。距離があるので細かいことはわからなかったが、美耶子は痩せて青ざめていた。なにより悲しかったのは、その青い顔が狂人のようにうつろであったことだ。眼はたしかにわたしを見ているのだが、その眼にもなんの表情も現われていなかった。

二人は長いあいだ顔見合わせていた。しかし、彼女の表情には幽かな動揺も現われないのだ。そして、その幕切れが恐ろしかった。美耶子は窓から片手を出して振ってみせた。あちらへ行けというのだ。「伊東に見られるといけないから」という意味には、どう考えても解釈できなかった。まるで路傍《ろぼう》の人のように、乞食かなんぞにして見せるように、ただ「あっちへ行け」といっているにすぎないのだ。

こんなはずはない。もし彼女が正常な心を持っているならば、こんなまねをするはずはない。気が狂ってしまったのだろうか。それとも、伊東の執拗な呵責《かしゃく》に、気も心もくずおれてしまったのだろうか。

美耶子は手を振ったあと、ピシャッと窓をしめ、カーテンを閉じてしまった。わたしは横っ面を平手で張られたような気がした。しかし、それでもまだあきらめきれないで、それから長いあいだ、日が暮れるまでも、塀のそとに立ちつくしていたが、美耶子の姿は二度と見ることができなかった。わたしは絶望してアパートに帰った。

わたしはやっぱり空気男であった。あのとき、どうしてそれに気がつかなかったのであろう。漠然としたお化けのようなものが、心の隅にわだかまっていた。しかし、長い長いあいだ、わたしにはそのものの正体がわからなかったのだ。

わたしは事件があってから二カ月ほど、天井眺めの棄てばちな日を送っていたが、空気男の取柄《とりえ》はあきらめの早いことであった。つまり愛情すらも忘れっぽいのである。そんな男としては、美耶子への愛情は、生涯にまたとないほどのものではあったが、わたしは少年時代から、失敗に慣れていた。いつも、その痛手を早い忘却《ぼうきゃく》がいやしてくれた。美耶子のいとしい面影も、いつとはなく、わたしの心の表面から薄れて行った。それに伴って、あのメフィストのように賢い伊東のおもかげも、そして、プラクティカル・ジョークというものの面白さも。

事件から二カ月ほどすると、伊東夫妻が、あの高樹町の洋館を売って、どこかへ引っ越して行ってしまった。わたしは、久しぶりに訪ねてくれた酒巻から、それを聞いた。そして、空き家になった西洋館を見に行く気にもならず、あのおもむきのある建物さえも、記憶から薄れて行った。

21　空気男の推理（二）

わたしが、深夜ガバと蒲団からはね起きるほどの衝撃にうたれたのは、それからまた一カ月ほどたってからであった。

わたしは空気男といわれているけれども、抽象の論理は好きでもあり、いささか得意でもあった。論理の組み立てにも創意というものはある。その創意が、わたしの場合は、床にはいって半醒半睡のおりに湧き上がることが多かった。青年時代、昼間はどうしても解けなかった数学の問題が、そういう半醒半睡のときに、ハッと解けることがしばしばあった。

その日、わたしは読書に夜ふかしをして、眠りにつこうとしたのは深夜の一時ごろだった。

うとうとと半醒半睡に陥《おちい》ったとき、伊東夫妻の秘密が、瞬間にわたしの心にひらめいたのだ。

わたしはいきなり蒲団の上に起き直って、その前後の論理を考えた。一時間も二時間も考えていた。そして、結局それにまちがいないという確信をえたのである。

　わたしはその翌日、酒巻の店に電話をかけて、非常に重大な話があるから、すぐアパートへ来てくれないかと頼んだ。ジョーカー・クラブのメンバーでは酒巻が一番懇《こん》意《い》だったし、いろいろな意味で、この秘密を打ちあけるのには、かれが最適任者であった。

　昼すぎ、酒巻はあの太っちょのあから顔をてらてらさせて、わたしのアパートへやってきた。二人は同じ机に顔つき合わせて、ドアのそとや、壁一重隣へ聞こえないぐらいの声で話し合った。話手は主としてわたしだった。

「ぼくはゆうべ、非常な発見をしたんだ。そして、充分考えてみたが、あらゆる論理が、その発見と一致するのだ。発見というのは、むろん伊東夫妻の秘密についてだよ」

　酒巻は聴き手にまわって、額に皺をよせて、じっと聴き耳を立てていた。タバコをしきりにふかした。

「先ずこういうことがある。君も想像しているように、美耶子とわたしとは愛情の関係を結んだ。それを伊東に見つけられたんだが、この愛情はぼくの方だけの一方的なものではなかった。美耶子の方でも、ぼくを深く愛していたことは明らかだ。その美耶子がだよ。たとえ半分は監禁されていたとしても、ぼくになんの連絡もとれなかったというのは、おかしいじゃないか。

　ぼくの方ではいろいろ連絡を考えたが、それはむつかしかった。電話でも手紙でも、伊東に横取りされる心配があるからね。しかし、美耶子の方から電話したり、手紙を出すことは必ずしも不可能ではなかったと思う。だから、彼女は連絡がとれなかったのでなくて、とろうとしなかったと考えるほかはない。まちたまえ、それには、もっと確かな証拠があるんだ。ぼくは堪えかねて、伊東のうちのまわりを、幾日も幾日も、うろつき廻ったことがある。そして、或る日、とうとう、二階の窓から覗いている美耶子と顔を合わせたのだ」

　わたしは、あの日のことを詳しく話して聞かせた。酒巻はわたしの執念《しゅうねん》に驚いたらしいが、なにも言わなかった。

「彼女が気でも狂ったのなら別だが、そんな態度は、ぼくには考えられないことだ。もう一つ思い出してくれたまえ。地下室に埋めたのが人形だとわかったあとで、伊東は美耶子を連れて降りてきたね。あの美耶子の顔を思い出してくれたまえ。いくら監禁されて、やつれていたといっても、あれはぼくらの知っている美耶子とは、まるで別人のようだったじゃないか。

　ぼくが事件後、美耶子を見たのは、この二度きりだが、いま考えてみると、二度とも彼女の顔をはっきり見ることはできない状態だった。一度はあの赤ちゃけたカンテラの遠くからの光線。一度は塀そとから二階の窓への遠見だった。

これらのことは、なにを意味するか。むろん君も気づいただろう。事件後の美耶子は替玉《かえだま》だったのさ。天才的ジョーカーの伊東のことだ、美耶子さんとそっくりの女を、どこかから探し出してくるのは、必ずしもむつかしいことじゃない。替玉が窓から顔を見せて、手をふるなんて、シャーロック・ホームズの(注17)『椈屋敷《ぶなやしき》』だよ。伊東はあの探偵小説から着想したのかもしれない」

そのとき、酒巻がいぶかしそうに、口を入れた。

「フーン、替玉だったのか。しかし、それじゃ、本ものの方はどこへ行ったんだ？」

「殺されていたのさ。だから、本ものをぼくらに見せようたって、見せられなかったのさ」

「君には、どうして、それがわかるんだ」

「ゆうべ眠りかけているとき、ぼくのくせのインスピレーションで、突然、気がついたのさ。だが、もう少し聞いてくれ。まだまだデータがあるんだ。

いいかい。伊東はあの直後、なぜクラブを解散してしまったか。クラブの連中が遊びに行ったとき、なぜ客間だけで追い返したか。それは、ながく居させては替玉に気づかれる心配があったからだ。しかし、このごまかしも、二た月で精一杯だった。あらゆる危険を予期しながら、二カ月も我慢していたのは、さすがに伊東だったよ。

　まだある。ずっと前に義手義足の男をつれてきて、パーティをひらいたことがあるね。あのとき食事のあとで、伊東が講義をしたのを覚えているだろう。その中で、ジョークというものは犯罪につながっている、犯罪者のトリックはジョーカーのトリックと同じだと言った。そして、自分も犯罪のトリックを考えるときがくるんじゃないかと思うと、おそろしいと言った。あの話は、いわばかれの一つの予言みたいなものだった。

　では、本ものの美耶子をどう処分したかということだが、それが、ジョーカーの天才が考えつきそうな手なんだよ。ぼくは、みんながどうしてそこへ気がつかなかったかと、不思議に思うくらいだ」

「わかったっ！」

　酒巻があから顔を白くして、座蒲団の上から飛び上がるようにした。

「むろん、手品師の君にわからなきゃウソだよ。手品の種は二重底さ。いや底はないが、二重の隠し方さ。もう一ついえば、一度探した場所は二度探さないという心理を利用したのさ。

あいつは、美耶子を殺して、地下室のコンクリートを掘りおこし、ずっと深い所へ埋めたんだ。その上に土をかぶせておいて、そのまた上に人形を寝かせて、新しいセメントを流したのだ。どうだい、ジョーカーの心理として、こいつは非常に誘惑的なトリックじゃないだろうか」

「ウーン、そうか。人形を死体の上に置いたか。その上の方の人形だけを、わたしたちに発見するように仕向け、大がかりなジョークとわかって大笑いというわけだね。このトリックはジョーカーがやったから、成功したんだな。よくもここまでやった。さすがジョークの大天才とくる。だが、普通の人間が、こんなトリック使ったら、子供だましで、いっぺんにバレちゃっただろうね」

「そうだよ。あいつがジョーカーだったから、一応うまく行ったんだ。ジョークが絶好のカムフラージになった。だが、よく考えてみると、このジョーク、一向に映《は》えないジョークだったね。なぜといって、見物は君とぼく二人きりだったじゃないか。ジョーカーは虚栄心《きょえいしん》が強い。できるだけ多くの人に、自分のジョークを見せたがるものだ。ところが、この人形ジョークは、一方に美耶子とぼくのスキャンダルがあるので、人には知らせられない。君もぼくもだまっていることは明らかだった。ね、これがまた一つの論拠になるわけだよ。虚栄心の強いかれが、あれだけの大がかりなジョークを企んで、たった二人きりの見物で満足するはずがない。

　この心理からいっても、人形ジョークは、死体隠蔽《いんぺい》のカムフラージだったことは明らかだよ」

　わたしが話し終ると、酒巻はしばらく眼をつむって考えていたが、困ったような顔をして、こんなことを言った。

「わかった。君の推理はどうも当たっていそうだ。あいつは、君が掘り返したセメントを、元通りに塗って、あの家を売ったにちがいない。ところが、困ったことには、あのうちには、いま別の一家が住んでいる。地下室を掘らしてくださいといったって、断わられるにきまっているよ。とにかく突拍子《とっぴょうし》もないことだから、こっちが気ちがい扱いされるのがおちだろう。なにか名案はないかね」

「名案はないよ。警察に知らせて、警察の手で掘ってもらうしかない」

「それだがね。警察にしたって、わたしたちを信用するかどうか」

「警察なら、推理の順序を話せばわかってくれるかもしれないよ。だが、空気男の若造のおれだけじゃダメだ。そこで、君に来てもらったんだよ。年配で、ちゃんとした商売を持っていて、分別くさい顔してる君と一緒なら、まさか気ちがい扱いもされまい。だからね、先ず君に詳しい話をして、納得させた上、警察へというのが、おれの段どりなんだよ」

「そうか、なかなか順当に考えたな。仕方がない。いっしょに行くことにしよう」

そして、わたしたちは所轄《しょかつ》警察へ出かけていったのだが、警察は最初は相手にしてくれなかった。しかし、酒巻が練《ね》れた物の言い方で、諄々《じゅんじゅん》として説いたので、捜査主任もやっと腰をあげ、人夫をつれて現場へ出向くことになった。そして、現在の居住者の承諾を得て、地下室を掘ってみたが、人間の死体らしいものはなにも現われなかった。できるだけ深く広く掘り起こしたのだけれども、それらしい形跡は少しもなかった。わたしは胸をなでおろすような、残念なような、変てこな気持を味わったが、しかし、深い疑念はまだ晴れなかった。二重底のトリックではなかったけれども、美耶子の死体は、どこかに隠されているにちがいないと信じていた。庭か、建物の壁の中か。しかし建物を壊すわけにも行かないので、せめて庭だけでもと頼んだが、警察はもうわたしたちのいうことを聞いてくれなかった。同行してきた刑事は、庭を一廻り歩いてみて、どこにも土を掘り起こしたあとはないといった。人夫を床下にもぐらせてもみたが、なんの発見もできなかった。

しかし、伊東の突然の移転には、なにかしら怪しいところがあった。現在の家屋の持ち主に聞いても、近所の人たちや運送屋などを調べても、伊東の移転先はわからなかった。あとで郵便局にも聞き合わせたが、郵便物転送先の通知は来ていなかった。殺人が行なわれたかどうかは別として、前後の事情がいかにも不審に思われたので、警察も捨ててはおけず、一応、伊東錬太郎の行方捜査の手続きをとった。

しかし、それきりであった。伊東の行方はいつまでもわからなかった。空襲の被害が日に日にひどくなっているおりから、警察は、戦争に少しも関係のないこの小事件に、いつまでもかかり合ってはいられなかった。結局、わたしたちの訴えは、うやむやのうちに葬《ほうむ》られてしまったのである。

だが、わたしの疑念は少しも薄らがなかった。死体を隠したのが家の中でないとすれば、河かもしれない。海かもしれない。山の中かもしれない。いや、そんな遠いところを考えなくても、地下室の人形事件のころには、もう空襲がはじまっていて、東京の方々に、爆撃による廃墟《はいきょ》ができていた。それらの地域には、建物の土台や、煉瓦造りの残骸《ざんがい》が横たわり、血は流れ、人肉が飛びちっていたのだ。死体を隠すには、なんと恰好の場所ではなかったか。

わたしはそれを確信していた。伊東は美耶子を殺したにちがいないのだ。前後の事情がそれ以外の解釈を許さなかった。伊東の心理はそれ以外に解くことはできなかった。わたしの直感と、そして理論とが、この結論を疑い得ないものにしていた。

そのころは、警察も国防に狂奔《きょうほん》していた。スパイの摘発、民心の安定、被爆地帯の跡始末、闇売買の取り締まり、やることは山のようにあった。個人的犯罪の捜査がおろそかになるのはやむをえなかった。新聞は戦時の個人的犯罪の減少を、愛国心のあらわれとして謳歌《おうか》していたが、犯罪が行なわれなかったのではない。手が廻らなくて、それが摘発されなかっただけのことだ。伊東は運がよかったのだ。

22　宇宙神秘教

あれから四年が経過した。戦争が終って、もう三年であった。

戦争の末期、わたしは東京に居たたまれなくなって、田舎の母の家に逃げ出したが、そこで招集《しょうしゅう》を受け、北支《ほくし》へつれて行かれた。三カ月ほどで病気になって送還《そうかん》されたけれども、わたしは外地の戦争を経験したのである。軍隊での空気男が、どんなにみじめなものだったかは、また別の話になる。

戦争は、やっぱり、人間を変えるものだ。それに、母の家や僅かの貯えも無に帰し、わたしは働かなければ食えない身の上になっていた。敗戦の一年あまりのち、わたしは母をつれてバラックの東京へ出て職を求め、三流新聞の記者に採用された。一流紙でないところに、かえって味があった。わたしは記者生活を面白がっていた。

　そのころ、戦後の新興宗教というものが、話題を賑《にぎ》わせていた。ある日わたしは、社会部長から、そういう新興宗教の一つである宇宙神秘教本部の実相をさぐることを命じられた。

　わたしは写真班をつれて、渋谷区穏田《しぶやくおんでん》にあるその本部へ出かけていった。本部が立派なのには驚いた。彎曲《わんきょく》した大げさな屋根の、寺院と神殿とを混ぜ合わせたような本建築で、本殿は五十畳も敷ける広さ、まっ白な木の香《か》と青畳の匂いがすがすがしかった。

　受付け係みたいな白衣の男に来意をつげると、先ず本殿に案内された。正面に一段高い上段の間というようなものがあって、その境に青々とした御簾《みす》がさがっていた。広間には百人以上の信者が坐っていた。御簾があがって、教主の顔をおがむのを待っているのだ。老人が多かったが、若い会社員ふうの男や、立派な服装をした奥さんらしい女もいた。老人の中には、白い八字ひげを生やした旧将軍といった風格の人も見えた。わたしは写真班とならんで、その最前列に坐った。

　しばらくすると、「シーッ」といういけいいひつの声がして、静かに御簾が巻きあげられた。

　御簾の中には、神官のような奇妙な衣裳をつけ、冠をかぶった男と、さげ髪の女が、お雛《ひな》さまのようにならんで坐っていた。信者たちは低く頭をさげて礼拝した。

わたしはその二人の顔を一と目見ると、思わず立ち上がりそうになった。男は伊東錬太郎、女は美耶子であった。この奇遇に、そして、死体となったはずの美耶子がここに坐っている不思議に、わたしは驚いても驚ききれない気持だった。

だが、それは白昼夢ではなかった。美耶子は替玉ではなかった。わたしは近々と彼女の顔を見ているのだ。本物であることは、彼女がわたしの顔に気づいたときの驚きの目遣いからも、よくわかった。その目遣いにはあらゆる複雑な意味がこもっていた。伊東も眼の隅でわたしを認めたが、なにくわぬ顔で平然としていた。かれはそのくらいのことで驚きをおもてにあらわす男ではなかった。

あとで教主とインターヴューする手筈《てはず》になっていたから、伊東に会って糺せばわかることだが、しかし、わたしはそれまで待ちきれないで、美耶子が生きていた不思議について、考えこんでしまった。わたしの推理のどこにまちがいがあったのかと、それを掘りさげようとした。

教主は低い重々しい声で説教をはじめていた。雄弁家の伊東のことだから、その説教は手に入《い》ったものだった。信者たちは、ときどき深くうなずきながら、感に堪えて聴き入っていた。

宇宙神秘教というコケおどしの新宗教の教義は、宇宙は神秘なり、万物は神秘なり、人類は神秘なり、個々人も神秘なり、人々はこの意識せざる神秘力によって、難問を解決し、幸福をかちえ、万病をいやすことができる。人々は固有の神秘力をいかにして発現させるかを工夫しなければならない。力をあわせて万人幸福の理想境を作らなければならない。その神秘力発動の手段を工夫し、伝授し、訓練し、万人一体となって進むのが宇宙神秘教団である、大体そういう意味のものであった。

どこかに共産主義めいた匂いもあり、一方では催眠術や心霊術ともつながっているような、怪しげな教義であった。そこには伊東錬太郎の体臭《たいしゅう》が感じられた。

説教がすむと、横手の襖《ふすま》がひらいて、三張《みは》りの琴が広間に運び出され、それをならべて、白衣に緋《ひ》の袴《はかま》の官女のような三人の少女がその前に坐った。そして、その琴を伴奏にして、教団の歌の合唱がはじまったのである。教主も教主裏方も、大きな口をあいて、それを歌った。信者たちはうろ覚えなので、教主のバリトンとお裏さまのソプラノの二重唱が、広間を圧して荘重に響きわたった。

それがすんで、信者たちが帰りはじめると、わたしは奥まった教主の居間へ案内された。写真はそれまでに大体撮れていたので、写真班を帰らせ、わたし一人だけのこったのだ。居間といっても、一方に祭壇のある十畳の部屋で、伊東は白りんずの不断着に着かえて、大きなちりめんの二枚座蒲団の上に、すました顔で坐っていた。裏方の部屋は別にあるのか、美耶子の姿は見えなかった。

弟子の白衣の若者がお茶とお菓子を運んできた。伊東は「このお方と内密のお話があるから、しばらく遠ざかっていなさい。襖はあけはなっておくほうがよろしい」と言った。

弟子が立ち去るのを待って、伊東は二枚座蒲団の上に、白りんずの裾をはだけて、大あぐらを組んだ。

「新聞記者とは変わったことをはじめたね。だが、お互に変わったもんだな」

うちとけた口調だ。これもわたしには腑《ふ》に落ちなかった。

「君とは知らないで、インターヴューにやってきたんだが、君とわかれば、話がちがってくるよ。積《つも》る話があるんだ」

わたしも四年前の恥かしさを忘れて、ザックバランな口が利けた。

「君はあのとき、おれの殺人罪を想像したんだろう」

伊東はズバリといった。その口調から、わたしは夢がさめたように、すべてを悟った。

「じゃあ、あれは君が作ったウソだったのか」

するとと、伊東は昔ながらのメフィストの笑いを浮かべた。

「おやおや、君はいままで、あれを信じていたのかい？」

「おい、伊東君、君は二重底、三重底、あんまり底が深すぎるよ」

「それがジョーカーの得意とするところだから仕方がないさ」

「じゃあ、全部お芝居だったのか」

「たった一つのことを除いてはね。あのことは、おれも美耶子も失敗だった。君たちの関係があすこまで行く必要はなかった。その一歩手前でよかったのだ。それでも、おれが誤解をして復讐することは、充分ありうるんだからね。だが、美耶子はあれ以来完全におれに戻ってきた。魔がさしたんだよ。しかし、あいつは今でも君に好意を持っている。二度とあのしくじりをしない範囲でね」

　わたしはうちのめされた。しかし、伊東がウソをついて虚勢《きょせい》を張っているとは、まったく考えられなかった。もし美耶子が伊東に反抗していれば、自分を自分の替玉に見せかける芝居なぞ打てなかったはずだ。

「それじゃあ、あの替玉に見せかけて、二階の窓で手を振ったのも、美耶子さんのお芝居だったというのか」

「うん、あいつ案外お芝居が上手だった。別人かな？　と疑わせるような化粧をしてね」

世の中が激変をとげた四年間がたっていた。わたしはそれを聞いても、今さら美耶子を憎む気にはならなかった。だが、そのとき、一つの疑問が湧き上がってきた。

「すると、三段返しのとてつもないジョークを、君は最初から企んでいたのか。美耶子さんをぼくに接近させたのも、美耶子さん自身が、ぼくにああいう態度を見せたのも、夫婦でグルになった企みだったのか」

さすがに、わたしの言葉は烈しくなった。

「おれの一世一代の大ジョークだからね。君はそういう相手としてはもってこいの空気男だった。偶然のことから、君の方で接近してきた。おれは君を教育した。そして、一歩一歩計画を進めて行った。それがほとんど成功したのだ。

この大ジョークのためには、ジョーカー・クラブの連中と絶交したり、気に入っている家を安く手ばなしたりすることは、なんでもなかった。真のジョーカーというものは、(注18)ビブリオマニアなんかと同じで、ジョークのためにはどんな犠牲《ぎせい》だって払うのだよ。

たった一つ残念なことがあった。それはこの大ジョークが世間全体を驚かすところまで行かなかったことだ。なぜかというと、戦争中の忙しさで、警察も新聞も、あの殺人事件を取り上げてくれなかったことだよ。それも無理はない。すべてが情況判断で、物的証拠が一つもなかったんだからね。

おれも一時は確証を残そうかと思った。美耶子と年ごろや体格の似た女の死体を、病院とか学校の解剖学教室から盗み出してきて、美耶子の着物を着せて埋めておくのだ。顔や皮膚の特徴がわからなくなってから、君たちに掘り出させるように仕組めばいいのだからね。だが、ぼくはそれはやらなかった。死体泥棒の罪を着るのがいやだった。本当の罪を犯すことは絶対に避けたかった。それでは折角のジョークが映えなくなってしまうからね。

平時だったら、おれは警察に追われ、結局つかまったことだろう。しかし、つかまっても、少しも驚くことはない。おれはジョークのほかには、なんにもやっていないんだからね。被害者と思われた美耶子は、おれのそばにいて、仲よく暮らしているんだからね」

わたしは、自分がもてあそばれたことも忘れて、この「ジョークの鬼」の言葉に、ほとほと感じ入っていた。あれが最初から企まれた複雑なジョークにすぎないことは、もはやなんの疑いもなかった。

そこへ、次《つぎ》の間《ま》から畳ざわりの音がして、美耶子がはいってきた。うしろに二人の緋の袴の官女ふうの娘を従え、その娘たちは一つずつ脚つきの客膳を捧《ささ》げていた。

美耶子は無造作に髪をたばねて薄化粧をし、普通の派手な和服に着更えていた。彼女はわたしの前にきちんと坐って、両手をついて、なにも言わないで丁寧におじぎをした。そして、顔を上げたとき、その眼の中に、羞恥《しゅうち》と謝罪の色がたゆたっていた。やっぱり美しかった。

「いつもは教主裏方の奇妙な不断着を着ているんだがね。きょうは君が来たので、おめかしをしたんだよ」

伊東は意地のわるいことをいって、わたしの顔をジロッと見た。だが、かれに悪意のないことはわかっていた。

据えられた膳の上には酒の徳利《とっくり》がついていた。美耶子はそれをとって、二人に酌《しゃく》をした。ニコニコしていたが、なにも言わなかった。

「おれの宗旨《しゅうし》は酒肉を禁じないからね。信者から四斗樽《しとだる》の寄進もあるんだ。これはいい酒だよ」

わたしは実に久しぶりに、かれと酒を汲《く》み交わした。あの当時は洋酒ばかりだったが、和酒の方が親しみが湧くものだ。

「それで、いまは教祖さまってわけだね。宇宙神秘教とは、つけもつけたねえ」

酒がはいって、わたしはなごやかな気分になっていた。

「衆生済度《しゅじょうさいど》には、こういう大げさな名前がいいんだ。不思議なものでねえ、この教団は日に日に発展しつつあるんだよ。信者はまだ五千人ぐらいだが、いまに十万にはしてみせる。支部も横浜から伊豆半島に五カ所ある。これも全国にふやすつもりだよ。おれは信者から寄進《きしん》を強請したりしない。だがお賽銭《さいせん》が自然に集まるんだね。おれは催眠術なんか使わないが、おれとしばらく話していると、煩悶がなくなるし、病気もなおるんだ。こっちが術をかけるわけじゃない。向こうの気のせいで、勝手になおるんだよ。人と人との微妙な関係だね。病気のなおったやつは、うんと御礼をもってくる。その上に信者を勧誘してくれる。ひとり病人をなおすと、平均百人の信者がふえると見ていいね。

いまでは教団に相当の貯金ができている。これが拡張費になるんだ。田舎の安い土地を買って、そこに神殿を建てる。信者が集まってくる。近所に商家ができる。地価が上がるというわけで、この金儲けは無限だよ。中には付近の地価の値上がりをあてにして、神殿の敷地の寄進を申しでるやつもあるんだ。宇宙神秘教の前途は洋々なるもんだ。

おっと、君は新聞記者だったねえ。むろん、こんなバカなこと書くんじゃないよ。

よろしく提灯《ちょうちん》を持っておいてくれよ。どうだ、君も新聞屋なんかよして、この教団にはいらないか。幹部にして優待するぜ」

「むろん内幕《うちまく》なんて書かないよ。昔のジョーカーのよしみだからな。しかし、教団にはいることは、少し考えさせてくれ。ひょっとしたら気が向くかもしれないんだがね。なににしても、君には兜をぬいだよ。プラクティカル・ジョークの鬼、ペテン師の王様だね。君はあのころプラクティカル・ジョークと犯罪とは、どっかで結びつくと言ってた。そして、君はそれを結びつけて見せた。こんどはジョークが神に結びついたじゃないか。すべて、一芸の極点は神か悪魔に結びつくってわけだな」

わたしたちは二時間あまりも懐旧談《かいきゅうだん》に耽った。美耶子ははじめのうち、まったく口を利かなかったが、二人が酔うにつれて、少しずつしゃべるようになった。しかし、わたしには丁寧な言葉を使って、昔のようなはすっぱな調子は一度も出さなかった。

夕方になって辞去したが、帰りぎわに、伊東は奉書《ほうしょ》に包んだかさ高いものをわたしのポケットに入れた。あとでひらいてみると、当時の金で十万円はいっていた。(注19)いまの百万円に当たるだろう。

わたしは帰りの電車にゆられながら、何度となく溜め息をついていた。ああ、一介のプラクティカル・ジョーカーも、ついにここまできたのか。かれの三段返しのトリックは、この四段返しにつづいていた。それは神の道であった。かれこそはこの道の天才だ。いや一種の超人でさえある。それに反してこのわたしは、かれにあれほどもてあそばれながら、しかもなお、かれに尊敬の念すら抱いている、世にも哀れな空気男であった。

（『ぺてん師と空気男』桃源社・昭和三十四年十一月）

注1　パンパン
　戦後の街娼。

注2　メフィスト
　正式名称メフィストフェレス。ドイツのファウスト伝説に登場する悪魔。

注3　8ポ活字
　1ポイントは0.3514mm。8ポイントは小さめの文字の大きさ。

注4　オピアム・イータア
　『阿片常用者の告白』。トマス・ド・クインシー（本文中ではデ・クィンシイと表記）の自伝文学。

注5　ヴィドック
　犯罪者から警察協力者になり、パリの捜査局長になった人物。のち個人事務所を設立、世界初の探偵とされる。

注6　ロバート・バートン『憂鬱の解剖学』
　ロバート・バートンは牧師。『憂鬱の解剖』一六二一年刊。憂鬱を医学的に解説した書物だが古典文学などにも言及している。
注7　リチャード・バートン『千一夜』
　リチャード・バートンは探検家。『千夜一夜物語』（アラビアン・ナイト）を英訳した。
注8　滝亭鯉丈『八笑人』
　江戸後期の戯作者。『花暦八笑人《はなごよみ》』は茶番に失敗する主人公たちを滑稽に描く。
注9　梅亭金鵞『七偏人』
　江戸から明治の戯作者。『妙竹林話《みょうちくりんわ》七偏人』は遊び人仲間の滑稽な日々を描く。
注10　十返舎一九
　江戸後期の戯作者。『東海道中膝栗毛』は、弥次郎兵衛と喜多八が江戸から伊勢、さらに京都、大阪へと旅をする滑稽本。
注11　スカイラーク
　アレン・スミスのプラクティカル・ジョーク集『いたずらの天才』に登場する架空の町。
注12　青山高樹町
　現在の港区南青山の一部。
注13　よたもん
　与太者。不良。やくざ者。
注14　地口

注15　語呂合わせを用いた一種の駄洒落。

『純正科学の一種としての詐欺』エドガー・アラン・ポーの「厳正科学の一として考察したる詐欺」(「詐欺・精密科学としての考察」)

注16　ザングウィル「ビッグ・ボウ・ミステリ」イズレイル・ザングウィル『ビッグ・ボウの殺人』。一八九一年に「ロンドン・スター」紙に連載された。

注17『椈屋敷』コナン・ドイルの短篇集『シャーロック・ホームズの冒険』の一篇。父が娘の替え玉を使って財産を狙う。

注18　ビブリオマニア　愛書狂。書物収集狂。強烈な本好きのこと。

注19　いまの百万円　現在の二、三百万円。

堀越捜査一課長殿

異様な封書

警視庁捜査一課長堀越貞三郎《ほりこしていざぶろう》氏は、ある日、課長室で非常に部厚い配達証明の封書を受け取った。

普通のものより一まわり大きい厚いハトロン封筒で、差出人は「大阪市《おおさか》福島区《ふくしま》玉川《たまがわ》町《ちょう》三丁目、花崎正敏《はなざきまさとし》」とあり、表面には東京警視庁の宛名を正しく書き、「堀越捜査一課長殿、必親展《しんてん》」となっていた。なかなかしっかりした書体なので、よくある投書にしても、軽視はできないように感じられた。堀越課長は封筒の表と裏をよくあらためた上で、ペンナイフで封を切ったが、そのとき、「わざわざ東京へ送ってよこしたのは、東京警視庁管内に関係のある事柄だな」と考えた。しかし、思い出してみても、花崎正敏という人物には、まったく心当たりがなかった。

封筒をひらくと、中にもう一つ封筒がはいっていた。そして、その封筒を包むようにして五枚とじの書簡箋《しょかんせん》が同封してあった。まずそれをひろげてみると、そこには、外封の書体と同じ筆蹟《ひっせき》で、こんなことがしるしてあった。

「私は大阪市内で発行しております「関西経済通信」編集長、花崎正敏というものでございます。一面識《いちめんしき》もない私から、突然手紙をさしあげますのには、深い理由があるからであります。私は今から一カ月ほど前、大阪市此花区《このはな》春日出町《かすがでちょう》二丁目の福寿《ふくじゅ》相互銀行専務取締役、北園壮助《きたぞのそうすけ》氏から、同封の封書を手渡されました。北園氏はそのとき、重患《じゅうかん》の病床にあったのですが、「僕はあと一《ひ》と月も生きられるかどうかわからない。医者は隠しているけれど、自分には死期の近づいていることが、よくわかる。この封書を君に預けるから、僕が死ぬまで大切に保管して、僕が死んだら、すぐに東京の警視庁の堀越捜査一課長あてに、配達証明郵便で送ってくれ。僕は君を信用して、これを頼むのだ。この封筒の中には、非常に重大な文書がはいっている。僕が死ぬまでは、誰にもうちあけたくない秘密が封じこめてある。だから、君も決して封をひらいてはいけない。君を男と見こんで頼むのだ。約束してくれたまえ。決してこの中を見ないことと、僕が死んだら、必ずすぐに堀越氏宛てに送ることを、誓ってくれたまえ」北園氏は、実に真剣な調子で、そう言われたのです。私はそれを引きうけました。約束通り、この封筒の中は見ておりませんから、どういう文書がはいっているかは、まったく知らないのです。北園氏は三日前に胃癌が悪化してなくなられ、きのう告別式が行なわれました。そこで、約束に従って、あなたにこの封書をお送り申し上げる次第です。

北園壮助氏はかぞえ年四十一才の独身者です。奥さんは二年前になくなられ、子供もなく、又、再婚もしておられませんので、まったく孤独の人でした。父母も兄弟も死亡して、遠い親戚がないではないが、文通もしていないということでした。私は「関西経済通信」の編集のことで、福寿相互銀行をたびたび訪ねているうちに、専務の北園氏と知り合いになり、お宅へもお出入りするようになって、非常に親しくしていただいておりました。この重要な文書を、会社の人に託《たく》さないで、私にお頼みになったのも、そういう関係からであります。

そういうわけで、この封書は、北園氏が死際《しにぎわ》に、私を信じて託された大切なものですから、普通の投書などと混同なさらず、きっと御一読くださるよう、お願いする次第であります。尚、御参考までに書き添えますが、北園氏はこれと同じような厚い封書を、もう一通私に託されました。その宛て先は東京丸ノ内《まるのうち》の東和《とうわ》銀行本店庶務部長、渡辺寛一《わたなべかんいち》氏です。やはり内容を見ないで、死後に郵送するようにということでありましたので、この手紙と同時に配達証明便で送りました。では、同封の封書をお取り捨てにならないで、御熟読くださることを切にお願いします」

堀越課長はこれを読んで、異常な興味を感じないではいられなかった。問題の封書を取り上げてみると、やはり厚手のハトロン紙で、ズッシリと重く、表面には「東京警視庁堀越捜査一課長殿」、裏面にはただ「北園壮助」と、達筆な毛筆でしるしてあった。

（はてな、北園壮助、ずっと前に、何かの事件に関係して、聞いたことのある名前だぞ。たぶん、おれの署長時代のことだ。だが、思い出せない。被疑者《ひぎしゃ》じゃない。被疑者なれば覚えているはずだ。証人かもしれない。いずれにしても、はじめての名前じゃないぞ）

堀越課長は、そうおもったので、しばらく、その北園壮助という署名と睨《にら》めっこをしていたが、どうしても思い出せなかった。そこで、ペンナイフで丁寧に封を切って、中身を取り出してみた。書簡箋七、八十枚を綴《と》じたものに、こまかいペン字でビッシリと何か書きつけてあった。

とても執務時間中に読める分量ではない。うちに帰ってから、ゆっくり読もうと、封筒に戻して、ポケットに入れかけたが、どうも我慢ができなかった。読みたくて仕方がなかった。また取り出して、せめてはじめの方だけでもと、読みはじめた。そして、とうとう退庁時間までに、読み終ってしまった。むろん、たびたび妨《さまた》げられた。下僚《かりょう》が報告にきたり、判こを貰《もら》いにきたり、新聞記者がやってきたりして、今にも疑問が解けようとするところで、手紙をおかなければならなかった。それだけに、いわゆるサスペンスが長くつづき、堀越課長は、授業中に教科書の蔭で小説本を盗み読みする中学生のような、もどかしさと、そこから生ずる一種異様の楽しさとを味わったものである。

その手紙は、読み終っても一度ではやめられないほど、驚異に満ちていた。課長は官宅に帰る自動車の中で、又、手紙を取り出して、読みはじめ、うちに帰ってからも、食事はあとまわしにして、読み耽《ふけ》った。

課長が、それほど興味を感じたのも無理ではない。その手紙には、今から五年前、彼が渋谷署長時代に、管内に起こった迷宮《めいきゅう》入りの不思議な事件の秘密が、事こまかに解きあかされていたのである。次にその興味ある手紙の全文を、内容からして前段と後段とにわけて掲げることにする。

前段

堀越捜査一課長殿
私はあなたとは一面識もないものです。今から五年前、あなたの部下に参考人として尋問《じんもん》を受けたことはありますが、あなたには一度もお会いしておりません。しかし、あなたはむろん御記憶でしょう。五年前の昭和二十×年十二月、あなたが渋谷署長をなすっていた時に、渋谷区栄通《さかえ》りの東和銀行渋谷支店から、一千万円入りの輸送袋が盗まれた事件を、よもやお忘れではありますまい。あれは不思議な事件でした。単独犯行ではありましたが、いわば銀行ギャングに類する、白昼の派手やかな事件だったものですから、新聞やラジオは随分騒ぎました。盗まれた金額から考えられる以上の恐ろしいセンセイションを起こした事件です。ですから、地元の渋谷警察はもちろん、警視庁でも、手をつくして犯人を捜索されました。それにもかかわらず、あの事件は迷宮入りになってしまったのです。犯人が煙のように消えうせたからです。晴天の午後二時でした。人通りの多い町の中です。犯人自身も目につきやすい風態《ふうたい》をして、その上、でっかい札束入りのズックの袋を、かついでいたのです。それが、衆人の目の前からスーッと消えうせてしまいました。

あなたは今、警視庁捜査一課長として、大いなる名声を博しておられます。殊《こと》に最近はあの向島《むこうじま》三人殺し事件捜査の中心人物として、あなたの写真が新聞にのらない日はないくらいです。五年前、渋谷署長であられた頃も、あなたは名署長でした。次々と起こる大小の事件を、片っぱしから明快に処理せられ、管内の治安に、累代《るいだい》の署長に比べるものもないほどの功績をあげられました。ですから、あの東和銀行支店の盗難事件は、あなたにとって、たった一つの汚点でした。あなたの部下は、逃げる犯人を、今にも背中に手が届きそうな近さで、追跡したのです。人の寝しずまった真夜中ではありません。ゾロゾロその辺を人が動き廻っている白昼です。それでいて、犯人に消えられてしまったのです。警官諸君はもちろん、あなたの無念さは想像にかたくありません。

警視庁でも、あなたの署でも、あらゆる手段を講じて、犯人捜索に努力せられました。しかし、警視庁管下の全警察力をもってしても、ついに犯人を発見することができず、迷宮入りの事件の一つとなってしまったのです。

その、あなたにとっては、たった一つの汚点である、残念な事件の真相を、私は詳しく存じておるものです。それを、あなたにお知らせしたいのです。今ごろになって、何を言うかと、お叱りを受けるでしょうが、それには止むを得ない事情がありました。関係者が生きているあいだは、真相を語れない複雑な事情があったのです。しかし、私を最後に、あの事件の関係者は、犯人をはじめ皆この世を去ってしまいました。真相を発表しても、もう誰も迷惑をするものはないのです。そこで、私がまだ筆を執《と》れるうちに、あの事件の真相を詳しく書きしるし、私の死後に、これをあなたに送るよう、信頼のできる友人に託しておくわけです。

犯人や関係者が死んでしまってから真相を発表して、なんの効用があるのだ。ただ警察を侮辱《ぶじょく》するにすぎないではないかと、おっしゃるかもしれません。しかし、効用はあるのです。敗戦直後に比べて、警察官の質は非常に向上しました。科学捜査の施設も完備してきました。でも、警察官一人一人のちょっとした注意力によって、手掛かりを掴みうるような場合に、それを見のがしてしまうことが屡々《しばしば》あるようです。東和銀行盗難事件にもそれがありました。一度だけではありません。そういう見のがしが、少なくとも二度はあったのです。

しかし、あらゆる微細《びさい》なものを、一つものがさず注意するということは、人間わざではできないことかもしれません。いくら老練《ろうれん》な警察官でも神様ではないからです。すると、そういう微細な見のがしに、巧みに乗じた犯罪は、結局成功するということになりますね。生意気を言うようですが、ここに警察官に対する大きな教訓があると思うのです。この事件の犯人は、常軌《じょうき》を逸《いっ》して頭のいいやつでした。そして、常識はずれの手段を発明したのです。老練な警察官は非常に広い捜査学上の知識と、多年の実際上の経験を持っておられます。しかし、そこにはまだ隙《すき》があります。常軌を逸した犯人の着想は、あなた方の盲点にはいる場合があるのです。あなた方は犯罪捜査についてのあらゆる知識をお持ちですが、犯罪がひとたび常軌を逸してしまうと、それはあなた方の知識外になるのです。そういう意味で、この事件の真相は、警察官一般にとって、重要な参考資料となるのではないかと思います。この手紙を書きます理由はまだほかにもあるのですが、そういう捜査上の参考資料としてだけでも、あなたの御一読を煩《わずら》わすねうちは充分あると信ずるからです。では、前置きはこのくらいにして、事実にはいります。

この事件は、あれほどセンセイションを起こしたのですから、まだ、あなたの御記憶にあるかと思います。もし細部をお忘れになっていても、当時の事件記録をお取りよせになれば、詳しくわかることではありますが、そういう面倒を避け、又、あなたの薄れた御記憶を補う意味で、一応、事件そのものの経過をしるすことにいたします。

今から五年前の昭和二十×年十二月二十二日、火曜日、午後二時ごろ、渋谷区栄通りの東和銀行渋谷支店の横丁に一台の自動車がとまっていました。タクシーではなく、丸ノ内の東和銀行本店から、さし廻された自動車ですが、外見は別に普通のハイヤーと変わりはありません。運転手は本店常傭《じょうやと》いの事に慣れた男でした。

そこへ、渋谷支店の横の出入り口から、二人の行員が出てきました。その一人は、両手で大きな角ばった麻袋をかかえています。毎日行なわれる現金輸送なのです。輸送の途中で、現金袋が強奪される事件が、ときどきありますので、多くの銀行では、犯人の注意を惹《ひ》きやすい閉店時間を待たず、日中、人通りの多い時間を選んで、現金輸送をするようです。

支店の二人の行員は、輸送袋を守って、出入り口から自動車に近づいていきました。自動車までは五メートルぐらいしかありません。それに、その横丁は可成《かな》り広い通りで、歩行者や自転車に乗った人たちが、たえず往き来していました。犯人の乗ずる余地はないはずです。その上、すぐそばの四つ角に、交番があり、その前にはいつも警官が立ち番をしていたのです。

行員は毎日のきまりきった行事ですし、近くにおまわりさんさえいるのですから、つい油断をしていました。まず第一に、この油断がいけなかったのです。輸送袋を、強奪されないように、しっかり抱きしめていなかったことが、いけなかったのです。

どこか、その辺の軒下《のきした》に身をひそめて、最好の時機を待ちかまえていたのでしょう、一人の頑丈《がんじょう》な男が、突然、パッと飛び出してきて、輸送袋を持っている行員に、烈《はげ》しくぶっつかり、袋が地上にころがりおちたのを、恐ろしい素早さで拾いあげると、風のように走り出しました。

それが人間わざとも思われない素早さだったので、二人の行員は、盗難ということがハッキリわからず、一瞬間ポカンとしていましたが、すぐに気を取りなおして、大声にわめきながら、追っかけました。それに気づいた自動車の運転手も、車を飛び出して、追跡に加わろうとして、とっさに、うしろの町角の交番のことを思い出し、そこにかけもどって、警官に呼びかけまして、そして、警官と、行員二人と、運転手とで、賊のあとを追ったのです。町を通っていた人たちで、弥次馬《やじうま》根性から、それについて走ったものも少なくありません。賊と追っ手との距離は十メートルほどもありました。その距離がなかなかせばまらないのです。むろん賊の逃げる方向から歩いてくる人たちもあったのですが、賊の物凄い形相《ぎょうそう》に恐れをなして、誰ひとり阻止しようとするものもありません。

賊はせまい町をグルグル廻って、結局、銀行から三百メートルほどの場所にある、松濤町《しょうとうちょう》の松濤荘へ逃げこみました。このアパートは都営アパートほど部屋数はありませんが、やはり鉄筋コンクリートの高級アパートで、かくいう私も、当時そこの一階に住んでいたのです。そのころは、未だ小説家にあきらめがつかず、二流の娯楽雑誌などに、つまらない小説を書いていたものです。これには説明を要しますが、二流雑誌の原稿料などでは、とても松濤荘などに住むことはできません。実は私は、なくなった親から譲られた土地と家屋が田舎にありまして、それを売って、株をやっていたのです。小説家と株の投機なんて、まるで縁がないように見えますけれども、数多い文士《ぶんし》の中には、そういう例がないでもありません。現在の相互銀行専務という職業からも御想像願えると思いますが、私は株がなかなかうまくて、損をすることは滅多になく、ときどきは小金《こがね》を儲《もう》けたものです。

それで相当贅沢《ぜいたく》な独身生活がつづけられました。

さて、賊はその松濤荘に飛びこむと、廊下を走って、なんと、私の隣室へ隠れたではありませんか。私はその騒がしい物音を聞きました。でも、まさか、あれほどの事件とは知らないものですから、しばらく躊躇《ちゅうちょ》していましたが、そとの騒ぎは大きくなる一方です。数人の人が何かわめいています。「合鍵《あいかぎ》だ、合鍵だ、管理人を呼べ！」とか、「裏へ廻れ、窓から逃げるかもしれないぞ！」とかいう叫び声がきこえます。そして、ドンドンと、破れるほど隣室のドアを乱打するのです。

私ももうじっとしていられなくなって、廊下へ飛び出しました。隣室の前には、制服の警官と二人の背広の男が、ひどく昂奮《こうふん》して立ち騒いでいます。もう一人の詰襟《つめえり》の黒服を着た男が、廊下を入口の方へ駈け出して行くのがチラッと見えました。これが銀行の自動車の運転手で、建物の裏に廻って、犯人が窓から逃げ出すのを防ごうとしたのだということが、あとでわかりました。

そこへ、アパートの管理人が合鍵を持って、駈けつけてきました。ドアはすぐにひらかれました。警官と二人の男が飛びこんで行きます。私よりも先に、数人のアパートの住人が廊下に出て、遠まきにこの騒ぎを見ていましたが、その人たちも、ひらかれたドアに近づいて、室内をのぞきこみました。

ここでちょっと、アパートの部屋の構造を説明しておきます。ドアをあけると、一坪ほどの玄関、その向こうが八畳ほどの洋室になっていて、一方の隅《すみ》にベッドがあります。その洋室の窓が南側の裏庭に面しているわけです。浴室はなく、簡単な炊事場と便所が、洋室と壁を隔てた右側についております。私自身の部屋もこれと同じ造りでした。

玄関と洋室との境は板のひらき戸になっているのですが、賊はその板戸をひらいたままにしておいたので、入口のドアのところから、洋室の大部分が、向こうの窓まで見通せるのです。その窓もあけはなってありました。そして、賊はもう室内にはいなかったのです。

私はすぐ隣室の住人のことでもあり、又、小説家という職業からいっても、こういう事件には大いに興味がありますので、ほかの住人たちが遠慮をしているのを尻目《しりめ》に、ズカズカと部屋の中へはいって行きました。みんなが裏庭に面する窓のところにかたまっているので、私もそのうしろから庭をのぞいてみました。すると、実に奇妙な光景が眼にはいったのです。

さっきの制服の銀行の運転手が、低いコンクリート塀の上に、馬乗りになって、その向こうの町を通る人にわめいているのです。

「三十ぐらいの鼠《ねずみ》色に格子縞《こうしじま》のある背広を着たやつだ。このくらいの」と両手で大きさを示しながら「大きな麻袋をかかえるか、かつぐかしていた。そういう男が走って行くのを見ませんでしたか」

そとからの返事は、声が低くて聞きとれませんが、どうやら否定しているようなあんばいです。そこで運転手は又べつの方向に向きなおって、叫ぶのです。

「そちらのかた、あなたも見ませんでしたか。今言ったような、特徴のある男です。肩幅の広いヨタモン(注1)風の青年です」

しかし、そちらの人も、そういう男は見なかったという返事らしいのです。その道路は狭い裏通りですが、人通りはたえずあるので、運転手は次々と同じ問いをくりかえしましたが、不思議なことに、右からくる人も、左からくる人も、賊らしい男を見たものが一人もないのでした。といって、その町には人間の隠れられるようなものは何もありません。公衆電話も、ポストも、マンホールさえないのです。又、塀の向こうがわは、大きな自転車店とその倉庫で、店には数名の店員がいるのですが、あとでよく調べてみますと、その店員たちも、怪しい男が塀をのりこすのも、走って行くのも見かけなかったということでした。倉庫の中に隠れたのでないことも確《たし》かめられました。

「塀をのりこさないで、庭を右か左へ逃げたんじゃないか」

こちらの窓から、警官がどなりますと、運転手は怒ったような顔をして、塀の下の地面を指さしました。

「この靴跡をごらんなさい。いまついたばかりだ。そっちのは僕の足跡です。ほかに足跡というものが一つもないじゃありませんか。ジュクジュクした土に、足跡を残さないで逃げられますか。その窓からこの塀までつづいているのが、賊の足跡にきまってます。ホラ、ごらんなさい。この塀にも泥靴でよじのぼったあとが、ちゃんとついている。賊は塀をのりこして逃げたにちがいないのです」

それでいて、塀のそとを通りかかる多勢の人が、又向こう側の自転車店の店員たちが、一人も賊の姿を見なかったのは、どうしたわけなのでしょう。すれちがった人でも、うっかり気がつかないという場合はあります。一人や二人は、そういう見おとしがあっても不思議ではありません。しかし、通行人の全部が、また、店員が、例外なく見かけなかったとすると、これは恐ろしく不合理な話になります。人間一人、煙のように消えてしまったとしか考えられなくなるのです。

犯人の風体《ふうてい》を耳にしたとき、私はすぐにそれが何者であるかを悟りました。そんな大柄な格子縞の背広を着た男が、ザラにあるものではありません。「名作読物」社の編集員、大江幸吉《おおえこうきち》です。彼は私の隣室の住人だったのです。犯人が逃げこんだ部屋は大江幸吉の住居だったのです。部屋を借りるとき、紹介してやったのも私でした。その懇意《こんい》な男が、大それた銀行ギャングだったとわかって、私は仰天《ぎょうてん》しました。翌日になっても、彼が隣室へ帰ってこないので、それが一層確実になりました。そして、彼は永久にその部屋へは帰ってこなかったのです。

それから捜査活動は、万遺漏《ばんいろう》なく行なわれました。犯人の逃走距離を時間によって推定して、その外周一帯に非常線が張られました。

松濤荘には、やがて、警視庁からも、渋谷署からも多勢の人がこられ、建物の内部と外部の捜索がつづけられました。当時渋谷署長であられたあなたは、なぜかその時は、姿を見せられませんでした。もし、あの時、あなたが松濤荘へ来ておられたら、私もお目にかかれたでしょうに、ついその後も機会がなくて、お会いせずじまいになってしまいました。

犯人の大江幸吉は、まだ室内のどこかに隠れているのではないか、又、彼の住居から、何か手掛かりが摑めるかもしれないというので、彼の部屋の台所から便所まで、くまなく調べられました。しかし、どこにも人間の隠れられるような場所はなく、又、これという手掛かりも発見されませんでした。彼の部屋が管理人の合鍵でひらかれてから以後は、ドアのそばにも廊下にも、アパートの住人たちが、ずっと立っていましたし、裏の窓の方には行員や警官などがいたのですから、一時部屋のどこかに身をひそめて、人々の油断を見すまして、逃げ出すということも、絶対にありえなかったわけです。

アパートの建物はコンクリートの二階建てで、上下に八世帯ずつ、都合十六世帯が住んでいたのですが、その建物のまわりを、庭ともいえないような狭い空き地が、グルッと取りまいているので、そこも入念に調べられました。前々日まで雨が降っていて、庭の土は全体にやわらかく、もしそこを人が歩けば、必ず足跡がつくような状態でした。それにもかかわらず、さっきの窓から塀までの足跡のほかには、疑わしい足跡は庭全体に一つもないことがわかったのです。よく小説などには、綱渡《つなわた》りをしたり、綱にすがって、それをブランコのように振ったりして足跡を残さないで塀のそとに出る話がありますが、この事件の場合には、時間的にそんな余裕もなかったのですし、そういう冒険をした痕跡もまったく発見されませんでした。

塀のそとの犯人の消えた道路は、多勢の刑事諸君が右往左往《うおうさおう》して、綿密に調査しました。又自転車店の店員や、その道路に入口のある家々は、残りなく調査せられ、又、厳重な質問を受けました。しかし、なんの手掛かりもないのです。そういう町の捜査は、松濤荘の周辺一帯についても行なわれました。酒屋や八百屋、肉屋などの御用ききだとか、よく外出する人々を、一人一人、しらみつぶしに調べました。そして、それらの凡《すべ》てが徒労《とろう》に終ったのです。

こんなふうに書きますと、警官でもない私に、どうしてそこまでわかるのかと、お疑いになるでしょうが、これらのことは、皆あとになって、渋谷署のあなたの部下であった捜査主任に詳しく聞いたのです。その捜査主任はたしか木村《きむら》さんといいました。この人には、その後二、三度尋問を受けましたので、その機会に、こちらからも、いろいろお聞きすることができたのです。私はこの事件の参考人として、根掘《ねほ》り葉掘《はほ》り、木村さんの尋問を受けました。といっても、署に呼び出されたことはなく、いつも木村さんがアパートの私の部屋へ出向いてくださったのですが。

アパートの建物全体も、一応捜索を受けました。殊に犯人大江幸吉の両隣の部屋と、真上の二階の部屋が、厳重に調べられました。それはこういうわけなのです。松濤荘には、各階に、庭に面するガラス窓のそと側に、巾二尺ぐらいのコンクリートのヴェランダのようなものがついています。つまりコンクリートの縁側《えんがわ》のようなもので、それに低い鉄の手すりがついているのです。そして、一世帯ごとに、コンクリートの厚い隔壁《かくへき》があり、その隔壁に添って、建物の壁に接して、太い樋《とい》が、二階の大屋根からズッとおりています。この隔壁で、勝手に隣同士行き来ができないようになっているのです。その隔壁は、ヴェランダのそと側の手すりよりも、もっとそとへ突き出してあるので、もしそれを越えて、隣のヴェランダへ行こうとすれば、ちょっと曲芸のようなまねをしなければなりません。でも、そういう曲芸さえやれば、行けないことはないのです。警察はそこへ目をつけました。犯人はその曲芸をやって、右か左の隣室へ逃げこんだのではないのか。そして、廊下の人たちの油断を見すまして、廊下の方のドアから、コッソリ逃げ出したのではないか、という疑いです。

この考えは庭の足跡と矛盾します。足跡は塀まで行ったまま帰っていないのですから、それが犯人の足跡だったとすれば、同時に隣室へは逃げられなかったはずですが、警察としては、犯人の靴を手に入れたわけではなく（大江幸吉は一足しか靴を持たず、彼の部屋から余分の靴は発見されなかったのです）庭の足跡を犯人のものと確定することはできないので、それはそれとしておいて、他の可能性をも調査したわけでしょう。

それからもう一つは、二階の真上の部屋です。犯人にもし機械体操《きかいたいそう》の心得があれば、二階のヴェランダの縁にとびついて、二階の窓にのぼりつくことも不可能ではありません。ですから、この左右と上との部屋は最も綿密に、そのほかの全部の部屋も一応は、手分けをして調査したのです。その結果、今言ったような逃亡手段も、まったく不可能であったことが、わかってきました。

右、左、上の三つの部屋には、犯人が消えうせたずっと前から、皆、人がいたのです。それも、裏窓に面した洋室にいたのです。そして、窓から犯人がはいってきたようなことは、絶対にないと証言しました。私自身も、犯人の右側の部屋に住んでいましたので、その証言をした一人なのです。

ここで又ちょっと説明しておきますが、このアパートは、一階も二階も大体同じ間取りで、中央に廊下があり、その左右に四世帯ずつの部屋がならんでいるのです。それで、一階に八世帯、二階に八世帯、都合十六世帯になります。犯人大江幸吉は一階の南側に面した中央の部屋に住んでいました。その右隣が私の部屋、左隣が鬼頭《きとう》という独身の私立大学の助教授の部屋でした。この人も事件の時に在宅して、裏窓に面した机に向かっていたというのですから、まちがいはありません。むろん犯人はその左隣の部屋にも侵入しなかったのです。一部屋通りこして、もう一つ向こうの部屋まで行ったのではないかということも、考えられますが、裏窓はすき通ったガラス戸ですから、そのそとを人間が通りすぎたとすれば、見のがすはずがありません。

くどいようですが、ここは肝腎《かんじん》なところですから、もう一とことだけつけ加えます。それなら、私と鬼頭氏とが、窓のそとを通る男に気がつくような位置におったのなら、犯人が自分の部屋の窓から塀まで走るところ、その塀をのりこすところも、見えたはずではないかという点です。それには警察でも気づいて、私も鬼頭氏も、くどく尋ねられましたが、二人とも、それはまったく見ていなかったのです。私のほうは、必ずしも窓のそとを見ていたわけではありませんが、鬼頭氏は窓に向かって書きものをしていたのですから、犯人が塀をのりこすというような際立った動きを、眼の隅に感じないはずはありません。それがまったく気がつかなかったとすると、実に不思議な話です。私にしても、窓のほうは見ていなかったにしても、部屋は一つきりなんですから、犯人が隣室の裏窓をあける音、走る姿、塀をのりこす騒ぎに、気がつかないはずはありません。しかし、私もまったくそういう動きを見ていないのです。

犯人の真上の部屋には会社員の夫婦が住んでいましたが、事件のときには、奥さんだけが部屋にいました。これも窓のそとを眺めていたわけではなく、窓に向かった椅子にかけて編みものをしていたのだそうです。しかし、目の下の塀をのりこす人間があれば、当然、眼の隅で捉《とら》え得たはずなのに、この奥さんも、そういうものは何も見なかったという答えでした。

裏庭に面した部屋は、一階と二階で八世帯あり、事件のとき部屋にいた人は、そのほかにも数人はあったのですが、その誰もが、庭を走ったり塀をのり越したりする人の姿を見ていないことがわかりました。

へんなことを書くようですが、私は何かの本で読んだトルストイの言葉を思い出しました。「君がこの世で一番怖《こわ》いと思う怪談は何か」と問われたとき、トルストイは「見渡す限りの雪の原っぱに、人間も動物もまったくいないのに、ただ一足の靴跡だけが、ザクッザクッと雪の上に印せられていく光景、これが一番怖い」と答えたというのです。この事件の犯人は庭に足跡だけを残し、しかし、その姿は誰にも見せていないのです。当然見るべき人々が、一人も見ていないのです。トルストイの怪談ではありませんか。

五日たっても十日たっても、犯人大江幸吉は、この世のどこにも姿を現わしませんでした。あんな大きな荷物を持って、あんな派手な洋服を着て、どこの非常線にも引っかからなかったのです。五日や十日ではありません。一と月、一年、そして満五年がすぎ去った現在まで、彼はまったくこの世に姿を現わしません。盗みとった一千万円は、いったいどうなったのでしょうか。念のために書き添えますが、本店へ輸送する札束は、支店の窓口で受け取ったものが大部分ですから、古い紙幣ばかりで、その紙幣番号の控えなどまったくないのです。

犯人の右と左と上の部屋が綿密に調べられたと書きましたが、その調べがどの程度のものであったかを、私の場合を例にとって、しるしてみます。

あとでわかったのですが、そのとき私の部屋を調べられたのは、渋谷署のあなたの部下の木村捜査主任でした。それに犯人を追ってきた銀行員の一人がつきそっていました。探すものは犯人大江と盗品の札束入り麻袋です。玄関から洋室、炊事場、便所と、あらゆる隅々が探され、ベッドの下、洋服ダンス、押入れ、そのほか札束を隠せそうな場所は、残りなくあけて見られました。麻袋の中には千円札の百万円束が、ちょうど十個入っていたのです。百万円束を一つずつに分ければ、ちょっと大きな引出しにでも、はいるのですから、私の部屋の引出しという引出しは、全部ひらいて調べられたわけです。
（注2）
そのとき感心したのは、木村さんは、テレビの受像器《じゅぞうき》の中まで調べられたことです。私は株の方で、ちょっと儲けていたものですから、そのころ輸入されはじめた十七インチのテレビ受像器を買って、部屋においてあったのですが、木村さんはそのテレビの箱のうしろの蓋《ふた》をひらいて、中をのぞいてみるほどの熱心さでした。

しかし、それほどに調べても、何も出てこなかったのです。私の部屋だけでなく、ほかの部屋も同じことでした。

　さて、次には犯人大江幸吉がどんな人物であったかということをしるさなければなりません。アパートの住人のうちで、大江と親しくしていたのは私だけでしたので、木村さんは、その後二度も私の部屋を訪ねて詳しく尋ねられました。

　当日とその二度の場合とにお答えしたことを要約して、大江の人物について、書いておくことにいたします。

　私が大江と知り合ったのは、事件の起こる二《ふ》た月ほど前、新宿の酒場で偶然話しかけられたからです。彼の勤めている「名作読物」という雑誌には、私もときどき寄稿《きこう》していますので、彼の方では私をよく知っていて、話しかけたのです。彼はなかなか面白い男で、私も酒好きですから、だんだん親しくなり、ときどきは一緒に呑み歩くこともありました。

　そのころ大江はかぞえ年三十才だと言っていました。私より五つ年下です。ちょっとヨタモン風な美男子で、女には好かれるほうでした。肩幅が恐ろしく広くて、派手な柄のダブル・ブレストがよく似合いました。髪は油っけなしのモジャモジャ頭にしていました。当時はやりのリーゼントスタイルではないのです。彼はちょっと話したのではわかりませんが、内心はひどくエキセントリックな男らしく、その片鱗《へんりん》がモジャモジャ髪にも現われていたという感じです。眉は濃いボウボウ眉毛で、近眼の目がねをかけていましたが、それが当時はやり出したばかりの、あの上部の縁だけ太くなっている、ドギツイ型のやつでした。目がねの中に、文楽《ぶんらく》の人形のような大きな黒玉が異様に光っていました。黒玉といっても、彼のは茶色なのですが、それが眼の白い部分に比べて、ひどく大きいので、じっと見つめられると、何か魔物にでも魅入《みい》られるようで、恐ろしくなるほどでした。鼻には別に特徴はありませんが、顎《あご》はひどく張っていました。ですから、顔は真四角な感じで、よく下駄のような顔というあれなのです。遠くから見ても、一目でわかるほどでした。彼の人相書を書くとすれば、茶色の虹彩《こうさい》の異常に大きい眼と、この四角な顎の二点でしょうね。

そういう際立った特徴を持っているのですから、いくら服装をとりかえてみても、すぐに気づかれるはずなのに、それが発見できなかったというのは、どうしたわけなのでしょうか。

大江と知り合いになってから、一と月半ほどたったころ、松濤荘の私の隣の部屋があくことになりました。アパートの部屋が無条件であくなんて、当時としては珍しいのですが、この松濤荘の経営者は、部屋の権利の転売については非常に厳重で、居住者が他に移転するときは、ハッキリ部屋をあけさせることにしていました。そこで一応保証金を返し、次の申込者の中から適当な人を選んで、改めて保証金を取るというやり方でした。

　私が酒場で大江と会ったとき、その話をしますと、是非借りたいというので、私の友人としてアパートの管理人に紹介したわけです。すると、私が相当ゆたかに暮らしているのと、大江も風采《ふうさい》はなかなか立派なので、首尾よく部屋を借りることができました。保証金は八万円で、雑誌記者などには大金でしたが、これも大江はどこからか都合をしてきました。そういうわけですから、事件が起こったのは、大江が私の隣の部屋に来てから、十数日しかたっていなかったのです。おそらく彼は、最初から銀行泥棒をやる目的で、東和銀行支店に近い松濤荘を選んだのではないでしょうか。

　木村捜査主任は、むろん私の話だけでは満足せず、「名作読物」社の方も調べました。そして、その結果を私に話してくれましたが、大江がその雑誌社にはいったのも、ごく近頃で、最初に私と酒場で会った一と月ほど前だったのです。木村さんは社長に会って、いろいろ聞きだしたそうですが、社長も大江の前身は少しも知らないのでした。ある有名な小説家の紹介名刺を持って、ヒョッコリやってきて、使ってくれと申し込んだのだそうです。話してみると、作家や画家のことをよく知っていますし、編集についても一見識《けんしき》あり、風采もよく、現代風の美男子なので、社長もつい惚《ほ》れてしまって、あとから、その名刺の作家に問い合わせてみると、「深くは知らないが、二、三度一緒に酒を呑んだことがある。なかなか面白い男だ。まあ使ってやりたまえ」というような返事だったと言います。この作家は非常なはやりっ子で、「名作読物」なんかには、とても原稿をくれないような人でしたから、社長は、大江を採用すれば、その作家の原稿がとれるかもしれないという下心《したごころ》から、あまり詳しくも調べないで、入社させたわけでした。

そこで、木村捜査主任は、その作家をはじめ、大江が出入りしていた作家や、ほかの雑誌社の呑み友だちなどを、できる限りたずね廻って、聞いてみたそうですが、誰一人大江の前身を知ったものがないのでした。この方面はプッツリ糸が切れてしまったので、木村さんは、大江が松濤荘へくる前のアパートを調べました。それは大江が松濤荘へはいるときに書かされた借室証にしるしてありましたので、その町へ行ってみますと、そんなアパートはまったく存在しないことがわかりました。大江はでためを書いていたのです。又、借室証にしるされた大江の原籍《げんせき》地へも照会してみましたが、それもでたらめでした。原籍地の戸籍簿のその町名には、大江などという姓は一人もないということがわかったのです。

これで、大江の銀行泥棒は、決して一時の思いつきでないことがわかりました。まず絶対に自分の過去がわからないようにした上で、私に近づき、銀行泥棒には最も好都合な松濤荘へ入りこんだのです。そして、どういう手段かはまったくわかりませんが、松濤荘の一室に逃げこんだまま、煙のように消えうせてしまったのです。

迷惑なのは私でした。私は松濤荘に対して大江の保証人になっていました。ちゃんと判こが捺《お》してあるのです。私はさし当たって、犯人大江の最も身近な人物なのです。木村さんがたびたび私を訪ねて、根掘り葉掘りお尋ねになったのも無理はありません。

こうして犯人の前住所や原籍の筋さえプッツリと絲《いと》が切れてしまったので、もうどうすることもできません。警察では犯人の人相をたよりに、気永《きなが》な捜査をつづけるほかなくなったようでした。

木村捜査主任は、よほど諦めきれなかったもようで、大江の知り合いのものを全部洗い立てたほかに、彼が出入りしていた新宿のバーなどを、木村さん自身で呑み歩いて、マダムや女給から聞きこみをやっていました。

これは木村さんに聞いたのではありません。事件から三、四日たったある日、新宿のドラゴンというバーの美しい女給が、私を訪ねてきて、その話をしたので、わかったのです。その女給は弓子《ゆみこ》という名で、まだ商売ずれのしていない美しい女でした。

「刑事がくるのよ、そして、大江さんのことを、なんだかんだって尋ねるのよ。あたし、なんにも言うことなんかあるはずがないわ。あたしのほうだって、刑事さん以上に、あの人を探しているんですもの」

弓子は私もよく知っていました。そのドラゴンというバーへ呑みに行った回数では、私の方が大江よりも、はるかに多いのです。大江は私ほど小遣《こづか》いが自由ではありませんでしたからね。そこへ呑みに行ったのは私の四、五度に対して、大江は一度ぐらいの割合いだったでしょう。というのが、そのドラゴンは新宿では一流の店で、酒と女が揃っているかわりに、随分高くとられるからです。最初私が大江と出合った酒場なんかとは段ちがいのバーです。

弓子という女はドラゴンのピカ一でした。最初にはいったのがこの店で、まだ半しとなっていなかったのですから、どことなくウブなところがありました。わかり易いために女優を例に引きますと、弓子は、まあ木暮実千代《こぐれみちよ》をグッと若くしたような、どことなくエキゾチックな感じで、愛嬌者《あいきょうもの》ではありませんが、人当たりは柔かく、頭も悪くないのです。

大江幸吉は、私にもこの女が好きだと宣言して、無理をしてドラゴンへかよっていましたが、いつの間にか彼女を物にしてしまいました。そのことは、私も薄々《うすうす》は感じていましたけれど、弓子がこんなに心配して、私のところまで訪ねてくるほどとは知らなかったのです。

　弓子としては、私は大江の先輩で、アパートまで世話してやったのだから、大江のことは相当深く知っているだろうと思って、やってきたのですね。しかし、私は今までも書いてきた通り何も知らないのです。大江の情人の弓子になら、こちらから尋ねたいぐらいのものです。そこで、二人は「わからない、わからない」と言いかわしながら、ため息をつくばかりでした。

　弓子はそんな際でも、「あら、テレビがあるのね。今やっているの？」と聞くのです。まだテレビの珍しい頃でした。私が立って行って、ダイヤルを廻すと、ちょうど正午すぎだったので、ニュースか何かやっていて、弓子はしばらくそれを見ていました。前にこのテレビのことは、ちょっと書きました。木村捜査主任が、その中に札束が隠してあるのではないかと、うしろの蓋をひらいて見たあのテレビです。

　それから、私は弓子をそとへ誘い出し、一緒に食事をしたあとで有楽座《ゆうらくざ》（注3）の映画を見ました。実を言いますと、私は弓子が好きでたまらなかったのです。大江に先手をうたれたので、素知らぬふりをしていましたが、内心では嫉妬に堪《た》えないほどでした。その大江が罪を犯して行方不明になったのですから、私は今こそ大っぴらに弓子に惚れてもいいわけです。

この辺で又、ちょっとお断わりしておきますが、これからしばらく、私自身の身の上話をしるすことになります。それが銀行盗難事件となんの関係があるのだと、お叱りを受けるかもしれません。しかし、私はこの手紙にむだなことは一行も書いておりません。私の身の上話にしても、結局は盗難事件そのものに深い関係を持っているのです。その部分を飛ばしてお読みくださってては困るのです。念のために申しそえます。

そこで、私は急に弓子に接近しはじめたのですが、しかし、その恋愛の経過を書くのが、この手紙の目的ではありませんので、ごく簡単に結果だけをしるしますと、それから二カ月ののち、私はついに弓子を自分のものにしました。そして、三カ月のちにはもう結婚していたのです。私は両親には死に別れ、兄弟もありませんし、弓子の方も、両親がなく、やっぱり孤独な身の上でしたから、誰に気兼ねすることもなく、この結婚はスラスラと運びました。

しかし、ただ一つ気になることは、私は性格でも、からだつきでも、大江とはまったく逆のタイプだったことです。友人の場合は、それが却《かえ》っていいのですが、大江の気質なり男前なりに、あれほど惹かれていた弓子が、その逆のタイプの私を、真底から愛しているのかどうかということでした。

誰でも私を文士や詩人のタイプだと言いました。いわゆる青白きインテリですね。大江とは逆に顎はすぼけていて、いかにも貧相ですし、肩巾も普通よりはせまく、われながら悄然《しょうぜん》とした形をしているのです。性質も、二流雑誌に小説を書いていたほどですから、臆病《おくびょう》なインテリ型で、大江のような闘志も活気もありません。そのほか、あらゆる点が大江とは逆なのです。ただ似ているのは、ギャンブルを愛するということだけだったでしょう。私は勝負事はなんでも好きで、勝ち運も強いのです。この点では、はるかに大江以上でした。彼は見かけによらず勝負事には弱いほうでした。私の青白いからだの中には、そういう陰性な闘志が烈しく燃えていたのかもしれません。

私は弓子と結婚すると間もなく、二人で大阪へ来ました。株などよりはもっと確実な大きな儲けがしたくなったからです。小説にはもう見切りをつけました。いつまでやっていても、はやりっこになれる見込みがなかったからです。それよりも、愛する弓子に充分贅沢をさせるために、金持ちになってやろうと考えたのです。弓子は幼時に家が豊かだった関係もあって、相当な贅沢屋でした。

私は以前大阪に住んでいたことがあって、多少の知り合いがありました。それに、弓子と結婚する前、株で一か八かの勝負をやり、思いもよらぬ儲けをしていました。その金があったからこそ大阪行きを思い立ったのですが、さて、大阪へ行って、私たちは何をはじめたとお思いになります。パチンコ屋をひらいたのです。私の大阪の友人がパチンコ屋をやって成功していました。その友人の世話で、うまい場所に貸し店を見つけることもでき、金を借りることもできたのです。パチンコ屋は場所さえよければ、ひどく儲かるものです。みるみる私は金をこしらえました。そして、借金を返した上、自分で高利を貸すほどになったのです。高利といっても、個人に貸すのではなく、あぶなげのない会社の手形の割引を専門にやったのですが、パチンコとその高利貸しとで、私は更《さ》らに財産をふくらませました。

そして、大阪へ行って三年目には、現在の福寿相互銀行を起こすほどの素地ができたのです。そのころには金融方面の有力者にも顔が広くなっておりましたので、私が株の半分を引き受けるからと、相談すると、数名の有力者が話に乗ってきました。そして、小さいながら、資本金五千万円(注4)の相互銀行が設立されたのです。その福寿相互銀行は、その後も着々として地歩を固めております。私はもうこの世になんの不足もない身の上でした。

後段

福寿相互銀行が設立されて間もなく、弓子は風邪から肺炎になり、それをこじらせて、僅《わず》か十日あまり病床についたばかりで、あっけなく死んでしまいました。たった三年ほどの同棲で、私は愛する妻を失ったのです。はじめは行きずりのバーの女給に心を惹かれたのにすぎませんでしたが、結婚してみると、彼女こそ世界にたった一人の私のほんとうに求めている女だったということが、わかってきました。ですから、私は結婚前よりも、結婚後に真の恋愛をしたといってもよいのです。

私たちは三年のあいだ、お互《たがい》に烈しく愛し合いました。普通の夫婦が一生かかって費《つい》やす愛情を、私たちは三年のあいだに使いつくしてしまったのです。ですから、夫婦生活に隙間のできるような事件は何もおこらなかったのですが、ただ一つ妙なことがありました。弓子が幽霊を感じるようになったのです。眼に見えるのではありません。心で感じる幽霊なのです。

結婚してから一と月ほどのち、私たちが大阪へ引っこして間もなくのことでした。ある夜、私が外出から帰って、居間の襖《ふすま》をひらきますと、弓子が一人で机にもたれて雑誌を読んでいましたが、襖の音に、肩のへんをビクッとさせて、急にこちらを振り向きました。その顔を見て、私の方がギョッとしたくらいです。サッと血の気の引いた顔、飛び出すほど見ひらかれた眼、まったく面変《おもが》わりのした恐怖の表情でした。

「どうしたんだ」と、たずねますと、弓子はそのままの姿勢で、じっと私の顔を見つめていたあとで、無理に笑い顔をして見せました。

「なんでもないのよ。フッとおびえたの。怖い小説を読んでいたからかもしれませんわ」

しばらく話し合っているうちに、血の気がもどり、いつもの弓子の顔になってきました。そして、その晩は、それっきり、なんのこともなかったのですが、しばらく日がたつと、似たような出来事があり、それから三カ月ものあいだ、しばしばそういう妙なことが起こったのです。私が気づいたのは、回数にして十回ほどにすぎませんが、弓子の脅《おび》えかたは一回ごとにひどくなり、その恐怖心理が影響して、ついには、私までが幽霊を感じるようになってきました。

それは銀行泥棒大江幸吉の幽霊でした。彼が死んだかどうかはわかりませんが、警察があれほど探しても発見できないのですから、或《ある》いは死んでいないとも限りません。又、べつの考えかたをすれば、幽霊は死霊《しりょう》ばかりではなく、生霊《いきりょう》というものもあるわけで、死霊にせよ生霊にせよ、大江の魂が弓子の変心を恨んで、又、私が彼女を横取りしたのを恨んで、眼に見えぬ怨念となって、私たちの身辺に迫ってくるということが、まったくあり得ないとは言えません。弓子も私も、大江の名は一度も口にしませんでしたが、二人とも、それが大江の怨霊《おんりょう》だということは、わかりすぎるほどわかっていました。

　夜など、弓子と二人きりで向かいあって坐っていますと、弓子の眼がびっくりするほど大きくなって、じっと空間を見つめることが、たびたびありました。眼は私のほうを向いていますけれども、私ではなくて、私の少しうしろの空間を、見つめているのです。

　そうすると、弓子の恐怖が私につたわって、私の眼まで大きくなってきます。うしろを振り返る勇気はなく、じっと弓子のおびえきった顔を見つめて、私の顔もおびえてくるのです。二人は石のようにほしかたまって、長いあいだ身うごきもせず、睨み合っていました。そういうことが何度もあったのです。

　或るときは、夜なかに、蒲団《ふとん》の中で、これがおこりました。弓子が突然、私のそばから飛びのいたのです。恐ろしい悲鳴をあげて飛びのいたのです。私はほんとうにギョッとしました。彼女は気がちがったのではないかと、非常な不安にうたれました。同時に、私も怖かったのです。私自身が、一刹那《せつな》大江の怨霊にのりうつられ、大江の姿になって、弓子を怖がらせたのではないかと感じたからです。幽霊は私自身ではないかと思ったからです。実になんともいえない複雑な、異様な恐怖でした。私は喉《のど》の奥からギャッという叫び声が押しあげてくるのを、やっとのことで喰いとめたほどです。

そんなことがつづくあいだに、弓子はだんだん痩《や》せていきました。私はそれをじっと見ていました。顔色も青ざめ、眼ばかりが大きくなり、気味わるく光ってくるのです。私はそれをじっと見ていなければなりませんでした。なんとも言えない恐れと苦しみに、私自身も痩せる思いでした。恐怖にうちひしがれた弓子は、私をただ一人の頼りにして、すがりついてくるのです。それでいて、大江の怨霊は私のすぐうしろに漂《ただよ》っているらしく、私のすがたを見て脅えるのです。夜中に蒲団の中から飛びおきたりするのです。しっかり抱きしめてやる私の手を、ふりはらって、まるで私自身が幽霊でもあるかのように、逃げるのです。

もう私は堪えられなくなりました。ついに或る事を実行しようと決心しました。もう一歩でそれを実行するところでした。すると、不思議なことに、ちょうどそのころから、憑《つ》きものが落ちるように、弓子の異様な動作がバッタリ消えてしまったのです。もう彼女は幽霊を見なくなったのです。そして、青ざめていた顔が日一日と赤味をまし、痩せていたからだも、だんだん太ってきました。彼女に憑きものがしていたのは約三カ月で、それが落ちてしまうと、もう何事もなかったように、元の愛すべき弓子に戻りました。そして、今から二年ほど前、弓子が急に病死するまで、私たちは愛情に満ちた夫婦生活をつづけたのです。

弓子は風邪がもとで肺炎に罹《かか》り、充分手当てをしたのですが、何か彼女の体質に欠陥があったのでしょう。半月ほど病床についたきりで、あっけなく死んでしまいました。

彼女が息を引きとる前日、自分でも死期を感じたのでしょう。枕もとに坐っていた私を、涙ぐんだ眼で見上げて、突然、こんなことを言いました。

「あなたに別の愛人ができても、あたしは恨みません。あたしは魂であなたを愛しつづけます。あなたの愛人さえも愛してあげることができると思います」

彼女はそういって、私の手を握り、唇を求めるのでした。私は涙を流して、彼女をシッカリと抱きしめてやりました、二人は蒲団の上にかさなって、最後の愛情を伝え合いました。ところが、そうしているうちに、私はふと、背中を虫が這《は》っているような悪寒を覚えたのです。かさなり合っている二人のあいだから、久しく忘れていたあの幽霊が、大江幸吉の幽霊が、もうろうと現われ、そいつの痩せたからだが、みるみるふくれあがって、私を弓子の肉体から、はじき返すように感じたのです。

私は抱きしめていた手をはなし、弓子から離れて、彼女の顔を凝視《ぎょうし》しました。その痩せ衰え、青ざめた顔こそ、幽霊そのもののようでした。その青ざめた顔で、彼女は薄笑いをしていたのです。私はゾーッとしました。彼女がいま言い出そうとしていることが、たちまち予感されたからです。

「あたし、ズーッと知っていたのよ」

薄笑いを浮かべたまま、低い低い声で言いました。

「え、何を、何を知っていたっていうの？」

私はわざと素知らぬ顔で、たずねました。

「だめよ。あたし、永い永いあいだ、考えに考えつづけて、ちゃんと解決してしまったんですもの……あたし、もう一生のお別れでしょう。ですから、あたしがあの事を知ってたということを、あなたに打ちあけておきたいの。知ってても、あなたを愛しつづけたってことを」

とっさに、私は何もかも悟りました。あの不思議な幽霊を見ていたあいだ、彼女は半信半疑でいたのです。そして、あの恐ろしい三カ月の苦悶《くもん》のあとで、彼女は真相を摑んだのです。それでも私を愛しつづけたのです。いや、それ故にこそ、却って私を二重に愛することができたのです。

「あたし随分考えましたわ。でも、長い月日のあいだに、一つずつ、ほんとうの事がわかってきたのです……一番最初は、あのあなたの東京のアパートにあったテレビよ。あたしがはじめてお訪ねしたとき、あなたは、なぜかテレビに私の注意を惹くようなことをいって、あたしがそれほど興味も持っていないのに、ダイヤルを廻して、ニュースを見せてくださったわね。あれはなんだかその場にふさわしくない挙動《きょどう》だったという考えが、あたしの頭のすみに残っていたのよ。でも、そのわけがどうしてもわからなかった。やっぱり東京にいるあいだに、あなたがフッと漏《も》らしたあの事を思い出すまでは。

あなたは、たった一度だけれど、うっかりあのことを、あたしに話してしまったのよ。それは、銀行泥棒があった日に、渋谷警察の捜査主任が、あなたの部屋も調べにきて、テレビの器械の裏側の蓋まであけてみたという、あの話なの。それから数日後に、あなたがあたしにテレビのニュースを見せてくれたことを考え合わせると、ハハアそうだったのかという答えが出てくるのよ。

それから又、永いあいだかかって、あたし、もう一つのことを思い出した。ホラ、あの樋よ。あのアパートには大屋根からの太い樋が、ヴェランダよりも内側に、建物の壁にくっついて、ズッと下へおりていたでしょう。

あたし、何度目かに、あなたをお訪ねしたとき、窓によりかかっていて、ふと、あの太い樋の裏側を見たのよ。壁にくっついているがわよ。そこに樋のトタン板が腐って、舌のように、はがれているところがあったわ。さしわたし十五センチぐらいの角ばった穴で、舌のようになったトタンを、おしつければ、穴が隠れてしまう。あれよ。あの穴がテレビの代りになったということが、あたしにはチャンとわかったのよ。ね、そうだったでしょう。

それから、あなたは隠していたけれど、あなたが総入歯《そういれば》だということは、お互に知りあってから、じきにわかった。むつかしかったのは眼でしたわ。これが一番あとよ。ふと或る小説を読んでいると、そのことが書いてあったので、ハッと気がついたの。瞼《まぶた》の中へ入れるプラスチックの目がね、コンタクトレンズ……ね、あたし、何もかも知っていたでしょう。

そのほかのことは、この四つの秘密に比べれば、なんでもないことだわ。どうにでも、ごまかせることだわ……ね、わかる？　あたし、何もかも知っていて、あなたを愛しつづけたのよ。それが嬉しかったのよ。あたしがはじめて愛したあの人と、あなたと、二人ぶん愛せたのよ。一時は気味が悪くて気が狂いそうだったけれど、二人分愛せるのだということを悟ってから、あたし、もうなんでもなくなった。それを知る前よりも、あなたが何倍も、いとしくなった」

そして、彼女は又、私の手を求め、唇を求めました。私たちは涙を流して、さっきよりも一層かたく抱きしめ合ったまま、いつまでも離れませんでした。

ここで又、おことわりしなければなりません。私は昔、小説家でした。このまじめな手紙にも、その昔のくせが顔を出すのです。そして、こんな思わせぶりな書き方をさせるのです。弓子を見送って二年、今度は私に死期が近づいております。もうあと一と月か二た月のいのちでしょう。そんな瀬戸際《せとぎわ》になっても、私はまだ遊戯《ゆうぎ》をやっているのです。犯罪の真相を語ることを、できるだけ引きのばして、あなたをイライラさせ、結局は、あなたを面白がらせようとしているのです。私はなんというあきれた男でしょう。

しかし、もうこれ以上は引きのばしません。今こそ告白します。あの銀行泥棒の真犯人は、この私だったのです。

私は生涯にたった一度のあの犯罪に、完全に成功しました。その犯罪手段は、むしろ神様に対しては隙だらけでした。しかし、人間はその隙を見つけ得なかったのです。全警視庁の力をもってしても、これを発見することができなかったのです。その意味で、私は「完全犯罪」をなしとげたとも言えるわけではないでしょうか。

あの当時、私はかぞえ年三十五才でした。或る私立大学を出て、十余年のあいだ、種々様々の職業を転々しました。しかし、どの職業にも私は全身をうちこむことができなかったのです。小説家にはなりたいと思いました。そして、二流雑誌にときどき原稿を買ってもらうところまでは行ったのですが、とても、それで豊かな生活をする見込みはありませんでした。親が残してくれた郷里の家屋などを売って、株をやりましたが、これも僅かな元手のことですし、それに、私は元金をなくしては大変だという考えから、安全第一のやり方をしておりましたので、儲けたといっても知れたものです。私としては、こんなことで満足することはできませんでした。

「安全第一」と言いますと、さきにしるした弓子と大阪へ行く前に一か八かの投機をやったという言葉と矛盾しますが、実はあれは世間への口実で、そのとき私の手には、すでに東和銀行支店から盗んだ一千万円の大金がはいっていたのです。大阪へ行ってパチンコ屋をはじめ、高利貸しをやった元手も、実はその一千万円を小出しにしていたのです。両方とも儲かったにはちがいありませんが、もともと私は大金を持っていたのですから、僅か三年のうちに、相互銀行の設立をもくろむことさえできるようになったわけです。

さて、お話を元に戻して、私はそうして、一攫千金《いっかくせんきん》を夢見ながら、アパート生活をつづけていたのですが、近くの東和銀行支店へ預金の出し入れをしに行くたびに、私の心の中に、一つの空想が、だんだん成長してきたのです。私はあの銀行の仕事ぶりを、長いあいだかかって、詳細に研究しました。そして、現金がどういう方法で本店へ運ばれるか、月のうち、又は週日のうちで、どういう日に、最も多額の現金が運び出されるか、その札束の一枚一枚の番号が控えてあるかどうかというようなことを、残りなく調べあげたのです。

銀行の横丁の角に交番がありましたが、これも最初から、私の計画の中にはいっていました。あすこに交番があることが、私の計画には却って必要でさえあったのです。私の心の中で、この計画が熟してきたのは、事件の半年ほど前のことでした。私はその頃から、遠方のまったく見知らぬ歯科医と眼科医にかよいはじめました。といいますのは、私はずっと以前から、『変装』についての一つの創意を持っていたのですが、いよいよ、それを実行する決心をしたからです。

私は『変装』については、子供のころから深い興味を感じていました。そして、おとなになっても、その興味が少しも衰えなかったのです。これは神話時代から人類の心の底に根強く巣喰っているメタモーファシス、「変形」の願望、別の言葉で言えば「隠《かく》れ簑《みの》」や「隠れ笠」を持ちたいという隠形《おんぎょう》の願望です。多くの人はおとなになると、そういうおとぎ話は考えなくなるものですが、私はおとなになっても、ずっとそのことを思いつづけていました。そして、簡易変装術というようなものを発見したのです。

変装は、近くで対談しても、或いは同じベッドにはいってさえ、相手に気づかれぬほどのものでなくては、実用になりません。カツラやつけひげなどは問題外です。最も理想的な変身術は、顔面はもちろん、全身の整形外科手術によって、まったく別人となることですが、そして、それは充分可能なのですが、この方法では、手がるに元の自分の姿に戻ることができません。甲《こう》にもなり、又、とっさに乙《おつ》にもなれる変装術でなくては、私の計画には役立たないのです。そこで私は、そういう場合に最も適切な簡易変装法を考案しました。

しかし、この変装術には、私でなくてはできない部分を含んでいました。歯の丈夫な人ではだめなのです。私は若いときから歯性《はしょう》が悪くて、三十才のころには虫歯でない歯は一本もないという有様でした。それで、三十を越して間もなく、総入歯にしたのですが、これが私の変装術の最も重要な条件となったのです。

技巧の下手な総入歯は、すぐにわかりますけれども、私の場合は技巧も悪くなかったのですし、又、肉体のほかの部分が若々しいのにごまかされて、多くの友だちが私の総入歯を少しも気づきませんでした。これが私の着想のもととなったのです。

患者は総入歯になっても、なるべく元の相好《そうごう》が変わらないことを望みます。随《したが》って歯科医はこれに応じた総入歯を作るのですが、もし元の相好が変わってもよければ、いくらでも変えることができます。歯並びを変え、出っ歯を出っ歯でなくしたり、又、その逆にもできますし、歯ぐきを思いきり厚くすれば、頬をふくらませ、顎を張らせることも自由です。頬の痩せた役者は、口の中へ含み綿を入れて頬をふっくらさせますが、入歯は歯ぐきそのものの形を変えるのですから、その効果は含み綿などの比ではありません。

有名な人で言えば、なくなった(注5)上山草人《かみやまそうじん》が若い頃から総入歯でした。彼がアメリカで怪奇映画に主演していた時分には、この総入歯を利用して、いろいろな形の入歯を作らせておき、役によって入歯を取りかえて、極端な変貌《へんぼう》をなしとげて見せました。あれです。私は毎日横浜《よこはま》の、あまり有名ではないが非常に技巧のうまい歯科医に通って、思いきり頬をふくらませ、顎を張らせる総入歯を作らせました。小芝居の俳優だといつわり、舞台の変装用に使うのだといって頼んだのです。

噛むための入歯ではなくて、変貌用の入歯ですから、はめ心地は非常にわるく、無理に顎を張らせてあるので、頬の下部の粘膜を押しつけて、長くはめていると、そこがただれてくるほどでしたが、犯罪の目的のためにはそのくらいのことは我慢しなければなりません。その厚ぼったい総入歯をはめて、鏡を見ますと、私の顔が恐ろしく変わっているのに、われながら驚くほどでした。

　次は眼です。人間の顔の中で、一番個性の出ているのは眼です。眼の感じを変えることができたら、ほかの部分はそのままでも、人相が一変します。その証拠に、仮装舞踏会などで、眼だけのマスクをあてれば、誰だか判らなくなるではありませんか。そこで私は、変名で横浜のある眼科病院にかよいました。そして、やはり舞台で使うのだと言って、瞼の中にはめこむプラスチックのコンタクトレンズを作ってもらったのです。私の眼は俗に三白眼《さんぱくがん》といって、白眼の面積の方が多いのですが、それを逆に、白眼が少なくて、虹彩の大きな眼にしてもらいました。コンタクトレンズの表面に、義眼と同じやり方で、これを描いてもらったのです。又、私の眼は真黒な虹彩ですが、コンタクトレンズの方は目立つほど茶色にしてもらいました。それを瞼の中へはめて、鏡を見ますと、実に気味の悪い眼に一変していました。まるで文楽の人形の眼のように、大きな茶色の虹彩が眼の中一杯に拡がっていて、その眼でじっと見つめられると、何かまがまがしい妖気《ようき》のようなものが感じられるのです。

　この二つが変貌の眼目でしたが、それだけではまだ不充分なので、二、三の仕上げのタッチをしなければなりません。私は非常に薄い眉なので、その上に巧みに眉墨をはいて、やや濃いボウボウ眉にしました。顔色は青白いので、気づかれぬほど肉色の化粧をして、丈夫そうな色艶《いろつや》にしました。それから、私の髪の毛が軟かくて少しちぢれているのを幸い、油をつけないで、モジャモジャ頭にしました。そうすれば生え際がわからなくなり、額がちょっと狭く見えるのです。眼のコンタクトレンズをカバーするためには、新しい型のベッコウ色の縁の、度の弱い近眼鏡をかけました。

　そういう仕上げをしたあとで、鏡を見ますと、私の顔はまったく一変していました。北園壮助はこの世から消えうせて、大江幸吉という見知らぬ人物が、鏡の中からニヤニヤ笑っているのでした。

　あとは服装を取り替えればいいのです。私は男にしては目立つほど撫《な》で肩なので、変装の服の肩には、肩幅を広く見せるために、思い切って大きなパットを入れました。(あとで説明しますが、私は自分でそれを入れたのです)また服の柄も、グレイ地に白っぽい格子縞のある派手なダブル・ブレストを選びました。顔色がよくなり、頬がふっくらして、顎が張り、青年のような目がねをかけた上で、この服を着ますと、当時かぞえ年三十五才であった私が、五つ六つ若く見えるのです。靴なども、むろん私の足には合わない別の型のものを買いました。

　こうして私の変身は完成し、まったくの別人と成りおおせたのです。しかも、その変装をすてて、元の私に戻るのには、一、二分もあれば充分という、その簡便な点に、私の考案の最大の特徴があったわけです。私は自分の体臭をごまかすことも忘れませんでした。そのためには、大江に化けて女などに接近するときだけ、強い香水を使って、体臭を消すことにしたのです。むろん、声の調子や言葉遣いも、いろいろ工夫して、一変させたのです。

これだけの準備をした上で、私はいよいよ実験にとりかかりました。大江幸吉という新人物をこの世に誕生させたのです。そして北園である私と、大江に化けた私とが、共通の知り合いの前に、交互に姿を現わして、相手が気づくかどうかを、時間をかけて、ためして行ったのです。そして、完全に成功しました。誰も、これっぱかりも疑うものはなかったのです。私は私の発明と演技とに、絶対の自信を持つことができました。

これからあとの犯罪経路は、あなたのような専門家には、大体おわかりのことと思いますが、しかし、まだ少しばかり説明を要する点が残っております。

事件の三カ月以前、私は大江幸吉になって、「名作読物」社に入社しました。その方法は前に書いた通りです。それから一と月ほどたって、新宿の酒場で北園壮助と大江幸吉が知り合いになりました。むろん実際にそこで顔を合わせたわけではありません。北園壮助の私と、大江幸吉に化けた私とが、交互にその酒場へ行って、マダム、女給、呑み友だちなどに、互に相手の噂をして、友だちになったことを吹聴《ふいちょう》したのです。そうすれば、酔っぱらいでゴタゴタしている酒場のことですから、二人が一度も同席していなくても、当然一緒に呑んでいたような錯覚《さっかく》をおこしてしまうのです。私の妻になった弓子の勤めていたバー・ドラゴンでも同じ手を用いました。そして、弓子自身が、北園と大江とは、ドラゴンで一度や二度は顔を合わせたことがあるように、錯覚していたくらいです。

そういう架空《かくう》のつき合いを一と月半ほどつづけたあとで、北園が大江を松濤荘アパートに紹介して、隣同士の部屋に住むことになったのですが、そのときも大江といっしょに管理人に会うわけにはいきませんので、あらかじめ北園が話して、承諾を得ておいて、大江は北園の不在中に部屋借りの手続きをしたのです。さて、隣同士に住むようになってからの一人二役は、随分忙しい仕事でした。大江は午前に雑誌社へ出勤しなければなりません。その時分には作家の北園の方は、ドアに鍵をかけて、まだ熟睡中です。彼は夜中に執筆するくせなので、夕方まで寝ていることも珍しくありません。そういう習慣をアパートの人たちは充分知っていたのです。夕方大江が帰ってくると、今度は北園の方が外出する番です。そして、場合によっては、北園が出かけたかと思うと、じきに帰ってきて、即座に大江になって外出し、或いは廊下だけに姿を見せ、又その逆の入れ替わりもやるというわけで、芝居の早替わりのような忙しさです。その早替わりには、裏窓のそとのヴェランダを通路に使いました。あのコンクリートの隔壁を曲芸のように越して、どちらの部屋へも往き来していたのです。これは誰にも見られる心配はないのでした。

こういうやり方で、私はアパートの住人たちを、完全にあざむきおおせ、このお芝居は十二、三日で充分その目的を達しました。それに、そんな早替りの日々が半月以上もつづいては、こちらのからだが、たまりません。いよいよ犯罪を実行する時がきたのです。

銀行事件の経過は御承知の通りです。あのとき、大江に化けた私が、アパートの大江の部屋へ逃げこむところを、ハッキリ目撃してもらわないと、私のトリックはだめになるのでした。それには、銀行の人たちだけでは心もとない。警官が追っかけてくれるのが最も好都合です。警官が目撃しておれば、これはもう何より確かな事実として扱われるからです。銀行のそばに交番のあることが、却って私の犯罪には必要であったという意味が、これでおわかりになったでしょう。

大江はアパートの自分の部屋に逃げこむと、ドアに鍵をかけ、裏窓のそとのヴェランダから、隔壁を越して、北園の部屋にはいり、先ず千万円入りの麻袋を、十七インチ・テレビの箱の中に隠しました。これにはちょっと説明を要します。私はこの犯罪のために、わざわざテレビを買い入れたのです。そして、別に古いブラウン管を手に入れ、それをガラス切りで切って、正面から見えるガラスの面だけを残し、それに裏から白っぽい染料を塗って、前から眺めたのでは、完全なブラウン管に見えるようにしました。そして器械に付属していた完全なブラウン管を抜きとって、その前面だけのガラスと取り替えたのです。それから真空管《しんくうかん》や附属の装置全部も取りはずし、テレビの箱の中をガラン洞《どう》にし、そこへ、札束の麻袋を入れたのです。あの箱の中へ、千円札の百万円たば十個ぐらいは充分はいります。相当の余裕さえありました。

しかし、そのままでは、うしろの蓋をひらかれたら、すぐわかるので、それをごまかすために、前もって、古いラジオセットを買ってきて、一枚の黒っぽい板に、真空管や付属の器械や電線などを、ゴチャゴチャといっぱいに取りつけておき、その板を、麻袋のそとからはめこんで、うしろの蓋をひらいても直接麻袋が見えぬようにしたのです。(申し添えますが、犯行時間は午後二時でしたから、この時間にはテレビは何もやっていないのです)

案の定、木村捜査主任は、テレビの箱に眼をつけて、うしろの蓋をひらいてみました。しかし、その頃はテレビ放送がはじまったばかりで、一般の人はテレビの箱の中がどんなふうになっているか、ほとんど知りません。木村さんも知らなかったのです。蓋をひらいてみると、中は真空管やゴチャゴチャした器械で一杯になっていたので、ごまかされてしまったのです。それに素人でも、ブラウン管がじょうご型で、相当奥行きのあるものだということは、広告の絵などで知っていますから、そういう大きな場所を取るブラウン管が取りつけてある中へ、一千万円の札束を入れることは、とてもできないだろうと考えるのが自然です。正面から見れば、ちゃんとブラウン管があるのですから、木村さんがそういう錯覚をおこしたのは、少しも無理ではありません。こうして私の計画はまんまと図に当たったのです。

しかし、それは犯罪直後のとっさの調べでした。これだけで終るはずはありません。あとからもっと入念な調査が行なわれるにちがいないのです。私はそれも、むろん考えに入れておりました。第二段の隠し場所は窓のそとの太い雨樋でした。私はあらかじめ、その樋の壁に接した人目につかない場所に、ちょっと工作をしておきました。手頃な高さのところを、硝酸《しょうさん》で焼き切って、トタン板を小さなとびらのように、ペロッとはがし、それをひらけば、径十五センチほどの不規則な四角い穴になるようにしておいたのです。

捜査の人たちがアパートを引きあげると、私はすぐにテレビの箱から麻袋を出し、中の百万円の札束を、雨が降っても大丈夫なように、一つずつ丈夫なビニールの布で完全に包み、用意しておいた錆《さ》びた鉄の長い針金で、その一つ一つを順々にしばり、十個の札束が数珠《じゅず》つなぎになったのを、樋の破れ穴から中へ入れて、下へ垂らしました。そして、針金の端を折りまげて、破れ穴のふちに引っかけ（錆びた針金ですから、樋の色と見わけがつきません）ペロンとめくれたトタン板を、元のようにおさえつけ、穴を隠しておいたというわけです。そして、その後、機会を見ては、その針金を引き上げ、百万円束を一つずつ取り出し、それを又はんぱな額にして、遠い銀行へ変名で預金したり、証券を買ったりして、一と月ほどのあいだには、すっかり嵩《かさ》を低くしてしまいました。つまりテレビの箱一杯の紙幣が、数冊の預金帳と、数枚の証券に変わってしまったのです。

紙幣の隠し方の説明が、つい先走りしてしまいましたが、大江に化けた私が、北園の部屋にはいって、第一にやったのは、札束入りの麻袋をテレビの箱に隠すことでしたが、その次の瞬間には、変装をといていました。まず大江の派手な服をぬいで、裏返しにして、北園の洋服ダンスの中に掛けました。

この大江の洋服には仕掛けがあったのです。上衣《うわぎ》にもズボンにも裏というものがなくて、両側とも表なので、派手な方を裏返すと、地味な黒服になってしまうのです。私は出来合いの肩幅の広い黒服と格子縞の服とを買ってきて、両方の裏をはがし、自分で二つの服を縫い合わせました。随分時間がかかりましたが、服屋に頼んでは証拠が残るからです。その黒地の方を表にして、洋服かけに掛けたのですから、裏の派手な方は隠れてしまい、捜査官が洋服ダンスをひらいても気がつかなかったというわけです。

私はあらかじめ、大江の服の下に、北園の背広を着こんでいました。ですから上の服をぬぎさえすれば、そのまま北園の服装になったわけです。あとは靴です。私の足に合わない靴をぬいで、洋服ダンスの下に並べてある数足の私の靴の中にまぜ、私自身の靴を取ってはきました。ここで思い出しましたが、私は大江に化けて銀行に出かける直前に、庭に面した部屋部屋に誰もいないときを見はからって、ヴェランダから庭に降り、裏の塀とのあいだの地面に、大江の靴跡をつけ、その汚れた靴で、コンクリート塀にも土をつけて、そこから逃げ出したように見せかけておきました。つまり、あの問題の靴跡は、事件のあとではなくて、前につけておいたものです。

では、塀から部屋まで、足跡をつけないで、どうして帰ったのかとおっしゃるでしょうが、これはわけのないことでした。この裏庭は幅三メートルほどの狭い空き地で、それがグルッと建物をとりまいているのですが、元は全体に砂利《じゃり》が敷いてあったのが、すっかり土に埋まってしまって、ただ建物の軒下と塀ぎわだけに、細く帯のように砂利が残っているのでした。ですから、見たところ全体に柔かい土ばかりの庭のように感じられるのです。しかし実際は、塀ぎわと軒下の砂利が、すっかり埋まりきらないで、固い部分が岬《みさき》のように両方から出っぱっている個所があり、大股に飛び越せば、まったく足跡のつかないところがあるのです。私は大江の靴跡をつけたあとで、塀ぎわの砂利の上を四、五メートル右の方へあるき、そういう個所を飛びこして、自分の窓際に戻りました。そのとき私の姿を見られるような部屋部屋には、誰も人がいなかったのです。その固い部分は、砂利が残っているといっても、なかば土に埋まっているのですから、ちょっと見たのでは、全体が柔かい土ばかりのように思われるので、誰もそういう手段には気づかなかったのです。

それから総入歯を入れ替え、目がねをはずし、コンタクトレンズをはずし、用意していた櫛で、モジャモジャ髪を、きれいになでつけました。札束の袋を隠してから、これだけのことをするのに、二分ほどしかかかっていません。その動作は前もって、たびたび練習をしておいたのです。あの日に限って、眉墨《まゆずみ》は使わず、化粧もせず、香水もつけないで、北園に戻るのにできるだけ時間がかからないようにしておいたのです。

こうして、犯罪当日の北園の室内捜索では、少しの嫌疑も受けないですみました。しかし、それだけで終るはずはない。もう一度ゆっくり調べにくるにちがいないということを、私はちゃんと勘定《かんじょう》に入れておりました。それで、札束を樋に移して、テレビの受像装置を元通りにしたのですが、まだそのほかにも重要な犯罪の跡始末が残っていました。

それは、札束のはいっていた麻袋と、テレビの箱の中に立てた、真空管などをゴチャゴチャ並べた板と、ブラウン管の前面だけのガラス、変装に使った大江の服と靴、瞼に入れたコンタクトレンズ、目がねなどを、この世から消してしまうことでした。そのうち一番重要なのは、札束のはいっていた麻袋です。これはその晩のうちに、アパートの自分の炊事場で焼きすてました。次は変装服です。私はその表裏をはがして、派手な格子縞の方だけを、鋏《はさみ》でズタズタに切り、二た晩もかかって、少しずつ焼きました。人造繊維との混ぜ織りでしたが、いくらか羊毛がはいっているので、その匂いがほかの部屋へ漂っていくのをおそれたからです。

黒地の方は、別に証拠になるわけでもないので焼くのは見合わせ、又、靴は、恐ろしく匂《におい》がするだろうと思ったので、これも焼かないことにしました。すると、黒地の服の片側と、靴と、さっきのボール箱とをどこかへ隠さなければなりません。土を掘って埋めるなどは危険です。旅をして火山の噴火口に投げこんだり、船に乗って海中に捨てに行くという手もありますが、そんなことをすれば、私の行動そのものから足がつきます。そこで私は、泥深い池の底へ沈めることにきめました。

　事件の翌日の晩、私はその三つの品とおもしの石を、丈夫な天竺木綿《てんじくもめん》に包み、しっかり結んで、夜にまぎれて、アパートから持ち出しました。行く先は善福寺池《ぜんぷくじいけ》です。電車で吉祥寺《きちじょうじ》まで直行し、それから十丁あまりの夜道を歩いて、淋しい善福寺池に着き、犯行前に見定めておいた、最も泥深そうな場所へ、それを沈めて帰ったのです。

　ところが、それから一と月あまりたった頃、ギョッとするような出来事がおこりました。善福寺池に水死人があったのです。子供が誤って池に落ち、なかなか死体が上がらず、池の中の捜索が行なわれました。私はそれを翌日の新聞で知り、思わず心臓の鼓動が早くなったものです。捜索隊が池の中をかきまわして、例の包みが発見されたら一大事だからです。

　しかし、新聞には子供の死体が泥の中から発見されたと書いてあるばかりで、そのほかのことは何もわかりません。たとえあの包みが出たとしても、一見つまらないものばかりはいっているのですから、新聞が書くはずはないのです。

私は非常な不安を感じないではいられませんでした。あの包みが発見され、警察に持ち帰って丹念に調べられたら、どんなことになるかわからないと思いました。そこでじっとしていられなくなって、荻窪署《おぎくぼ》にさぐりを入れてみることにしました。新聞に子供の水死事件を扱ったのは荻窪署だと書いてあったのです。幸い友人に警察署廻りの新聞記者がありましたので、それとなくその男に頼んで水死事件以後のことを聞き出してもらいました。

すると、あの包みは確かに引き上げられ、警察へ持ち帰られたということがわかりました。しかし、中には古服や、古靴や、ガラクタがはいっているばかりで、なんの意味もない代物《しろもの》として、そのままゴミ箱に捨てられてしまったというのです。私はそれを聞いてホッと胸をなでおろしました。

そして、それきりでした。その後、私を不安がらせるようなことは何もおこりませんでした。銀行盗難事件はまったく迷宮に入り、犯人大江幸吉は文字通りこの世から消滅してしまったのです。この架空の人物の残してくれた資金によって、私は物質上の幸福を得ることができました。恋人を妻として、可なり贅沢な暮らしをつづけることができました。

私は大江幸吉のことは、私だけの秘密にしておきたいと思いました。妻の弓子には、あくまで隠しておくつもりでした。そのためには、あらかじめ、随分こまかく気をくばっておいたのです。大江幸吉は、顔かたちを変えたばかりでなく、言葉遣いのくせや、声の調子まで、まったく別人になり切っていたつもりです。この心くばりは閨房《けいぼう》の技巧にまで及んでいました。そこでも、大江はまったく北園とは別人として動作したのです。

それにもかかわらず、弓子はついに私の秘密をかぎつけました。はじめは私の身辺に大江幸吉の亡霊を感じ、ただ恐怖するばかりでしたが、やがて、彼女は私の恐ろしい秘密を気づきはじめました。そのきっかけとなったのは、最初私のアパートを訪ねたとき、彼女があまり見たがりもしないのに、私がテレビのダイヤルを廻して、ニュースを見せたことでした。そのときの、何か不自然な私の態度でした。

私は犯罪当日、捜査官たちがアパートを引きあげられるとすぐ、テレビの箱から札束の麻袋を取り出し、中の装置を元通りにし、いつ再度の調べがあっても大丈夫なようにしておいたのです。ですから、それを誰にでも見せびらかしたかった。「どうです、これは本物のテレビですよ。この中へあの大きな麻袋を隠すなんて、思いもよらないことですよ」と証明してみせたかった。それで、弓子がきたときにも、ことさらダイヤルを廻したわけなのです。そこに何かわざとらしさがあったことが、弓子の記憶のすみに影を残していたのでしょう。

木村捜査主任も、弓子と前後して、再度私のアパートへこられ、いろいろと質問をくり返されました。そのときも私はテレビのダイヤルを廻し、ちょうど夜だったので、何かの演芸をお見せしたのです。むろん、私の態度には、弓子の時と同じように、わざとらしさが感じられたにちがいありません。それにもかかわらず、弓子が気づき得たことを、木村さんは気づかれなかったのです。私のテレビ受像器は、犯罪の当時も、その晩の通り完全な状態にあったものと思いこんでしまわれたのです。

しかし、この事で木村さんを責めるのは酷《こく》だと思います。弓子は私の妻なのです。昼も夜も私に接し、私の微細《びさい》な動作を見、私の微細な言葉のあやを耳にして、ああいう推理をする前に、すでに直覚的に私の秘密をさとっていたのです。木村さんはたった二度か三度、短い時間、私を観察し、私の話を聞かれたのにすぎません。弓子ほどの洞察ができなかったとしても、決して無理ではないのです。

この秘密を分け合った、たった一人の弓子は、とっくにこの世を去り、私自身もまた、間もなくこの世を去ろうとしています。そして、あの犯罪は『無』に帰するのです。そうすれば、大江幸吉という架空の人物の秘密を知ったものは、だれ一人この世にいなくなります。それでいいのです。それでこそ、私は安らかに往生《おうじょう》できるわけなのです。

しかし、ふしぎなことに、私の心の隅には、なんとなくやすんじないものがあります。あの犯罪の秘密が『無』に帰することを欲しないものがあります。なぜでしょう。大切な秘密がゼロになってしまうのを惜しむのでしょうか。人間は自分の秘密を、完全に消滅させることを好まず、誰か一人にだけは伝えておきたいという願望を持つものなのでしょうか。それはひょっとしたら、俗に犯罪者の虚栄心《きょえいしん》と言われるのかもしれません。いずれにせよ、私はこの秘密をあなたにだけは打ちあけておきたいのです。当時あの犯罪捜査の当面の責任者渋谷警察署長であったあなた、現在は警視庁捜査一課長という重要な位置につかれているあなたにだけは、真相をお知らせしておきたいのです。

今までの記述で、よくおわかりのことと思いますが、この事件に於《お》いて、警察は少なくとも前後二回、目の前にある重大な手掛かりを見のがしました。あなたの部下であった木村捜査主任が、テレビの機械的知識を持たなかったために、私のトリックにかかったこと、それから荻窪署の係り官が、この重要な手掛かりの包みを、意味もないガラクタとして、捨ててしまったこと、この二つです。

木村さんの場合、たとえ機械的知識がなくても、もう少し入念に、ゴチャゴチャした真空管などの奥まで手を入れてみれば、なんなく麻袋を発見することができたのです。しかし、あの時は犯人逃走の直後で、その追跡の方が重要だったのですし、又、特別に私を疑う理由は何もなかったのですから、私の部屋の捜索が、やや形式的であったとしても、木村さんを責めることはできないでしょう。木村さんが、ともかく一応は、テレビの箱にまで注意したことを、むしろ称讃《しょうさん》すべきかもしれません。

荻窪署の場合も、一見ガラクタにはちがいないのですから、深く調べなかったのも無理とはいえませんが、係り官はあの包みに、おもしの石が入れてあった点を、なぜ疑ってみなかったのでしょう。そして、ソーンダイク博士のように、ボール箱の中のガラスのかけらを、一つ一つ丹念に調べてみたら、茶色の虹彩を描いた奇妙なコンタクトレンズの破片に、気づいたにちがいありません。それを出発点にして、あの包みの中にあった奇妙な品物の取り合わせに疑いを抱き、それからそれへと推理をおし進めて行ったら、どこかで銀行盗難事件と結びついたかもしれません。一度そこへ結びつけば、あの包みの中の靴と、松濤荘アパートの裏庭の犯人の靴跡（その石膏型《せっこうがた》はちゃんと採《と》ってあったはずです）とがピッタリ一致するという、非常に有力な手掛かりを摑むこともできたわけではありませんか。

この二つの注意不足には、いずれも無理もないところがあり、ただちに係り官たちの失策とすることはできないかもしれません。神様でない人間には、まぬがれがたい過失として恕《じょ》すべきかもしれません。しかし、そのために、私の犯罪は完全犯罪となり、一生涯、罪を罰せられずして、あの世へ去ることができるのです。これは私にとって、どういうことなのでしょうか。又、神様にとって、どういうことなのでしょうか。

これをお読みになって、あなたは、人間である警察官の捜査力には限度のあることを、今更《いまさら》のようにお感じになっていることでしょう。そして、犯罪捜査というものの微妙な、奥底の知れないむずかしさについて、しみじみと反省しておられるのではないでしょうか。

さて、大変長い手紙になってしまいましたが、これで、私の書きたいと考えていたことは、一応書き終ったように思います。乱筆の長々しい手紙を、よくお読みくださいました。私はこの手紙を読んでおられるあなたのお顔を見たいように思います。又、読み終られてからの、あなたの御感想が聞きたくてたまりません。でも、それは無理な話ですね。あなたがこれをお読みになるころには私は、もうこの世にいないのですから。

では、あなたの御多幸と、御健康を祈りながら、生涯にたった一度の、あなたへのこの手紙を、御返事をいただくことのできないこの手紙を、終ることにいたします。
さようなら。

昭和三十×年十二日十日

北園壮助

〔追伸〕　この手紙と同時に、同じ友人に託して、あの当時の東和銀行渋谷支店長、現東和銀行本店庶務部長の渡辺寛一氏に、一通の配達証明郵便を送ります。それにはあの時のご迷惑を謝し、当地住友銀行本店振り出しの二千万円の銀行小切手を封入しました。私は福寿相互銀行の持株の大部分を、別の資本主に譲り渡し、二千万円の現金を作って、住友本店に預け入れ、これを引き当てに小切手を振り出したのです。二千万円のうち一千万円は五カ年の利息として加えたものです。当時の私の暴挙《ぼうきょ》に対する幾分のお詫《わ》びになるかと思います。むろん、この金額は、渡辺寛一氏の手から東和銀行へ返済していただくわけであります。

（「オール讀物」昭和三十一年四月号）

注1　ヨタモン
　与太者。不良。やくざ者。
注2　千円札
　当時は千円が最高額紙幣。
注3　有楽座
　銀座にあった映画館。
注4　五千万円
　現在の一億円以上。
注5　上山草人
　新劇俳優。大正八年から昭和四年には渡米してハリウッド映画にも出演した。

防空壕

一、市川清一《いちかわせいいち》の話

君、眠いかい？　エ、眠れない？　僕も眠れないのだ。話をしようか。いま妙な話がしたくなった。

今夜、僕らは平和論をやったね。むろんそれは正しいことだ。誰も異存はない。きまりきったことだ。ところがね、僕は生涯の最上の生き甲斐《がい》を感じたのは、戦争の最中だった。いや、みんなが云っているあの意味とはちがうんだ。国を賭《と》して戦っている生き甲斐という、あれとはちがうんだ。もっと不健全な、反社会的な生き甲斐なんだよ。

それは戦争の末期、今にも国が亡びそうになっていた時だ。空襲が烈《はげ》しくなって、東京が焼け野原になる直前の、あの阿鼻叫喚《あびきょうかん》の最中なんだ。――君だから話すんだよ。戦争中にこんなことを云ったら、殺されただろうし、今だって、多くの人にヒンシュクされるにきまっている。

人間というものは複雑に造られている。生れながらにして反社会的な性質をも持っているんだね。それはタブーになっている。人間にはタブーというものが必要なんだ。それが必要だということは、つまり、人間に本来、反社会の性質がある証拠だよ。犯罪本能と呼ばれているものも、それなんだね。

　火事は一つの悪にちがいない。だが、火事は美しいね。「江戸の華」というあれだよ。雄大な焔《ほのお》というものは美的感情に訴える。ネロ皇帝(注1)が市街に火を放って狂喜したあの心理が、大なり小なり誰にもあるんだね。風呂を焚《た》いていてね、薪《まき》が盛んに燃えあがると、実利を離れた美的快感がある。薪でさえそうだから、一軒の家が燃え立てば美しいにきまっている。一つの市街全体が燃えれば、もっと美しいだろう。国土全体が灰塵《かいじん》に帰するほどの大火焔ともなれば、更《さ》らに更らに美しいだろう。ここではもう死と壊滅につながる超絶的な美しさだ。僕は嘘を云っているのではない。こういう感じ方は、誰の心にもあることだよ。

　戦争末期、僕は会社へ出たり出なかったりの日がつづいた。毎日空襲があった。乗物もなくなって、会社から非常召集をされると、歩いて行かなければならなかった。ひっきりなしにゾーッとするサイレンが鳴り響き、夜なかに飛びおきて、ゲートルを巻き、防空頭巾をかぶって防空壕へ駈けこむことがつづいた。

　僕はむろん戦争を呪《のろ》っていた。しかし、戦争の驚異とでもいうようなものに、なにかしら惹《ひ》きつけられていなかったとは云えない。サイレンが鳴り響いたり、ラジオがわめいたり、号外の鈴が町を飛んだりする物情騒然の中に、異常に人を惹きつけるものがあった。異常に心を昂揚《こうよう》するものがあった。

最も僕をワクワクさせたのは、新しい武器の驚異だった。敵の武器だから、いまいましくはあったけれど、やはり驚異に相違なかった。B29というあの巨大な戦闘機がそれを代表していた。そのころはまだ原爆というものを知らなかった。

東京が焼け野原にならない前、その前奏曲のように、あの銀色の巨大なやつが編隊を組んで、非常な高さを悠々《ゆうゆう》と飛んで来た。そのたびに、飛行機製作工場などが、爆弾でやられていたのだが、僕らは地震のような地響きを感じるばかりで目に見ることはできなかった。見るのはただ、あの高い空の銀翼《ぎんよく》ばかりだった。

B29が飛行雲を湧かしながら、まっ青に晴れわたった遥かの空を、まるで澄んだ池の中の目高《めだか》のように、可愛らしく飛んで行く姿は、敵ながら美しかった。見る目には可愛らしくても、高度を考えれば、その巨大さが想像された。今、旅客機に乗って海の上を飛んでいると、大汽船がやはり目高のように小さく見えるね。あれを空へ移したような可愛らしさだった。

向うのほうに、豆粒のような編隊が現われる。各所の高射砲陣地から、豆鉄砲のような連続音がきこえはじめる。敵のすがたも、味方の音も、芝居の遠見《とおみ》(注2)の敦盛《あつもり》のように可愛らしかった。

B29の進路をかこんで、高射砲の黒い煙の玉が、底知れぬ青空の中に、あばたみたいにちらばった。敵機のあたりに、星のようにチカッチカッと光るものがあった。まるでダイヤモンドのつぶを、銀色の飛行機めがけて、投げつけるように見えた。それは目にも見えない小さな味方の戦闘機だった。彼らは体当りで巨大なB29にぶっつかって行った。その小さな味方機の銀翼が、太陽の光を受けて、チカッチカッとダイヤのように光っていたのだ。

君も思い出せるだろう。じつに美しかったね。戦争、被害という現実を、ふと忘れた瞬間には、あれは大空のページェントの美しい前奏曲だった。

僕は会社の屋上から、双眼鏡で、大空の演技を眺めたものだ。双眼鏡の丸い視野の中を、銀色の整然とした編隊が近づいてくる。頭の上にきたときには、双眼鏡には可なり大きく映った。塔乗員の白い顔が、豆人形のように見わけられさえした。太陽に照りはえる銀翼はやっぱり美しかった。それにぶっつかって行く味方機も見えたが、大汽船のそばの一艘《そう》のボートのように小さかった。

その晩僕は、会社の帰り道を、テクテク歩いていた。電車が或《あ》る区間しか動いていないので、あとは歩かなければならなかった。八時ごろだった。空には美しく星がまたたいていた。燈火管制で町はまっ暗だった。僕たちはみな懐中電燈をポケットに用意していた。明かるいのではいけないし、それに電池がすぐ駄目になるので、あのころは自動豆電燈というものが市販されていた。思い出すだろう。片手にはいるほどの金属製のやつで、槓桿《こうかん》を握ったり放したりすると、ジャージャーと音を立てて発電器が回転して、豆電燈がつくあれね。足もとがあぶなくなると、僕はあれを出してジャージャー云わせた。にぶい光だけれど、電池が要らないので、実に便利だった。

まっ暗な大通りを、黒い影坊師たちが、黙々として歩いている。空襲警報が鳴らないうちに早く帰りつきたいと、みなセカセカと歩いている。今日だけはサイレンが鳴らずにすむかも知れない、というのが、われわれの共通した空だのみだった。

僕はそのとき伝通院《でんづういん》(注3)のそばを歩いていた。ギョッとする音が鳴りはじめた。近くのも遠くのも、幾つものサイレンが、不吉な合奏をして、悲愴《ひそう》に鳴りはじめた。いくら慣れていても、やっぱりギョッとするんだね。黒い影法師どもが、バラバラと走り出した。僕は走るのが苦手《にがて》なので、足を早めて大股に歩いていたが、その前を、警防団員の黒い影が、「待避《たいひ》、待避」と叫びながら、かけて行った。

どこからか、一ぱいにひらいたラジオがきこえて来た。家庭のラジオも、出来るだけの音量を出しておくのが常識になっていた。同じことを幾度もくりかえしている。B29の大編隊が伊豆《いず》半島の上空から、東京方面に近づいているというのだ。またたく間にやって来るだろう。

僕も早くうちに帰ろうと思って、大塚《おおつか》駅の方へ急いだが、大塚に着かない前に、もう遠くの高射砲がきこえだした。それが、だんだん近くの高射砲に移動して来る。町は真《しん》の闇だった。警戒管制から非常管制に移ったからだ。まだ九時にならないのに、町は真夜中のようにシーンと静まり返っていた。僕のほかには、一人の人影も見えなかった。

僕は時々たちどまって、空を見上げた。むろん怖かったよ。しかし、もう一つの心では、美しいなあと感嘆していた。

高射砲弾が、シューッ、シューッと、光の点線を描いて高い高い空へ飛んで行く。そして、パラパラッと花火のように美しく炸裂《さくれつ》する。そのあたりに敵機の編隊が飛んでいるのだろう。そこへは、立っている僕から三十度ぐらいの角度があった。まだ遠方だ。

そこの上空に、非常に強い光のアーク燈のような玉が、フワフワと、幾つも浮游《ふゆう》していた。敵の照明弾だ。両国の花火にあれとそっくりのがあった。闇夜の空の光クラゲだ。

高射砲の音と光が、だんだん烈しくなって来た。一方の空だけではなかった。反対側の空にもそれが炸裂した。敵の編隊は二つにわかれて、東京をはさみ討ちにしていたのだ。そして、次々と位置を変えながら、東京のまわりに、爆弾と焼夷弾《しょういだん》を投下していたのだ。それがそのころの敵の戦法だった。まず周囲にグルッと火の垣を作って、逃げ出せないようにしておいて、最後に中心地帯を猛爆《もうばく》するという、袋の鼠《ねずみ》戦法なのだ。

しばらくすると、遠くの空がボーッと明かるくなった。そのとき僕は町の警防団の屯所にいた。鉄兜《てつかぶと》をかぶって、鳶口《とびぐち》を持った人たちが、土嚢の中にしゃがんで、空を見上げていた。僕もそこへしゃがませてもらった。

「横浜《よこはま》だ。あの明かるいのは横浜が焼けているんだ。今ラジオが云っていた」

一人の警防団員が走って来て報告した。

「アッ、あっちの空も明かるくなったぞ。どこだろう。渋谷《しぶや》へんじゃないか」

そういっているうちに、右にも左にも、ポーッと明かるい空が、ふえて来た。「千《せん》住《じゅ》だろう」「板橋《いたばし》だろう」といっているあいだに、空に舞いあがる火の粉が見え、焔さえ見えはじめた。東京の四周が平時の銀座《ぎんざ》の空のように、一面にほの明かるくなった。

高射砲はもう頭のま上で炸裂していた。敵機の銀翼が、地上の火焔に照らされて、かすかに眺められた。Ｂ29の機体が、いつもよりはずっと大きく見えた。低空を飛んでいるのだ。

四周の空に、無数の光クラゲの照明弾が浮游していた。それがありとしもなき速度で、落下してくる有様は、じつに美しかった。その光クラゲの群に向かって、地上からは、赤い火の粉が、渦《うず》をまいて立ちのぼっていた。青白い飛び玉模様に、赤い梨地《なしじ》の裾《すそ》模様、それを縫って、高射砲弾の金糸銀糸のすすきが交錯《こうさく》しているのだ。

「アッ、味方機だ。味方機が突っこんだ」

大空にバッと火を吹いた。そして、巨大な敵機が焔の血達磨《ちだるま》になって、落下して行った。落下地点とおぼしきあたりから、爆発のような火焔が舞いあがった。

「やった、やった。これで三機目だぞッ」

警防団の人々がワーッと喚声《かんせい》をあげた。万歳を叫ぶものもあった。

「君、こんなとこにいちゃ危ない。早く防空壕にはいって下さいッ」

僕は警防団員に肩をこづかれた。仕方がないので、ヨロヨロと歩き出した。

大空の光の饗宴《きょうえん》と、その騒音は極点に達していた。そのころから、地上も騒がしくなった。火の手がだんだん近づいてくるので、もう防空壕にも居たたまらなくなった人々が、警防団員に指導されて、どこかの広場へ集団待避をはじめたのだ。大通りには、家財を積んだ荷車、リヤカーのたぐいが混雑しはじめた。

僕もその群衆にまじって駈け出した。うちには家内《かない》が一人で留守をしていた。彼女もきっと逃げ出しているだろう。気がかりだが、どうすることもできない。

いたるところに破裂音が轟《とどろ》いた。それが地上の火焔のうなり、群衆の叫び声とまじり合って、耳も聾するほどの騒音だった。その騒音の中に、ザーッと、夕立《ゆうだち》が屋根を叩くような異様な音がきこえて来た。僕は夢中に駈け出した。それが焼夷弾の束《たば》の落下する音だということを聞き知っていたからだ。しかも、頭のま上から、降ってくるように思われたからだ。

ワーッというわめき声に、ヒョイとふりむくと、大通りは一面の火の海だった。八《はっ》角筒《かくとう》の小型焼夷弾が、束になって落下して、地上に散乱していた。僕はあやうく、それに打たれるのをまぬがれたのだ。火の海の中に一人の中年婦人が倒れて、もがいていた。勇敢な警防団員が火の海を渡って、それを助けるために駈けつけていた。

僕は二度と同じ場所に落ちることはないだろうと思ったので、一応安心して、火の海に見とれていた。大通り一面が火に覆われている光景は、そんなさなかでも、やっぱり美しかった。驚くべき美観だった。

あの八角筒焼夷弾の中には、油をひたした布きれのようなものがはいっていて、落下の途中で、それが筒から飛び出し、ついている羽根のようなもので、空中をゆっくり落ちてくる。筒だけは矢のように落下するのだが、筒の中にも油が残っているので、地面にぶつかると、その油が散乱して、一面の火の海となるのだ。だから、大した持続力はない。木造家屋ならそれで燃え出すけれど、鋪装《ほそう》道路では燃えつくものがないから、だんだん焔が小さくなって、じきに消えてしまう。

僕はそれが螢火《ほたるび》のように小さくなるまで、じっと眺めていた。最後は、広い地面に無数の螢が瞬《またた》いて、やがて消えて行くのだが、その経過の全体が、仕掛け花火みたいに美しかった。

空からは、八角筒を飛び出した無数の狐火《きつねび》がゆっくり降下していた。たしか(注4)「十種《じゆしゆ》香《こう》」の道行きで、舞台の背景一面に狐火の蠟燭《ろうそく》をつける演出があったと思うが、あの背景を黒ビロードの大空にして、何百倍に拡大したような感じだったね。どんな花火だって、あの美しさの足もとにも及ぶものじゃない。僕はほんとうに見とれた。それが火事の素だということも忘れて、ポカンと口をあいて、空に見入っていた。

もう、すぐまぢかに火の手があがっていた。それがたちまち飛び火して、火の手の数がふえて行った。町は夕焼けのように明かるく、馳《は》せちがう人々の顔が、まっ赤に彩られていた。

刻々に、あたりは焦熱《しょうねつ》地獄の様相を帯びて来た。東京中が巨大な焔に包まれ、黒雲のような煙が地上の焔に赤く縁どられて、恐ろしい速度で空を流れ、ヒューッと音を立てて、嵐のような風が吹きつけて来た。向うには黒と赤との煙の渦が、竜巻きとなって中天にまき上がり、屋根瓦《やねがわら》は飛び、無数のトタン板が、銀紙のように空に舞い狂った。

その中を、編隊をといたB29が縦横に飛びちがった。味方の高射砲も、今は鳴りをひそめてしまったので、敵は極度の低空まで舞いさがって、市民を威嚇《いかく》し、狙いをさだめて焼夷弾と小型爆弾を投下した。

僕は巨大なB29が目を圧して迫ってくるのを見た。銀色の機体は、地上の火焔を受けて、酔っぱらいの巨人の顔のように、まっ赤に染まっていた。

僕はあの頭の真上に迫る巨大な敵機から、なぜか天狗《てんぐ》の面を連想した。まっ赤な天狗の面が、空一ぱいの大きさで、金色の目玉で僕を睨《にら》みつけながら、グーッと急降下してくる。悪夢の中のように、それが次から次と、まっ赤な顔で降下してくるのだ。

火災による暴風と、竜巻きと、黒けむりの中を、超低空に乱舞する赤面《あかづら》巨大機は、この世の終りの恐ろしさでもあったが、一方では言語に絶する美観でもあった。凄絶《せいぜつ》だった。荘厳でさえあった。

もう町に立っていることは出来なかった。瓦、トタン板、火を吹きながら飛びちがう丸太や板きれ、そのほかあらゆる破片が、まっ赤な空から降って来た。ハッと思うまに、一枚のトタン板が僕の肩にまきついて顎《あご》に大きな斬《き》り傷を作った。血がドクドクと流れた。その中へ、またしてもザーッ、ザーッと、焼夷弾の束が降って来る。僕は眼がねをはねとばされてしまったが、探すことなど思いも及ばなかった。

どこかへ避難するほかはなかった。僕は暴風帯をつき抜けるために、それを横断して走った。僕はそのとき、大塚辻町《つじまち》の交叉点《こうさてん》から、寺のある横丁を北へ北へと走っていた。走っている両側の家並も、もう燃えはじめていた。突き当りに大きな屋敷があった。門があけはなしてあったので、そこへ飛びこんで行った。

まるで公園のように広い庭だった。立木も多かった。飆風《ひょうふう》に揺れさわぎ、火の粉の降りかかる立木のあいだをくぐって、奥の方へ駈けこんで行った。あとでわかったのだが、それは杉本《すぎもと》という有名な実業家のうちだった。

その屋敷は高い石垣の崖っぷちにあった。辻町の方から来ると、そこが行きどまりで、目の下遥かに巣鴨《すがも》から氷川町《ひかわちょう》にかけての大通りがあった。東京には方々《ほうぼう》にこういう高台があって、断層のようになっているが、そこも断層の一つだった。僕はその町がはじめてだったので、大空襲によって起こった地上の異変ではないかと、びっくりしたほどだ。

その断層は屋敷の一ばん奥になっているのだが、断層の少し手前に、コンクリートで造った大きな防空壕の口がひらいていた。あとで、その屋敷の住人は全部疎開《そかい》してしまって、大きな邸宅が全くの空家になっていたことがわかったが、その時は、防空壕の中に家人がいるのだと思い、出会ったらことわりを云うつもりで、はいって行った。

床も壁も天井もコンクリートでかためた立派な防空壕だった。僕は例の自動豆電燈をジャージャー云わせながら、オズオズはいって行ったが、入口から二《ふ》た曲りして、中心部にはいって見ても、廃墟《はいきょ》のように人けがなかった。

中心部は二坪ほどの長方形の部屋になって、両側に板の長い腰かけが取りつけてあった。僕はちょっとそこへ掛けて見たが、すぐに立ち上がった。どうもおちつかなかった。空と地上の騒音は、ここまでもきこえて来た。ドカーン、ドカーンという爆音が、地上にいたときよりも烈しく耳につき、防空壕そのものがユラユラゆれていた。

ときどき、稲妻のように、まっ赤な閃光《せんこう》が、屈曲した壕内にまで届いた。その光で奥の方が見通せたとき、板の腰かけの向うの隅に、うずくまっている人間を発見した。女のようだった。

豆電燈をジャージャー云わせて、その淡い光をさしつけながら、声をかけると、女はスッと立って、こちらへ近づいて来た。

古い紺がすりのモンペに、紺がすりの防空頭巾をかぶっていた。その頭巾の中の顔を、豆電燈で照らして、僕はびっくりした。あまり美しかったからだ。どんなふうに美しかったかと問われても、答えられない。いつも僕の意中にあった美しさだと云うほかはない。

「ここの方ですか」僕が訊《たず》ねると、「いいえ、通りがかりのものです」と答えた。「ここは広い庭だから焼けませんよ。朝まで、ここにじっとしている方がいいでしょう」と云って、腰かけるようにすすめた。

それから何を話したか覚えていない。だまりがちに、ならんで腰かけていた。お互《たがい》に名も名乗らなければ、住所もたずねなかった。

ゴーッという、嵐の音とも焔の音ともつかぬ騒音が、そこまできこえて来た。そのあいだにドカーン、ドカーンという爆音と地響き。まっ赤な稲妻がパッパッとひらめき、焦げくさい煙が吹きこんで来た。

僕は一度、防空壕を出て、あたりを眺めたが、むこうの母屋《おもや》も焔に包まれ、立木にまで燃え移って、パチパチはぜる音がしていた。その辺は昼のように明かるく、頰が熱いほどだった。見あげると、空は一面のどす黒い血の色で、ゴーゴーと飆風が吹きすさんでいた。広い庭には死に絶えたように人影がなかった。門のところまで走って行ったが、その前の通りにも、全く人間というものがいなかった。ただ焔と煙とが渦巻いていた。壕に帰るほかはなかった。

帰って見ると、まっ暗な中に、女はもとのままの姿勢でじっとしていた。

「ああ、喉がかわいた。水があるといいんだが」

僕がそういうと、女は「ここにあります」と云って、待ちかまえていたように、水筒を肩からはずして、手さぐりで僕に渡してくれた。その女は用心ぶかく、水筒をさげて逃げていたのだ。僕はそれを何杯も飲んだ。女に返すと、女も飲んでいるようだった。

「もう、だめでしょうか」

女が心細くつぶやいた。

「だいじょうぶ。ここにじっとしてれば、安全ですよ」

僕はそのとき、烈しい情慾を感じた。この世の終りのような憂慮《ゆうりょ》と擾乱《じょうらん》の中で、情慾どころではないと云うかも知れないが、事実はその逆なんだ。僕の知っている或る青年は、空襲のたびごとに烈しい情慾を催したと云っている。そして、オナニーに耽《ふけ》った告白している。

だが、僕の場合は単なる情慾じゃない。一《ひ》と目惚《ぼ》れの烈しい恋愛だ。その女の美しさはたとえるものもなかった。神々《こうごう》しくさえあった。一生に一度という非常の場合に、僕がいつも夢見ていた僕のジョコンダ(注5)に出会ったのだ。そのミスティックな邂逅《かいこう》が僕を気ちがいにした。僕は闇をまさぐって、女の手を握った。相手は拒まなかった。遠慮がちに握り返しさえした。

東京全市が一とかたまりの巨大な火焔になって燃え上がり、空は煙の黒雲と火の粉の金梨地に覆われ、そこを飆風が吹きまくり、地上のあらゆる破片は竜巻となって舞い上がり、まっ赤な巨人戦闘機は乱舞し、爆弾、焼夷弾は驟雨《しゅうう》と降りそそぎ、天地は轟然たる大音響に鳴りはためいてるとき、一瞬ののちをも知らぬ、いのちをかけての情慾がどんなものだか、君にわかるか。僕は生涯を通じて、あれほどの歓喜を、生命を、生き甲斐を感じたことはない。それは過去にもなく、未来にもあり得ない、ただ一度のものだった。

天地は狂乱していた。国は今亡びようとしていた。僕たち二人も狂っていた。僕たちは身についたあらゆるものをかなぐり捨てて、この世にただ二人の人間として、かきいだき、もだえ、狂い、泣き、わめいた。愛慾の極致に酔いしれた。

僕は眠ったのだろうか。いや、そんなはずはない。眠りはしなかった。しかし、いつのまにか夜が明けていた。壕の中に薄明《はくめい》が漂い、黄色い煙が充満していた。そして、女の姿はどこにもなかった。彼女の身につけたものも、何ひと品残っていなかった。だが、夢ではなかった。夢であるはずがない。

僕はヨロヨロと壕のそとへ出た。人家はみな焼けつぶれてしまって、一面の焼け木杭《ぼっくい》と煙と火の海だった。まるで焼けた鉄板の上でも歩くような熱さの中を、僕は焔と煙をかわし、空地を拾うようにして飛び歩き、長い道をやっと自分の家にたどりついた。仕合せにも僕の家は焼け残り、家内も無事だった。

町という町には、無一物になった乞食のような姿の男女が充満し、痴呆のように、当てどもなくさまよっていた。

僕の家にも、焼け出されの知人が三組もはいって来た。それから食料の買出しに狂《きょう》奔《ほん》する日がつづいた。

その中でも、僕はあのひと夜のなさけを忘れかねて、辻町の杉本邸の焼け跡の附近を毎日のようにさまよい歩き、その辺を掘り返して貴重品を探している元の住人たちにたずね廻った。空襲の夜、杉本家のコンクリートの防空壕に一人の若い女がはいっていたが、その女を見かけた人はないかと、執念ぶかく聞きまわった。

こまかい経路は省略するが、非常な苦労をして、次から次と人の噂《うわさ》のあとを追って、尋ね尋ねた末、やっと一人の老婆を探し当てた。池袋の奥の千早町《ちはやちょう》の知人宅に厄介になっている、身よりのない五十幾つの宮園《みやぞの》とみという老婆だった。

僕はこのとみ婆さんを訪ねて行って、根掘《ねほ》り葉掘《はほ》り聞き糺《ただ》した。老婆は杉本邸のそばの或る会社員の家に雇われていたが、あの空襲の夜、家人は皆どこかへ避難してしまって、ひとり取り残されたので、杉本さんの防空壕のことを思い出し、一人でその中に隠れていたのだという。

老婆は朝までそこにいたというのに、不思議にも僕のことも、若い女のことも知らなかった。ひょっとしたら壕がちがうのではないかと、詳しく聞き糺したが、あの辺に杉本という家はほかになく、コンクリート壕の位置や構造も僕らのはいったものと全く同じだった。あの壕には両方に出入り口があった。それが折れ曲って中心の部屋へはいるようになっていた。とみ婆さんは壕の中心部まではいらないで、僕の出入りしたのとは反対側の出入り口の、中心部の向うの曲り角にでも、うずくまっていたのだろう。それを尋ねても婆さんは曖昧《あいまい》にしか答えられなかった。気も顛動《てんどう》していた際のことだから、はっきりした記憶がないのも無理はなかった。

そういうわけで、結局、女のことはわからずじまいだった。あれからもう十年になる。その後も、僕は出来る限りその女を探し出そうとつとめて来たが、どうしても手掛りがつかめないのだ。あの美しい女は、神隠しにあったように、この地上から姿を消してしまったのだ。その神秘が、ひと夜のなさけを、一層尊いものにした。生涯をひと夜にこめた愛慾だった。

顔もからだも、あれほど美しい女が、ほかにあろうとは思えない。僕はそのひと夜を境にして、あらゆる女に興味を失ってしまった。あの物狂わしいひと夜の激情で、僕の愛慾は使いはたされてしまった。

ああ思い出しても、からだが震え出すようだ。空と地上の業火《ごうか》に包まれた洞窟《どうくつ》のくら闇の中、そのくら闇にほのぼのと浮き上がった美しい顔、美しいからだ、狂熱の抱《ほう》擁《よう》、千夜を一夜の愛慾。……僕はね、「美しさ身の毛もよだつ五彩のオーロラの夢」という変な文句を、いつも心の中で呟《つぶや》いている。それだよ。あの空襲の焔と死の饗宴は、極地の大空一ぱいに垂れ幕のようにさがってくる五彩のオーロラの恐ろしさ、美しさだった。その下でのひと夜のなさけは、やっぱり、五彩のオーロラのほかのものではなかった。

二、宮園とみの話

こんなに酔っぱらったのは、ほんとうに久しぶりですよ。旦那さまも酔狂《すいきょう》なお方ですわね。

旦那さまのエロ話を伺《うかが》ったので、わたしも思い出しましたよ。皺《しわ》くちゃ婆さんのエロ話でもお聞きになりたいの？　ずいぶんかわっていらっしゃるわね。オホホホホ。さっきも云った通り、わたしは広い世間に全くのひとりぼっち、身よりたよりもない哀れな婆あですが、戦争後、こんな山奥の温泉へ流れこんでしまって、こちらのご主人が親切にして下さるし、朋輩《ほうばい》の女中さんたちも、みんないい人だし、まあここを死に場所にきめておりますの。でもせんにはずっと東京に住んでいたのでございますよ。あの恐ろしい空襲にも遭《あ》いました。旦那さま、その空襲のときですよ。じつに妙なことがありましたの。

あれは何年の何月でしたかしら。上野《うえの》、浅草《あさくさ》のほうがやられて、隅田川《すみだがわ》が死骸で一ぱいになったあの空襲のすぐあとで、新宿《しんじゅく》から池袋、巣鴨、小石川《こいしかわ》にかけて、焼け野が原になった空襲のときですよ。

そのころ、わたしは三芳《みよし》さんという会社におつとめの方のうちに、雇われ婆さんでいたのですが、そのおうちが丸焼けになり、ご主人たちを見失ってしまって、わたしは、近くの大きなお邸《やしき》の防空壕に、たった一人で隠れておりました。

大塚の辻町と云って、市電の終点の車庫に近いところでした。そのお邸は辻町から三、四丁もはいったところで、高い石垣の上にあったのですが、お邸のかたはみんな疎開してしまって、空き家になっておりました。

コンクリートで出来た立派な防空壕でしたよ。わたしはそのまっ暗な中に、ひとりぼっちで震えていたのです。

すると、そこへ、一人の男が懐中電燈を照らしながら、はいって来ました。むこうが懐中電燈を持っているのですから、顔は見えませんが、どうやら三十そこその若いお人らしく思われました。

しばらくは、わたしのいるのも気づかない様子で、壕の中の板の腰かけにかけて、じっとしておりましたが、そのうちに、隅の方にわたしがいるのを気づくと、懐中電燈を照らして、もっとこっちへ来いというのです。

わたしはひとりぼっちで、怖《こわ》くて仕方がなかったおりですから、喜んでその人の隣に腰かけました。そして、ちょうど水筒を持っておりましたので、それを男に飲ませてやったりして、それから、ひとことふたこと話しているうちに、なんとあなた、その人がわたしの手をグッと握ったじゃありませんか。

勘ちがいをしたらしいのですよ。わたしを若い女とでも思ったらしいのですよ。小さな懐中電燈ですから、わたしの顔もよくは見えなかったのでございましょう。それに、そとにはボウボウと火が燃えている。おそろしい風が吹きまくっている。そのさなかですから、気も顚動していたことでしょうしね。なにか色っぽいことをはじめるのですよ。オホホホ…。いえね、旦那さまが聞き上手でいらっしゃるものだから、ついこんなお話をしてしまって。でもこれは今はじめてお話しますのよ。なんぼなんでも、気恥かしくって、人さまにお話しできるようなことじゃありませんもの。
エ、それからどうしたとおっしゃるの？　わたしの方でも、空襲で気が顚動していたのですわね。こっちも若い女になったつもりで、オホホホ…、いろいろ、あれしましたのよ。今から思えば、ばかばかしい話ですわ。先方の云いなり次第に、着物もなにも脱いでしまいましてね。
いやでございますわ。いくら酔っても、それから先は、オホホホ…、で、まあ、いろいろあったあとで、男はそこへ倒れてしまって、眠ったようにじっとしていますので、わたしは気恥かしくなって、いそいで着物を着ると、夜の明けないうちに、防空壕から逃げ出してしまいました。お互に顔も知らなければ、名前も名乗らずじまいでしたわ。
エ、それっきりじゃ、つまらないとおっしゃいますの？　ところが、これには後日談があるのでございますのよ。防空壕の中では、相手の顔もわからず、ただ若い男と察していただけですが、それから半月もしたころ、わたしは池袋の奥の千早町の知り合いのところに、台所の手伝いをしながら、厄介になっておりましたが、そこへ、どこをどう探したのか、そのときの男が訪ねて来たじゃありませんか。
でも、その人がそうだとは、わたしは知らなかったのです。話しているうちにだんだんわかって来たのです。あのとき、防空壕の中に若い女がいた。お前さんは、やっぱり同じ夜、あの防空壕にはいっていたということを、いろいろたずね廻って、聞き出したので、わざわざやって来たのだ。その若い女を見なかったか。若《も》しやお前さんの知っている人じゃなかったかと、それはもう、一生懸命に尋ねるのです。

その人は市川清一と名乗りました。服装はあのころのことですから、軍人みたいなカーキ服でしたが、ちゃんとした会社員風の立派な人でした。三十を越したぐらいの年配で、近眼鏡をかけておりましたが、それはもう、ふるいつきたいような美男でございましたよ。オホホホ……。

わたしは、その人の話を聞いて、すぐに察しがつきました。その市川さんは、とんでもない思いちがいをしていたのです。そのときの相手がわたしみたいなお婆ちゃんとは少しも知らず、若い美しい女だったと思いこんでいるのです。いじらしいじゃございませんか、その女が恋しさに、えらい苦労をして、探し廻っているというのですよ。

きまりがわるいやら、ばかばかしいやらで、わたしは、ほんとうにどうしようかと思いました。若い女と思いこんでいる相手に、あれはこのわたしでしたなんて、云えるものですか。ドキマギしながら、ごまかしてしまいました。先方はみじんも疑っていないのです。わたしがうろたえていることなんか、まるで感じないのです。

その美男の市川さんが、目に涙をためて、そのときの若い美しい女を懐《なつ》かしがっている様子を見ると、わたしもへんな気持になりました。なんだかいまいましいような、可哀そうなような、なんとも云えないへんな気持でございましたよ。

エ、そんな若い美男と、ひと夜のちぎりを結ぶなんて、思いがけぬ果報《かほう》だとおっしゃるのでしょう。そりゃあね、この年になっても、やっぱり、うれしいような、恥かしいような、ほんとうに妙なぐあいでしたわ。相手が美男だけにねえ、いよいよ気づかれては大変だと、そ知らぬ顔をするのに、それは、ひと苦労でございましたよ。オホホ……。

（「文藝」昭和三十年七月号）

注1　ネロ皇帝
　暴君として知られるローマ帝国皇帝。大火の犯人としてキリスト教徒を迫害したが、ネロ自ら放火したとも噂された。
注2　遠見の敦盛
　歌舞伎「一谷嫩軍記《いちのたにふたばぐんき》」で、源氏の熊谷直実《くまがいなおざね》が、平敦盛を見つける場面。
注3　伝通院
　文京区小石川にある浄土宗の寺院。
注4　十種香
　歌舞伎「本朝廿四孝《ほんちょうにじゅうしこう》」。八重垣《やえがき》姫が香を焚いて武田勝頼《たけだかつより》を弔う「十種香の場」のあと、狐が乗り移る「奥庭狐火《おくにわきつねび》の場」が続く。
注5　ジョコンダ
　レオナルド・ダ・ヴィンチの通称「モナ・リザ」は、フィレンツェの商人ジョコンドの妻を描いたものといわれ、「ジョコンダ」とも呼ばれる。

『月と手袋』解説

落合教幸

この巻には「月と手袋」「防空壕」「堀越捜査一課長殿」「ぺてん師と空気男」（発表順）の四作品を収録した。戦後の乱歩作品を集める構成にしたので、以前の春陽文庫版『月と手袋』とは収録作品が異なっている。戦後の作品としては長篇『化人幻戯』がこの巻と同時刊行される。

戦前の乱歩の小説は、昭和十四年の「暗黒星」「地獄の道化師」、そして翌年三月まで連載された「幽鬼の塔」でほぼ終わった。昭和十四年三月、短篇集『鏡地獄』に再録されることになっていた短篇「芋虫」が、検閲にかかり削除を命じられた。反戦的なもの、娯楽的なものへの圧迫が強くなる時勢のなか、探偵小説の発表も苦しくなっていく。実際に処分を命じられたのはこの「芋虫」一篇のみだったが、出版社の自粛によって乱歩の本は刊行されなくなっていく。乱歩もまた執筆姿勢を考えざるを得ない状況になっていった。

小松龍之介《こまつりゅうのすけ》の名で発表した少年もの「智恵の一太郎」、アメリカを敵とした防諜小説「偉大なる夢」、といった少ない例外はあったが、戦時中に乱歩は作品を発表できなかった。

その間の乱歩は、自らの歩みをまとめたスクラップブック「貼雑年譜」を作成している。昭和十六年四月に書いたその冒頭には「時局のため文筆生活が殆ど不可能となったので暫く休養する事にした」とある。この年譜は晩年まで続き、九巻にまで及ぶことになるが、このとき作られたのは、第一巻と第二巻である。第二巻の末尾はこの「芋虫」削除を報じた新聞記事が貼られ「愈々書ケナクナッタ次第」とある。

この頃にはまた、探偵小説の批評や翻訳をしている友人の井上良夫《いのうえよしお》と長文の書簡を交わし、海外探偵小説の知識を深めてもいた。ヴァン・ダインやクロフツの作品について感想を書き、メイスン『矢の家』、ベントリー『トレント最後の事件』の評価をめぐって論争をした。井上は昭和二十年に亡くなるが、このときの蓄積が戦後乱歩の評論活動の下地となる。評論集『幻影城』冒頭には「この書を井上良夫君の霊前にささぐ」と書かれている。

その一方で、乱歩は地元の町会活動にも参加していった。乱歩は昭和九年より池袋

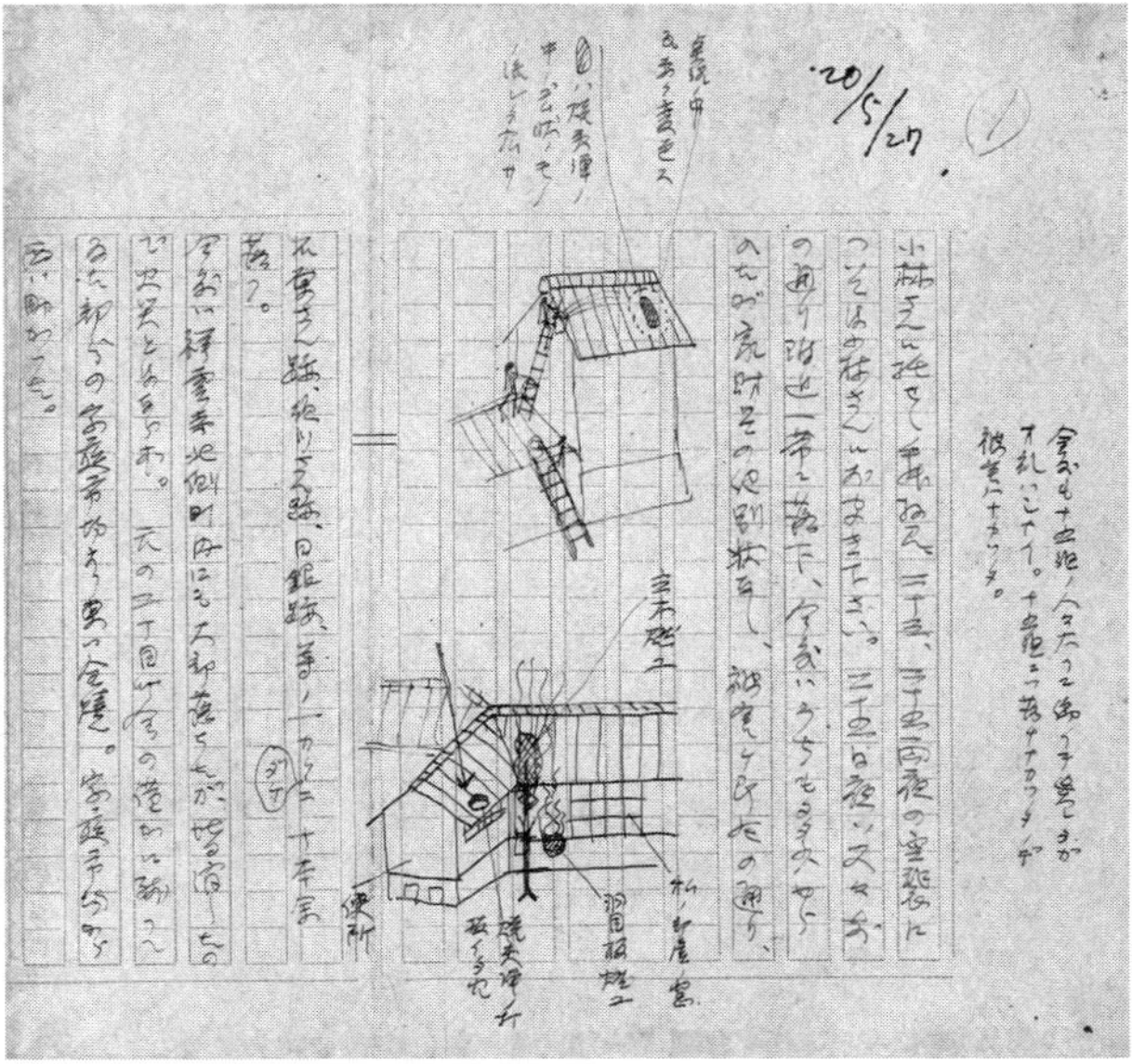

乱歩が疎開していた妻と母に空襲の被害を報告した手紙(1)
（「貼雑年譜」第３巻より）

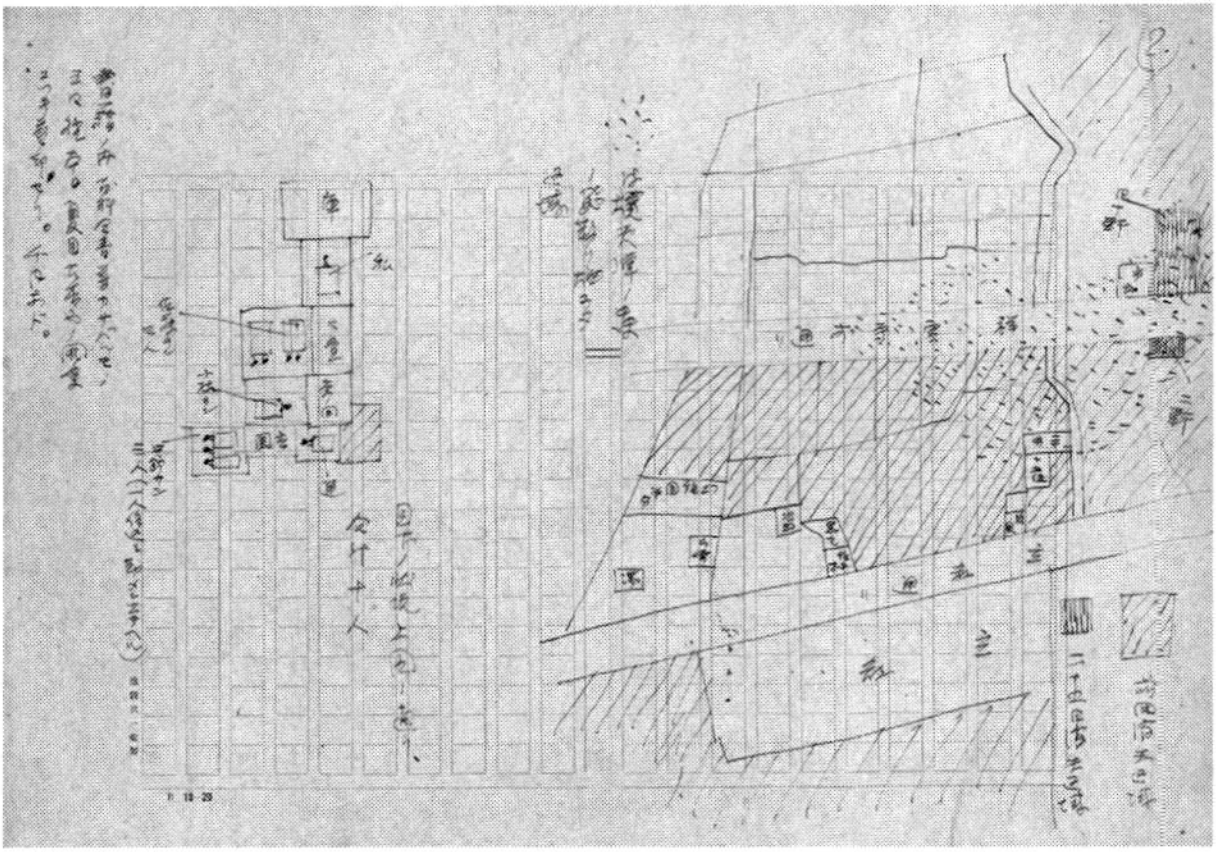

乱歩が疎開していた妻と母に空襲の被害を報告した手紙(2)
(「貼雑年譜」第3巻より)

で暮らしていた。昼間に在宅している壮年の男性は多くなかったので、防空群長をまかされたことに始まり、次第に多くの役割を担うようになる。ついには六百四、五十世帯ある池袋丸山町会の副会長にまでなった。名ばかりの参加ではなく、防空訓練の指揮から配給表・回覧板の作成など、積極的に行っている。

昭和二十年四月十三日夜、池袋も空襲の被害を受ける。近隣の多くの家が焼けたが、乱歩の家は奇跡的に残った。乱歩自身は他の家の消火に当たっていたが、南側にある家の人々が駆けつけ、消し止めたのだった。消火活動からその後の物資確保まで、乱歩は多くの仕事に忙殺された。

乱歩の母と妻は先に福島県保原に疎開していた。乱歩はこの夜の空襲を手紙で報告している。その後乱歩も保原へ移り、終戦はそこで迎えた。体調を崩したこともあって、秋までは保原で過ごした。

十一月に東京へ戻った乱歩は、探偵小説の復活に力を尽くすことになる。探偵小説界は、甲賀三郎《こうがさぶろう》や大阪圭吉《おおさかけいきち》などを戦中に失い、終戦後にも小栗虫太郎《おぐりむしたろう》が亡くなっていた。

昭和二十一、二年には、大量の探偵小説が刊行された。仙花紙という質の悪い紙に印刷された薄い本が大半だったが、読者に歓迎された。戦時中に探偵小説が出せなか

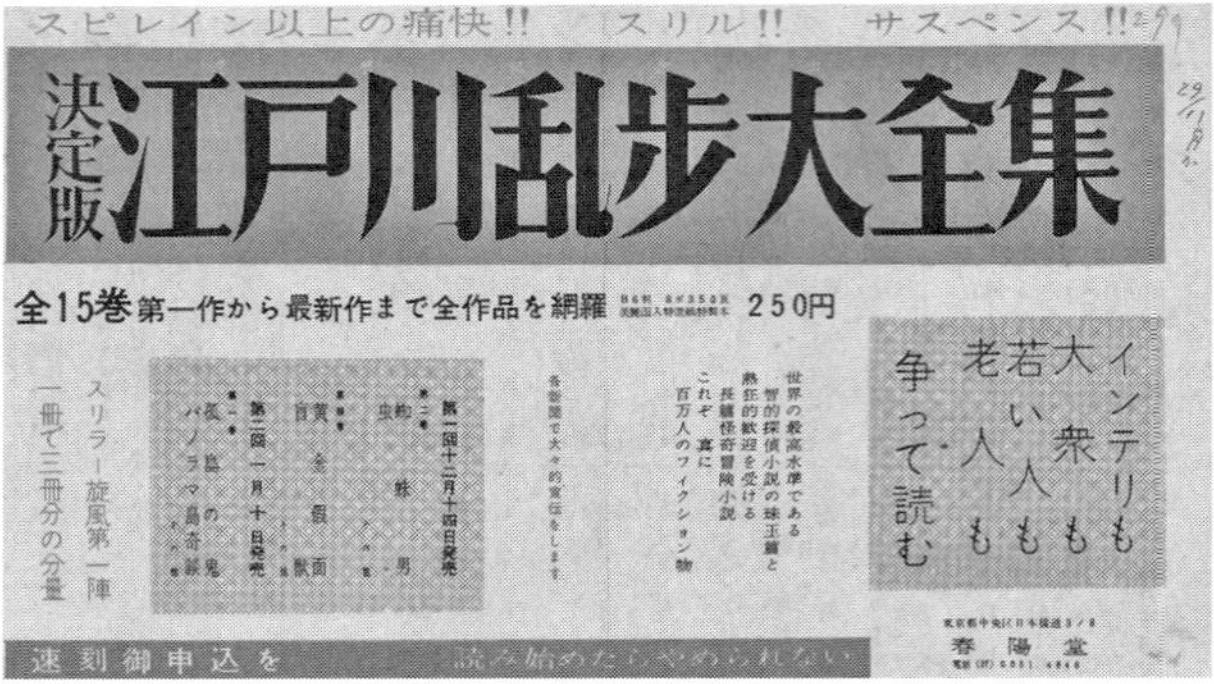

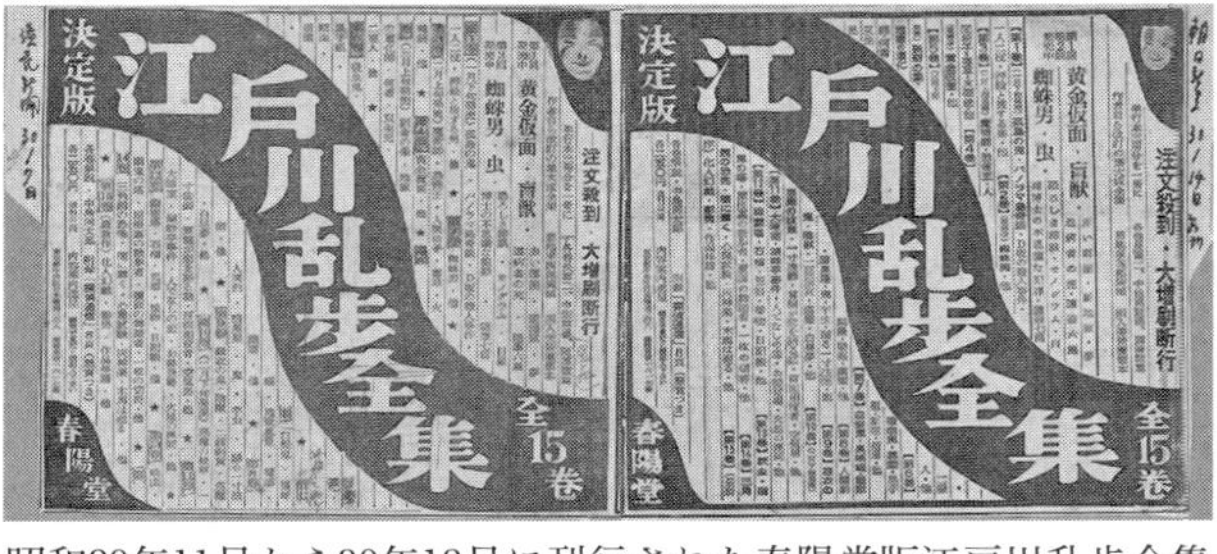

昭和29年11月から30年12月に刊行された春陽堂版江戸川乱歩全集の広告　　　　（「貼雑年譜」第６巻より）

ったことの反動と、こんどは占領下で武士道を描くような時代小説の刊行が難しくなったという事情があった。探偵小説の雑誌もこのとき数多く創刊された。多くの雑誌に乱歩はかかわり、助言を与えた。

しかし、昭和二十五年の「断崖」、二十六年の翻案「三角館の恐怖」、合作などをのぞいて、乱歩は探偵小説を書いていなかった。この時期に執筆していたのは、昭和二十四年に雑誌「少年」で連載された「青銅の魔人」からの少年探偵シリーズ、雑誌「宝石」などに掲載され『随筆探偵小説』『幻影城』ほかに収録されている探偵小説評論と、回想録「探偵小説三十年」といったものであった。

昭和二十九年、乱歩は還暦を迎える。還暦祝賀会が盛大におこなわれ、このとき江戸川乱歩賞の制定も発表された。

乱歩はこの年、長篇「化人幻戯」を書き始め、翌年に連載を続けていく。この昭和三十年という年は、他にも長篇「十字路」「影男」を書いている。『探偵小説四十年』の昭和三十年度の章題は「小説を書いた一年」となっているように、戦後では最も多く小説を書いた年となった。短篇「月と手袋」「防空壕」も昭和三十年の発表である。「月と手袋」は「オール讀物」四月号に発表された。この小説のトリックは「偉大なる夢」で使用したもので、ジョン・ディクスン・カーの小説にもある。カーのその小

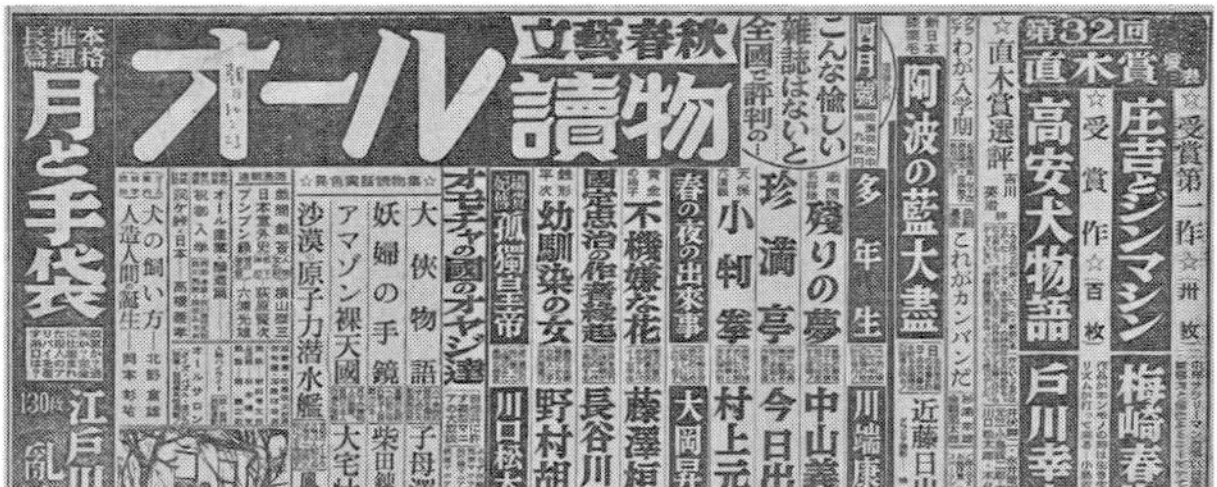

「月と手袋」「堀越捜査一課長殿」が掲載された「オール讀物」広告

（「貼雑年譜」第６巻より）

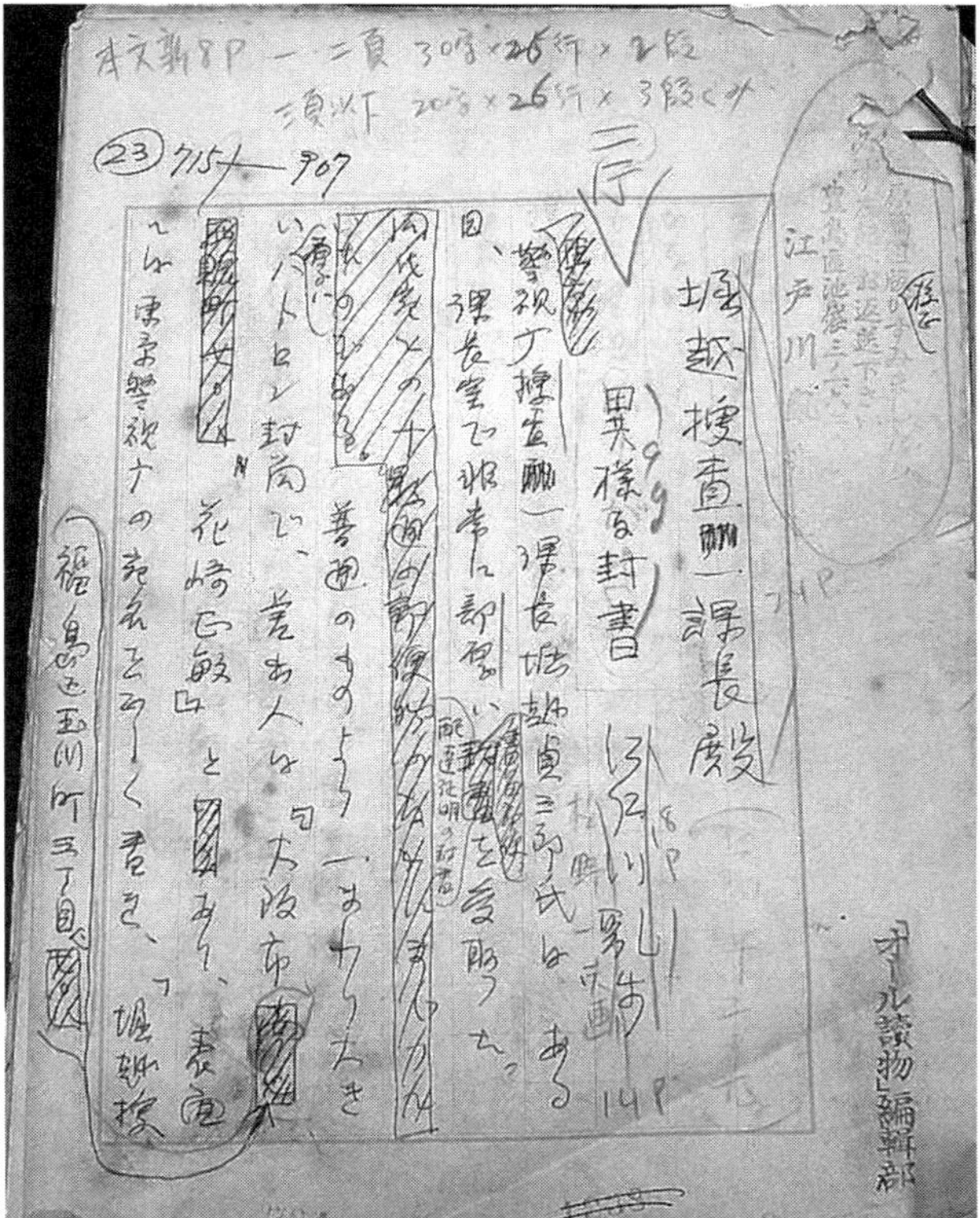

「堀越捜査一課長殿」原稿（立教大学寄託資料）

説は戦時中で手にすることが出来なかったと乱歩は書いているから、独自に発想したもののようである。さらに別の作品でも乱歩はこのトリックを使用していて、こだわりがあったことがわかる。

「防空壕」は「文藝」七月号に掲載された。この作品には、空襲の場面がなまなましく描かれている。乱歩は町内が焼けていく中、必死で消火活動にかけ回っていたから、その経験が反映されている。『探偵小説四十年』にもこの小説が引用されている。「歩いているすぐうしろに焼夷弾の束が落下して、ふりむくと、広い道路が一面の火の海になっていたという光景は、私自身が体験したところで、一、二間の差で危うく負傷をまぬかれたのである」と書いている。

翌年の昭和三十一年四月には「堀越捜査一課長殿」を「オール讀物」に発表した。乱歩自身の解説でも自嘲気味に「あいもかわらぬ」と表現しているように、新しいトリックではなく、それまでにも使用したことのあるトリックを用いた作品となっている。

乱歩は昭和三十五年に「指」という非常に短いものを書いているが、実質的にこの「堀越捜査一課長殿」が乱歩の最後の短篇ともいえるものであった。

『ぺてん師と空気男』は昭和三十四年、桃源社から「書下ろし推理小説全集」第一巻

『ぺてん師と空気男』広告（「貼雑年譜」第７巻より）

として刊行された。戦前からの作家たちが多く参加する全集で「江戸川さんが書かなければ」といった作家もいたという。昭和七年の新潮社「新作探偵小説全集」をはじめとして、こういった企画では乱歩を第一巻に入れることが慣例化していたのである。そのような訳で、乱歩の作品を第一巻に入れないことには全集が出せないという、桃源社社長の熱意によってようやく刊行されたものだった。「おだて、はげまし、おどかし、あらゆる手段をつくして督励された」と乱歩は書いている。

「空気男」というのは大正十五年に連載していて中断したものだったが、その発想に、この昭和三十二年頃に愛読していたプラクティカル・ジョーク集の要素をあわせた。そのうちの一冊がのち『いたずらの天才』として訳されるＨ・アレン・スミスの「The compleat practical joker」であるようだ。

「ぺてん師と空気男」は、少年ものをのぞけば乱歩の最後の小説となった。プラクティカル・ジョークを取り入れるといった新しい試みをする一方で、この作品には乱歩のデビュー作である「二銭銅貨」とも通じるところもあり、そういった意味でも興味深い作品である。

（立教大学江戸川乱歩記念大衆文化研究センター）

監修／落合教幸
協力／平井憲太郎
立教大学江戸川乱歩記念大衆文化研究センター

本書は、『江戸川乱歩全集』（春陽堂版　昭和29年〜昭和30年刊）収録作品を底本としました。「ぺてん師と空気男」「堀越捜査一課長殿」は桃源社版　江戸川乱歩全集を底本としました。旧仮名づかいで書かれたものは、なるべく新仮名づかいに改め、著者の筆癖はそのままにしました。漢字は変更すると作品の雰囲気を損ねる字は正字体を採用しました。難読と思われる語句には、編集部が適宜、振り仮名を付けました。乱歩による漢字の送り仮名の使用法は一定していません。他作品では「明るい」という表記も見られますが、「防空壕」については底本で「明かるい」を多く使用しているので、本書でもそのままとしました。

本文中には、今日の観点からみると差別的、不適切な表現がありますが、作品発表当時の時代的背景、作品自体のもつ文学性、また著者がすでに故人であるという事情を鑑み、おおむね底本のとおりとしました。

説明が必要と思われる語句には、各作品の最終頁に注釈を付しました。

（編集部）

江戸川乱歩文庫
月《つき》と手袋《てぶくろ》
著　者　江戸川乱歩《えどがわらんぽ》

2015年11月30日　初版第1刷　発行

発行所　株式会社　春陽堂書店
103-0027　東京都中央区日本橋3-4-16
営業部　電話03-3815-1666
編集部　電話03-3271-0051
http://www.shun-yo-do.co.jp
発行者　和田佐知子

印刷・製本　恵友印刷株式会社

乱丁・落丁本は、ご面倒ですが小社営業部宛ご返送ください。
送料小社負担にてお取替えいたします。

ISBN978-4-394-30156-1　C0193

江戸川乱歩文庫

全巻ラインナップ

『陰獣』
『孤島の鬼』
『人間椅子』
『地獄の道化師』
『屋根裏の散歩者』
『黒蜥蜴』
『パノラマ島奇談』
『蜘蛛男』
『D坂の殺人事件』
『黄金仮面』
『月と手袋』
『化人幻戯』
『心理試験』